MILENA MOSER

Bananenfüße

Buch

Bananenfüße bekommt man, wenn man die Schuhe an den verkehrten Füßen trägt. Man bekommt sie aber auch, wenn man als Kleinfamilie aus der bieder-bürgerlichen Schweiz nach San Francisco zieht. Doch vieles lässt sich mit einer ordentlichen Portion Verrücktheit ausgleichen, und davon bringen die Helden dieses Romans jede Menge mit: der ehemalige Ökoarchitekt Frank, der mit Gott per Du ist und dessen Gedanken im Internet verbreitet, seine 22jährige Frau Lily, die ihrem Frank bedingungslos verfallen ist, seit sie vor Jahren als Kindermädchen in die Familie kam, und Franks zehnjähriger Sohn Leo. Der wollte eigentlich gar nicht nach Amerika, entpuppt sich aber schon kurz nach der Ankunft als talentiertester Neuamerikaner von allen. Kein Wunder, hat er doch eine kompetente Beraterin im Haus: Alice aus dem obersten Stock, ein Mädchen mit orangeroten Haaren und dem Herzen am richtigen Fleck. Doch nicht nur auf Erden hat Leo eine Stütze: Stella, Leos verstorbene Mutter, ist als Geist immer bei ihm geblieben. Sie beschützt ihn und hilft der kleinen Familie im Land der unbegrenzten Möglichkeiten ab und zu auf die Sprünge – was bitter nötig ist, denn San Francisco ist nicht Zürich, und die Fassade der heilen Familie droht bedenklich zu bröckeln …

Autorin

Milena Moser, 1963 in Zürich geboren, lebt als freie Schriftstellerin in San Francisco. Zu ihren größten Erfolgen zählen: »Die Putzfraueninsel« (1991), »Schlampenbuch« (1992), »Blondinenträume« (1994) und zuletzt »Artischockenherz« (1999).

Als Blanvalet Taschenbuch lieferbar:

Aritschockenherz (35520)

MILENA
MOSER

Bananenfüße

Roman

BLANVALET

Umwelthinweis:
Alle bedruckten Materialien dieses Taschenbuches
sind chlorfrei und umweltschonend.

Blanvalet Taschenbücher erscheinen
im Goldmann Verlag, einem Unternehmen
der Verlagsgruppe Random House GmbH.

2. Auflage
Taschenbuchausgabe Juli 2003

Umschlaggestaltung: Design Team München
Umschlagfoto: Picture Press/Monsoon/Hesser
Satz: Uhl + Massopust, Aalen
Druck: Elsnerdruck, Berlin
Verlagsnummer: 35901
LW · Herstellung: Heidrun Nawrot
Made in Germany
ISBN: 3-442-35901-5
www.blanvalet-verlag.de

Stella

Seit sieben Jahren bin ich tot, gestern seit sieben Jahren, um genau zu sein. Lily hat Blumen auf mein Grab gelegt, Frank nicht, und beide haben sie beim Abendessen den Jungen genau beobachtet. Ob er sich anders benimmt, ob er traurig ist, sich erinnert. Leo hat nur vom Fußballmatch geredet, das am Samstag stattfinden soll, gegen eine Juniorenmannschaft aus der Innenstadt. Der Junge erinnert sich nicht, Gott sei Dank.

Das ist nur eine Redensart: Gott sei Dank. Wenn es Gott gibt, dann hab ich ihn noch nicht gesehen. Vielleicht gibt es ihn nur für Frank. Schade eigentlich. Gott habe ich nicht gesehen und auch sonst nicht viel. Man sollte ja meinen, die Dinge würden, von der anderen Seite gesehen, klarer. Aber so ist es nicht. Ich bin im Wesentlichen dieselbe, nur durchsichtig. Am selben Ort wie immer, hier in meinem Haus auf dem Heimberg, außerhalb von Zürich, sechseinhalb Zimmer mit Garten und Sonnenkollektoren, nach Franks Vorstellungen konstruiert. Ich kümmere mich um Mann und Kind, wie ich es immer getan habe, nur viel besser. Tot zu sein ist eigentlich ganz ähnlich wie leben. Allerdings viel angenehmer.

Wie soll ich das erklären – Bananenfüße.

Bananenfüße hat Fräulein Zimmermann im Kindergarten gesagt, wenn wir die Schuhe verkehrt herum angezogen hatten, den rechten am linken Fuß und umgekehrt. Dieser ständige

Druck, den man sich nicht erklären kann, der langsam zum Schmerz anschwillt, der irgendwann nicht mehr zu ertragen ist. So muss man sich das vorstellen: die Erleichterung, wenn Fräulein Zimmermann mit ihren kühlen Fingern die Schuhbändel löst und die Schuhe tauscht – ach, so ist das gemeint! Jetzt kann man aufstehen, vorsichtig erst, ein paar Mal auf und ab springen, der Druck ist weg, und bis man quer über den Spielplatz zum Kletterturm gerannt ist, hat man schon vergessen, dass es ihn je gab.

»Und vor allem: ohne Körper«, sagt Betty. »Vergiss das nicht. Das ist das Beste.«

Betty hört mich denken, und ich höre sie. Wir sitzen im Apfelbaum, an dessen Ast der Junge schaukelt, höher und höher fliegt er, ich schiebe ihn von unten an. Betty war schon da, als ich starb, sie ist viel länger tot als ich, vielleicht hundert Jahre, vielleicht zehn, das ist schwer zu sagen. Sie geistert im Nachbarhaus umher, der einzige andere Geist, soviel ich weiß, in diesem Viertel, in dem die meisten Häuser neu sind, nach Wunsch gebaut, ohne Vergangenheit. Wir bleiben ja meist in der Nähe dessen, was wir angerichtet haben, in meinem Fall also dieser kleinen Familie.

»Ich kann nicht behaupten, dass ich ihn vermisse, den Körper«, antworte ich. Obwohl es ein schöner Körper war, wenn ich das selber sagen darf, stark und gesund, der mir bestimmt viel Freude bereitet hat. Ich erinnere mich allerdings kaum mehr an die Einzelheiten. Körperlos zu sein hat viele Vorteile: Es gibt kein Hindernis, keinen Schmerz, keine Grenze mehr.

»Wenn ich mir überlege, dass ich mein Leben lang versucht habe abzunehmen«, sagt Betty seufzend. »Was für eine Verschwendung!«

Ich schaue zu ihr hinüber, sie füllt die ganze Krone des Apfelbaumes aus, das kann im Leben ja nicht praktisch gewesen sein, in hellgrünen Samt gehüllt, ein zeltartiges Kleid, mit Clowns bestickt, die über ihren weichen Leib tollen wie über eine Sommerwiese. Ich sehe Betty so, wie sie mich sieht: wie wir gestorben sind. Wenn ich das gewusst hätte, hätte ich mich noch umgezogen. Man müsste ja die Ewigkeit nicht ausgerechnet in einem schmuddeligen Jenny-Holzer-T-Shirt mit der Aufschrift »I too have sinned« und ausgeleierten grauen Jogginghosen von Frank verbringen.

Andererseits sieht mich keiner, nur die Toten, von denen es hier nicht gerade wimmelt. Die Toten und manchmal ein Lebender, der das Auge hat. Von denen gibt es mehr, als man denken würde, aber wir weichen ihnen nach Möglichkeit aus. Lästige Gesellen, die aus jeder Begegnung Profit zu schlagen versuchen.

Frank hat das Auge nicht. Er hört Gott sprechen, nicht mich. Aber er kann mich fühlen. Wie gestern, als er nach dem Abendessen auf dem Balkon stand und eine Zigarette rauchte, eine alte, die er in der Tasche seines Bademantels gefunden hatte, so trocken, dass sie Funken sprühte. Ich schmiegte mich an ihn und blies den Rauch von ihm weg. »Frank«, flüsterte ich, »es ist gut. Es geht mir gut.« Doch es half nichts, er seufzte und fühlte sich schlecht, je mehr er an mich denkt, desto schlechter geht es ihm.

Manchmal ist er mir fremd. Ich verstehe ihn nicht. Hat er nicht alles?

Hier, das Mädchen: Sie tritt vor die Haustür, eine Hand schützend gegen die Sonne gehalten, ihr rötlichblondes Haar zu Zöpfen geflochten. Sie sieht nicht älter aus als an dem Tag, an dem sie zum ersten Mal bei uns auftauchte, vor bald zehn Jahren.

»Du brauchst Hilfe«, hatte Frank gesagt und eine Anzeige aufgegeben, und da war sie: klein und kräftig, muskulöse Arme unter einem durchsichtigen Hemd, das Haar damals kurz und stachlig, im Gegenlicht wie ein Strahlenkranz. Ein Engel, dachte ich. Ich wusste sofort, das ist sie. Die sich an meiner Stelle um alles kümmern wird. Ich kann gehen.

»Lily!«, ruft Leo. »Schau! Ich fliege!«

Er nennt sie nicht Mama. Sie will es nicht. Ich schiebe von unten, und jetzt fliegt er wirklich, mit einem Jauchzer ins Blaue hinaus, im hohen Bogen. Lily hält den Atem an, bis er sicher auf den Füßen landet, knapp vor den Betonplatten, die den Garten eingrenzen.

»Wow! Hast du das gesehen?«

Lily nickt nur. Es hat ihr einen Augenblick lang die Sprache verschlagen. Dann sagt sie: »Komm jetzt rein. Essen ist fertig.«

Als meiner Mutter klar wurde, dass sie wieder schwanger war, nahm sie den ersten Zug nach Belgien, zu dem Arzt, den sie in der gleichen Situation bereits zweimal aufgesucht hatte. Doch der Arzt war unterdessen aufgeflogen, seine Praxis geschlossen. Sie nahm sich ein Zimmer im Hotel gegenüber, das gab es noch, das Hotel mit der Bar unten drin, in der sich mein Vater jeweils betrunken hatte, mein Vater, der sich Kinder wünschte. Diesmal hatte sie ihn gar nicht erst mitgenommen. Sie wollte ihn verlassen. Doch bis sie einen anderen Arzt gefunden hatte, war es zu spät, und schwanger wollte sie nicht fortgehen. Das traute sie sich nicht zu. Meine Mutter saß auf dem Hotelbett und weinte, meine Mutter schlief eine Nacht in ihren Kleidern und ohne sich abzuschminken. Meine Mutter, das berühmte Fotomodell, der ihr Gesicht heilig ist. Am nächsten Morgen fuhr sie zurück, zerknittert und resigniert, mit dicken dunklen Schlieren um die Augen.

Mein Vater hat mich dann sehr geliebt.

Meine erste Erinnerung: Ich stehe auf der Straße, Ledersandalen, weiße Strümpfe, dicke Knie, ich bin vielleicht zweieinhalb Jahre alt. Um mich herum stehen im Halbkreis die Kinder, die eben noch draußen gespielt haben, deren Stimmen ich gefolgt bin, sie unterbrechen ihr Spiel und stehen da und schauen mich an. Sie kommen näher. Was wollen sie? Was sagen sie? Ich kann sie nicht verstehen. Ich weiß nicht, was von mir erwartet wird. Ich öffne die Fäuste und drehe die Handflächen nach oben. Sie schauen nur, dann drehen sie sich um und spielen weiter. Ich bleibe auf der Straße stehen, bis meine Mutter nach mir ruft.

»Abendessen ist fertig.«

Ich habe nie verstanden, was die anderen wollen. Wie sie funktionieren. Sosehr ich mich bemühte. Ich gehörte nicht dazu. Lebte in der ständigen Erwartung, aufzufliegen, den Schwindel meines Daseins nicht mehr aufrechterhalten zu können. Jeden Tag erwartete ich, dass einer an der Tür klingelte, in Mantel und Hut, ein Herr von der Daseinskontrolle: »Stella Wintour, Ihre Papiere bitte.« Pause. Er schaut von den Papieren auf: »Sie sollten eigentlich gar nicht hier sein.« Ich nicke. »Das wissen Sie.«

Elf oder zwölf war ich, als meine Mutter mir die Geschichte von dem belgischen Arzt erzählte. In einer Pizzeria in einer deutschen Kleinstadt, es war Sommer. Wir begleiteten Papa auf seiner Tournee durch die Provinz, wie jedes Jahr. Jeden Sommer, wenn die Krimiserie, in der er eine Nebenrolle spielte, Pause machte, ging er mit einer Boulevardkomödie auf Tournee. Tom Wintour, bekannt aus Film und Fernsehen.

»Gott, wenn ich mir vorstelle, dieser Arzt in Belgien wäre nicht verhaftet worden …«

Und plötzlich ergab alles einen Sinn. Natürlich, ein Missverständnis! Erleichterung durchflutete mich wie eine Welle, wie Übelkeit beinah. Es ist nicht meine Schuld. Es ist alles ein Versehen. Solche Leben gibt es häufiger, als man meint, so versehentliche, ausgerutschte, und meistens dauern sie auch nicht besonders lange. Solche Leben gehen gern zu Ende.

»Und was machst du nun?«, will Betty wissen. »Gehst du mit nach Amerika?«

Seit sieben Jahren treibe ich mich hier herum, in diesem Haus, das einmal meines war. Immer in der Nähe meines Kindes, meines Mannes, in der Nähe der jungen Frau, die ich ihnen hinterlassen habe, die sich an meiner Stelle um sie kümmert. Seit sieben Jahren habe ich hier ein Auge auf alles, schubse und ordne und regiere, helfe überall ein bisschen nach, es ist nicht immer einfach, sie verhalten sich nicht immer ganz nach Plan, sie nicht und vor allem er nicht, Frank, mein geliebter Mann. Es war mein Plan zu sterben, es war meine Idee, einen Ersatz zu finden, jemanden, der besser ist als ich. Damit sie glücklich sein können, Frank und mein Sohn Leo. So habe ich mir das wenigstens gedacht. Und habe alles getan, damit es funktioniert. Sieben Jahre lang. Ich und Betty, wir hatten alles im Griff.

Und jetzt das.

Gehen sie nach Amerika.

I

In den Avenues

Leo

Auf der Treppe steht ein Mädchen mit orangefarbenen Haaren wie eine Clownsperücke. Das Mädchen schaut vom oberen Treppenabsatz zur Straße runter, wo wir mitten in einem Haufen von Koffern, Taschen, Tüten und Fahrrädern stehen. Der Taxifahrer hat unsere Sachen auf die Straße geworfen und ist weggefahren, quietschende Reifen und alles.

»Vielleicht hätte ich doch mehr Trinkgeld geben sollen«, murmelt Lily. Das Mädchen kaut Kaugummi und wippt auf dicken Turnschuhsohlen im Takt. Oben geht eine Tür auf. Papa schiebt das Mädchen zur Seite und kommt die Treppe herunter.

»Endlich!« Er breitet die Arme aus.

»Kannst du laut sagen.« Lily springt an ihm hoch und schlingt die Beine um seinen Bauch, ich hasse es, wenn sie so was macht. Da muss ich wegschauen.

Der Flug hatte Verspätung, die Fahrräder gingen unterwegs beinahe verloren, das Taxi fuhr im Kreis. Alles in allem waren wir zwanzig Stunden lang unterwegs, von Zürich nach San Francisco. Lily macht das alles nichts aus. Sie hat die ganze Zeit geredet, ich konnte kaum mal eine halbe Stunde ungestört Gameboy spielen, schau mal dies und schau mal das, man könnte meinen, sie hätte Amerika entdeckt, speziell für uns. Nicht einmal, als wir in Toronto in die längste Menschenschlange gerieten, die ich je gesehen habe, und deshalb beinahe den Anschlussflug verpasst hätten, regte sie sich auf. Mein Papa hätte sich gleich nach vorn geboxt, mein Papa hätte rumgebrüllt, er hätte sich das nicht bieten lassen, mein Papa ist ein wichtiger Mann, und außerdem hat er einen direkten Draht zu Gott.

Wir haben das Flugzeug noch gekriegt, aber nur knapp. Mir wär's egal gewesen, wenn wir es nicht geschafft hätten. Ich wollte nicht nach Amerika.

Lily reißt die Augen weit auf, um so viel wie möglich auf einmal zu sehen. »Wir haben es geschafft!«, ruft sie. »Wir sind hier!«

Papa lacht. »Willkommen in San Francisco.«

Das Mädchen kommt die Treppe runter, die Hände rutschen am Geländer entlang voraus, der Körper hängt schräg in der Luft, dann springen die Füße im letzten Moment nach. Ich dreh mich weg. Ich nehme den Rucksack, auf den ich mein Rollbrett geschnallt habe, hebe eine der Taschen auf, die da liegen, und schaue zum Haus hinauf, das im Dunkeln ganz anders aussieht als auf den Bildern, die Papa gemailt hat.

Papa kommt wieder runter.

»Steh nicht im Weg rum, Kumpel.«

»Tu ich gar nicht. Ich helfe.«

Ich nehme gleich noch eine Tasche. Das Mädchen lässt eine Kaugummiblase vor dem Gesicht platzen. Ich muss die Taschen wieder abstellen. Zu schwer.

»Was ist denn das für eine Sprache?«, fragt das Mädchen.

»Schweizerdeutsch«, sage ich.

»Ah, deutsch. Heil Hitler!«

»Nein, Schweizerdeutsch.«

Dann weiß ich nicht weiter. Dabei haben wir zu Hause nur noch Englisch gesprochen, Lily und ich, »das ist die beste Art, es zu lernen«. Seit den Osterferien, seit Papa in San Francisco ist. *Pass me the milk, please. My name is Leo. Li-ou.*

»Ich wohn da oben«, sagt das Mädchen. Zeigt mit dem Finger zur oberen Wohnung, falls ich sie nicht verstehe. »Ich heiße Alice«, sagt sie. *Ellis*. »Ist das dein Brett?«

Ich verstehe erst, als sie auf den Rucksack zeigt und mit den Augenbrauen Fragezeichen macht. »Ich hab auch eins«, sagt sie, laut und langsam, »willst du's sehen?«

»Kannst du nicht mal aus dem Weg gehen?«

Papa schubst mich zur Seite, nimmt das Fahrrad aus seiner Plastikhülle und schiebt es auf die Garage zu.

»Mr. Bauer«, sagt Alice, und es klingt gar nicht wie mein Name. »Mr. Bauer, Sir, kann Leo mit nach oben kommen?«

Papa schaut mich an, als hätte er mich eben erst entdeckt. Er stellt das Fahrrad ab und legt einen Arm um meine Schultern. »Hey, Leo«, sagt er. Und zu Alice: »Weißt du, ich hab meinen Sohn jetzt lange nicht gesehen.«

»Ach, nur ein bisschen. Bis Sie hier fertig sind.«

Er schaut mich an. »Willst du?«

Ich ducke mich unter seinem Arm durch und gehe hinter Alice die Treppe hoch.

Lily

Die Wohnung ist größer, als ich sie mir vorgestellt habe. Keine Möbel: Warte damit, bis ich komme, habe ich gesagt. Diese Wohnung will ich selber einrichten. Ich hab lange genug in seinen Sachen gelebt, in seinen und Stellas.

»Gefällt es dir?«

Ich lächle nur. Schmiege mich an ihn.

»Komisches Gefühl«, sagt er. »Das erste Mal in meinem Leben, dass ich in einer Wohnung lebe. Und zur Miete.«

Ich muss lachen. Ich muss ihn küssen. »Das kannst du«, sage ich, »du schaffst es.«

»Für das Geld hätten wir ein Haus haben können. Mit Garten. Und erst noch …«

»Ich weiß.«

So lange wollte ich schon weg, dass ich erst meinte, ich hätte mich verhört, als Frank von dem frei gewordenen Posten in San Francisco erzählte. Er glaubt noch immer, er hätte mich überredet.

Aber ich habe, als ich zum ersten Mal hier war, die Vororte gesehen, die für die Familien der Angestellten von Franks Rang vorgesehen sind. Die Häuser, die Gärten, eins neben dem anderen, mit Fahnenmast. Die deutsche Schule: Sie hätten Leo gleich in die fünfte Klasse aufgenommen. Neun bis zwei, und Englisch nur eine Stunde am Tag. »Schreiben Sie sich für den Car-Pool ein«, schlug die nette Dame im Sekretariat vor. »Dann müssen Sie nicht ständig hin- und herfahren.« Auf dem Parkplatz standen Jeeps und Rovers, aus denen Frauen in Hängerkleidern über weißen T-Shirts und vernünftigen Schuhen stiegen. Ich drehte mich zu Frank um, aber dann rettete mich Leo: »Da könnten wir ja gleich in der Schweiz bleiben«, sagte er.

Das tut er manchmal: Nimmt mir die Worte aus dem Mund, die Gedanken aus der Hand. Als wäre er mein Kind.

»Du kennst ihn unterdessen auch länger als ich«, sagt eine Stimme, freundlich und beruhigend, ich bilde mir ein, es ist die von Stella. Ich bilde mir ein, Stella ist auf meiner Seite.

Dann flog ich mit Leo in die Schweiz zurück, um den Umzug zu organisieren, während Frank bereits seine neue Stelle antrat. Die Firma kümmerte sich um die Wohnung: »Meine Frau besteht darauf, in der Stadt zu wohnen.«

The City. Sagt man hier, als ob es keine andere gäbe.

Nach sechs Wochen rief er mich an. Fünf Zimmer, zweitausendzweihundert Dollar, nahe am Golden Gate Park, aber nicht bei seiner Arbeit. »Im nebligsten Teil der Stadt.«

Dass das Klima in den Vororten besser und die Mieten niedriger sind, wusste ich schon. »Nimm sie«, sagte ich. »Es ist ja nur für ein Jahr.«

Im Esszimmer stehen ein Campingtisch aus Metall und vier Klappstühle, von den Nachbarn ausgeliehen.

»Auf der Halbinsel würdest du viel leichter Anschluss finden.«

Danke sehr. Anschluss hatte ich schon. Sieben Jahre lang. Das sage ich natürlich nicht, sondern: »Mach dir nur keine Sorgen um mich, Schatz.«

Jetzt bin ich ja erst mal hier.

Ich gehe den langen Flur entlang. Unterwegs begegnen mir mehrere großzügige Wandschränke. Ein halbes Leben könnte man da wegräumen. Aber ich habe nichts mitgenommen, außer Kleidern, Schuhen, ein paar noch ungelesenen Büchern. Ich habe keine Geschichte. Hier habe ich keine Geschichte. Wir sind eine Familie wie alle anderen; Frank und Leo und ich. Vielleicht bin ich ein bisschen jung, um Leos Mutter zu sein, andererseits können Neunzehnjährige durchaus Kinder kriegen, gerade in Amerika.

»Wo ist eigentlich Leo?«

Frank schaut zur Decke. »Oben«, sagt er.

»Ich geh ihn holen.«

Er greift nach mir, zieht mich an sich. »Jetzt lauf nicht gleich wieder weg. Du bist doch erst angekommen.«

Ich lege den Kopf an seinen weichen Körper, knapp bis zur Brust reiche ich ihm, ich reibe meine Wange an ihm. Die Knöpfe seines Hemdes kratzen mich. Unter dem dünnen Stoff kann ich die drei Amulette fühlen, die er um den Hals trägt, Tag und Nacht. Ein Kreuz, ein persönlicher Stein und eine keltische Sonne. Ich mache mich los. »Ich muss. Anschluss finden, verstehst du!«

Leo

In der Wohnung oben ist es warm. Es riecht süß. Stimmen dröhnen, es ist der Fernseher.

»Meet my Mom«, sagt Alice. Im Wohnzimmer stehen drei Sofas hufeisenförmig vor dem größten Fernseher, den ich je gesehen habe. Eine Verfolgungsjagd läuft gerade. Autos und Schüsse.

»Hi, honey!«

Auf dem mittleren Sofa sitzt eine dicke Frau mit gestreiften Haaren. Auf dem anderen schläft ein kleines Kind. Die Frau steht auf, sie drückt mich an ihren Bauch und küsst mich auf den Kopf. »Schön, dass du endlich hier bist. Dein Dad hat so viel von dir erzählt.«

»Thank you«, sage ich. Mein Hintern sinkt von allein auf eines der Sofas. So spät abends hab ich in der Schweiz nie ferngesehen, und schon gar nicht Verfolgungsjagden und Schießereien.

»Komm schon!« Alice zieht mich am Ärmel. »Komm in mein Zimmer.«

Hinten sind zwei Zimmer. Ich frage mich, ob unsere Wohnung gleich ist. Und wo ich schlafen werde. Wir gehen durch das Kinderzimmer hindurch in einen schmalen Raum mit vielen Fenstern. Nur gerade ein Bett passt da rein und gegenüber ein breites Regal. Kein Schreibtisch, kein Stuhl, kein Schrank. »Alice« steht in bunten Holzbuchstaben über das Bett genagelt.

Ich zeige auf die Buchstaben und sage ihr, wie man ihren Namen auf Deutsch ausspricht. Und auch auf Französisch. Nicht dass sie etwa denkt, ich sei zurückgeblieben, nur weil ich nicht Englisch kann.

»Meine Mutter kam aus Frankreich.« Sozusagen.

»Sie ist nett«, sagt Alice.

»Oh … Lily? Lily ist nicht meine Mutter.«

»Stiefmutter, was?«

»Ja.« Komisch. Das klingt irgendwie nicht richtig. Ich musste das noch nie erklären, alle wussten immer Bescheid.

»Na ja, sie ist jedenfalls nett.« Alice schüttelt ihre roten Locken, die sich wie eine Mütze bewegen, als Ganzes. »Ich hab schon meinen zweiten Stiefvater. Der erste ist nicht lange geblieben – Maras Vater.« Sie weist mit dem Kinn zur Tür, und ich nicke, obwohl ich nicht alles verstehe. »Ist er nett?«, frage ich. »Der … Stiefvater.«

»Er ist o.k. Er will, dass ich ihn Dad nenne.« Sie rümpft die Nase. Ich nenne Lily nicht Mama. Sie will es nicht. Sie korrigiert auch jeden, der meint, ich sei ihr Sohn. »Das sind wir ihr schuldig«, sagt sie. »Deiner richtigen Mutter.«

Ich hätte nichts dagegen, wenn Lily meine Mutter wäre, aber sie sagt, sie ist meine Freundin.

»Wie alt bist du eigentlich?«, fragt Alice.

»Zehn.«

»Ah.« Sie nickt. »Ich bin fast zwölf.«

»In Wirklichkeit bin ich auch schon so gut wie elf.«

»Welche Klasse?«

»Fünfte?« In der Schweiz wär ich jedenfalls in die fünfte gekommen.

»Ich auch – zum zweiten Mal. Auf welche Schule kommst du?«

»Weiß nicht.« Die Schule beginnt in einer Woche. Alles Englisch.

»Magst du was essen?«, fragt Alice.

Anschluss finden. Anschluss finden. Ein Hund kommt mir entgegengerannt, wirft mich fast um. »Hallo?«, rufe ich nach oben. Es ist nach zehn, in der Schweiz würde man jetzt nicht mehr bei den neuen Nachbarn reinschauen, aber der Junge ist dort, und ich muss Anschluss finden. Von oben Stimmengewirr und Schüsse. Der Fernseher läuft.

»Newton«, ruft eine Stimme, »zurück!« Der Hund lässt von meinem Pulloverärmel.

»Komm rauf«, ruft die Stimme. Ob sie mich meint oder Newton, weiß ich nicht, wir gehen beide die Treppe hinauf, er voraus und ich hinterher.

Eine Frau mit kurzem, rosa und gelb gestreiftem Haar erhebt sich schwerfällig aus einem Haufen Kissen, in denen irgendwo ein kleines Kind schläft, und kommt auf mich zu. Ihr schwangerer Bauch schaukelt sanft vor ihr her. Sie umarmt mich, drückt mich an sich wie eine lang verlorene Freundin. Sie riecht nach Essen und Apfelshampoo. Ich lasse mich sinken und schließe die Augen.

Anschluss.

»Sweetie«, sagt die Frau, »du bist ja nudelfertig. *Have a drink.*«

»Oh«, sage ich, »ich könnte durchaus was vertragen ...« Doch da sitze ich schon und halte eine Coladose in der Hand. Eine Zeit lang starren wir in den Fernseher. Das Kind schläft trotz der Schießerei. Ich öffne die Dose, das Cola schäumt über. Ohne hinzuschauen, schiebt die Nachbarin mir eine Rolle Küchenpapier rüber.

»My name is Lily«, sage ich versuchshalber. Mit einem mindestens doppelten L, weich wie ein Kissen in der Mitte meines Namens, wie ich es mit Leo geübt habe. Es klingt nicht wie ich.

Vielleicht sollte ich meinen Namen ganz ändern. Meinen Namen, meine Geschichte.

»I'm Rhonda«, sagt sie. »Lass es mich wissen, wenn du irgendwas brauchst. Ich will, dass ihr euch hier wohl fühlt, ja?« Sie wendet sich für einen Augenblick vom Bildschirm ab und mir zu, die Beine gekreuzt unter ihrem mächtigen Leib. Auf ihrem T-Shirt steht »Baby on Board«. Ich möchte mich an ihre Schulter lehnen und einschlafen, die Coladose in der Hand. So nahe bin ich in sieben Jahren auf dem Heimberg niemandem gekommen. Dort war ich das Kindermädchen, bis zum Schluss.

Stella war kaum begraben, da standen sie schon Schlange vor dem Haus, die Nachbarinnen: mit selbst gebackenen Kuchen und großen Lasagneformen, mit Weinflaschen, die sie schon entkorkt hatten, mit Selbsthilfebüchern, mit Tränen, mit vor Mitgefühl zitternden Brüsten. Frank schickte sie alle weg, er hatte mich, er brauchte niemanden sonst. Darüber kamen sie nicht hinweg. Stella hingegen, Stella wusste von Frank und mir, und sie hat es mir nicht übel genommen. Sie wusste, dass ich mich um alles kümmern würde.

Das rede ich mir wenigstens ein.

»Wir haben Hunger!« Das Mädchen mit dem wahnsinnigen roten Haar steht plötzlich im Wohnzimmer. »Können wir Pizza bestellen?« Leo steht neben ihr. Anschluss. Rhonda wirft ein kleines Telefon durch die Luft.

Als Frank schließlich nach oben kommt, findet er uns auf den diversen Sofas der Familie Sheridan vor, mit Streifen von Küchenpapier auf den Knien und fetttriefenden Pizzadreiecken in der Hand. Männer in Lederjacken jagen über den Bildschirm. Frank bleibt einen Moment stehen und schaut uns nur zu, während Newton um ihn herumspringt und ihn zu einer Entscheidung auffordert: Bleib oder geh, aber steh hier nicht rum.

»Kommt ihr denn gar nicht mehr runter«, sagt er, »ich bin ganz allein«, ein bisschen weinerlich, wie ein kleiner Junge. Ein extrem gut aussehender Junge allerdings, mit dickem Haar, blond und grau meliert, mit tiefen Falten und Grübchen, ein Junge mit Anzug und Aktentasche und großer Wichtigkeit, der schmollt, als sei er hingefallen, habe sich das Knie aufgeschlagen und brauche nun gleich einen Kuss.

Kein Wunder, dass ich mich in ihn verliebt habe. Ich bin ja Kindermädchen von Beruf.

Leo

Alice kommt zum Spielen runter. Oben darf man bis Mittag keinen Lärm machen. Dad arbeitet nachts, er fährt ein gelbes Taxi, und tagsüber schläft er.

»Habt ihr Cartoon Network?«, fragt Alice. »Gleich kommt *The Power Puff Girls*.«

»Wir haben noch keinen Fernseher.« Und vielleicht kriegen wir nicht mal einen, obwohl ich deswegen schon einen Schuh gegen die Wand geschmissen und »Das ist nicht fair« gebrüllt habe und: »So will ich nicht mehr weiterleben«. Aus irgendeinem Grund wirkt das immer. Dann werden sie ganz still. Lily geht in die Knie, Papa verlässt das Zimmer, und ich kriege, was ich wollte.

»Ist das was Religiöses bei euch?«, fragt Alice. »Versteh mich nicht falsch, für religiöse Sachen hab ich Verständnis. Ich hatte auch mal eine religiöse Phase, als ich jünger war.«

»So was in der Art.« Mein Vater ist im Nebenberuf Pfarrer, nicht offiziell in einer Kirche, sondern im Internet. Zu Hause vom Computer aus gibt er weiter, was Gott zu ihm sagt. Gott spricht zu ihm, aber nur im Geheimen. Außerdem passt er auf uns und auf Papas Firma auf und macht, dass Papa viel Geld verdient, mehr als die anderen Väter auf dem Heimberg. Mit mir spricht Gott nicht, mit Lily auch nicht, ich habe sie gefragt. Das heißt aber nicht, dass es ihn nicht gibt.

Das alles kann ich Alice natürlich nicht erklären, nicht auf Englisch.

Lily ist mit Alices Mutter irgendwohin gegangen. Papa ist bei der Arbeit. Wir sind allein, Alice und ich. Ich weiß nicht, was wir spielen sollen. Ich habe nur ganz wenig Spielsachen nach Amerika mitgenommen, Lego hauptsächlich, und Mädchen spielen nicht Lego.

»Sollen wir mal rausgehen?«, frage ich.

Alice schaut mich an, als hätte sie mich nicht verstanden. »Einfach drauflos reden«, hat Lily mir eingeschärft. »Nicht erst überlegen, ob es richtig ist.«

»Wohin, raus?«

»Einfach raus. Die Straße auschecken.«

»Wir dürfen allein nicht raus«, sagt sie. Als ob ich das wissen könnte.

Alice schaut auf ihre Uhr. Dad schläft tagsüber auf dem Sofa. Wenn er gegen Mittag aufwacht, muss er sich nur noch aufsetzen. Dann sieht er fern, bis er zur Arbeit geht. Sobald man den Fernseher hört, darf man rauf und spielen. Sie schaut mich wieder an. Schaut an mir rauf und runter, als wolle sie mich ausmessen. »Wir nehmen aber Newton mit«, sagt sie.

An der Ecke, gegenüber von der Schule, ist ein kleiner Lebensmittelladen. Wir binden Newton an und gehen rein.

»Hi, Mr. Chen«, sagt Alice zu dem Chinesen an der Kasse. »Das ist der Vater von Benji«, flüstert sie. »Der geht auch ins Cabrillo-Schulhaus.«

Ich frage mich, ob ich mich mit Benji anfreunden könnte. In der Schweiz hatte ich keinen besten Freund. Nur Mädchen, aber die zählen nicht. Das gilt natürlich nicht für Alice, die ist anders als die Mädchen in der Schweiz und außerdem das einzige Kind hier weit und breit.

»Was darf's sein?«, fragt Mr. Chen, aber nicht auf die freundliche Art.

Ich habe Taschengeld bekommen: fünf Dollar. In der Schweiz hatte ich vier Franken; in der fünften Klasse hätte ich fünf bekommen. Umgerechnet mache ich hier also Gewinn. Eineinhalbmal so viel Taschengeld wie vorgesehen im Jahr. Aber ich wollte nicht nach Amerika ziehen. Ich wollte da bleiben, wo ich immer schon war. »Wo bleibt dein Sinn für Abenteuer«, sagte Lily, und das konnte ich dann doch nicht auf mir sitzen lassen. Sie wären ja ohnehin gegangen. »Es ist ja nur für ein Jahr.«

Wir kaufen Marsriegel, hellblaue »krispy« m&ms, die ich noch nie gesehen habe, und Chips.

»Grüßen Sie Benji von uns«, sagt Alice.

Wir binden Newton los und gehen weiter zum Park. Durch den Park führt eine vierspurige Straße. Es riecht nach Bäumen. Wir lassen Newton los. Wir klettern einen Felsen hoch, an einem Wasserfall vorbei, durch den Dschungel. Oben angekommen, setzen wir uns auf die Stufen eines Denkmals. Alice weiß nicht, was für ein Denkmal das ist. »Irgendwas mit Krieg.« Alice will nicht Krieg spielen. Sie ist Pazifistin. Also spielen wir Kriegsdienstverweigerer. Im Dschungel. Wir setzen uns von der Truppe ab, rennen durch den Dschungel und machen Frieden. Dann schlagen wir bei den Stufen zum Denkmal ein Lager auf und breiten unsere Vorräte aus.

»Dad war im Krieg«, sagt Alice. »Nicht mein richtiger Vater, der jetzige. Im Golfkrieg. Seither ist er nicht mehr ganz richtig im Kopf.«

Golfkrieg. Ich sehe über grünes Gras Golfbälle fliegen. Ein harter weißer Ball trifft Dad am Kopf.

»Meine Mutter sammelt solche Typen, ich schwör's! Je kaputter einer ist, desto eher nimmt sie ihn.« Sie lacht. Sie wirft ein krispy m & m in die Luft, legt den Kopf zurück und fängt es mit den Lippen auf. Ich habe schon einmal ein Mädchen geküsst, Sabine Zimmermann, am letzten Schultag in der Schweiz. Sie hat mir ein Wunscharmband gegeben, eine bunt geflochtene Schnur. Wenn sie reißt, kann ich mir was wünschen.

Das Küssen selber war nicht besonders angenehm, nass und schmeckte nach der kalten Pizza, die wir im Klassenzimmer gegessen hatten. Mir zu Ehren: Pizza und Eis und blaue, weiße, rote Luftballons. Sabine Zimmermann ging eigentlich mit Marcel Cannonica, dem größten Angeber der ganzen Schule, bis zu dem Tag nach den Frühlingsferien, als wir Erzählstunde hatten und ich mich meldete und sagte: »Wir waren in San Francisco, das ist in Amerika, und mein Vater hat dort eine Stelle angenommen, und im Sommer ziehen wir alle dorthin. Dort ist es total cool, man isst mittags und abends Cheeseburger, ehrlich, sogar die Amerikaner selber machen es so.« Ich saß kaum wieder auf meinem Platz, als mir von hinten ein Zettel zugesteckt wurde. »Ich finde Amerika auch cool. Willst du mit mir gehen? Sabe.«

Und Marcel Cannonica nannte mich in der Pause ein Imperialistenschwein.

Alice könnte ich nie küssen. Sie ist zu alt. Sie hat schon Brüste unter dem Pullover.

»Die Regierung verschweigt das natürlich«, sagt sie gerade. Ich weiß nicht, wovon sie redet, aber ich nicke.

Die Regierung. *The government.* Jeden Abend vor dem Essen

muss ich am Campingtisch Wörter aufschreiben. Wörter, Wörter, Wörter, alle englisch.

»Es ist eine einzige, riesige Verschwörung, verstehst du? Niemand darf wissen, dass die amerikanischen Soldaten an ihrem eigenen Gift verrecken. Deshalb kriegt Dad Geld: damit er stillhält. Damit er nicht zur Zeitung geht und erzählt, wie krank er wirklich ist. Das Taxifahren ist nur Tarnung.« Sie steht auf und klopft Brösel von ihren Kleidern. »Und meine Mutter hat nichts Besseres gewusst, als von diesem Versager schwanger zu werden. Würde mich nicht wundern, wenn das Baby mit zwei Köpfen geboren würde!«

Lily

»Was fährst du«, fragt Rhonda, und ich weiß erst gar nicht, was sie meint. Ah – was für einen Wagen.

»Keinen. Ich kann gar nicht Auto fahren.«

»Aber du musst doch Auto fahren!«

Nicht in der Schweiz. Nicht auf dem Heimberg. Da gab es einen Bus, der fuhr rundherum, alle zehn Minuten – zum Laden, zur Schule, zum Spielplatz, zur Endstation der Straßenbahn. Wenn es das Wetter erlaubte, fuhr ich mit dem Rad. Leo erst hintendrauf, dann im Anhänger, bis er schließlich auf seinem eigenen Rad mitfuhr. Auto fahren, schreib ich auf meine innere Liste.

»Du musst unbedingt den Führerschein machen«, sagt Rhonda. »Ich helfe dir, es ist nicht schwierig.«

Führerschein, notiere ich. Auto kaufen. Ich weiß nicht, was Frank dazu sagen wird. Frank, der immer vehement gegen Autos war, ist nun gezwungen, eines zu fahren, jeden Tag, alles meine Schuld, ich habe darauf bestanden, in der Stadt zu wohnen, auf der Halbinsel hätte er einen Zug nehmen können. Weil ich unbedingt in der Stadt wohnen wollte, wird die Umwelt weiter ruiniert, ein Loch wird in den Himmel gerissen, Kinderlungen werden geschwärzt. Er wird mir ganz bestimmt kein Auto kaufen.

Ich frage Rhonda, ob sie mich mit ihrem Minibus in der Nachbarschaft rumfahren würde, um die *garage sales* abzuklappern. An Wochenenden quillen die Gehsteige über von diesen Privatflohmärkten. Von einzelnen Schuhen und zerbrochenem Plastikspielzeug bis zu alten Möbeln wird alles angeboten, was einem zu Hause im Weg ist. Was seit Jahren in der Garage rumsteht und Staub fängt. Vor zwei Tagen hab ich unten an der Straßenecke sogar ein Sofa gefunden, einen klobigen Dreisitzer, blau und weiß gestreift, leider regnete es an dem Tag. Unser Viertel ist eher wohlhabend, eher bürgerlich, Straßenzug um Straßenzug von zweistöckigen, pastellfarbenen Häusern mit runden Erkern und roten Ziegeldächern, die man *mediterranean* nennt, breite Garageneinfahrten, saubere kleine Rasenstücke. Hier, auf dem Dünensand, nah am Meer, bauten sich die besser gestellten Chinesen ihre Häuser, als ihnen 1947 erstmals erlaubt war, aus Chinatown wegzuziehen. Die Clement Street, die Einkaufsstraße etwas weiter unten, heißt deshalb auch »New Chinatown«. Das hat mir Bill erklärt, der alles weiß, was es über diese Stadt zu wissen gibt.

Eigenartige Gerüche hängen in der Luft. Asiatische Schriftzeichen überall. Exotische Früchte und Gemüse quellen von den Ständen auf den Gehsteig über, Stechäpfel, Bok Chop, Mango für neunundsechzig Cents. Nebenan Fische, lebende Frösche und Schildkröten. Ein Wäschegeschäft, das Polster anbietet, die den Po größer erscheinen lassen. Und dazwischen immer mehr russische Bäckereien. Ich bin einmal drei Straßenzüge weit gelaufen, ohne eine einzige englisch angeschriebene Ladenfront zu sehen. Bill hat mir auch erklärt, wann die ersten Russen hier herausgezogen sind und warum, aber das habe ich vergessen.

»Mein Gott«, sagt Rhonda und schaut mich an, als hätte sie mich eben erst entdeckt. »Du bist das ideale Versuchskaninchen. Dass ich nicht gleich daran gedacht habe!«

»Versuchskaninchen?«

»Ja – du kannst völlig neu anfangen. Du hast nichts mitgebracht, noch nichts gekauft, an dir werde ich die Wirksamkeit meiner Grundsätze beweisen!« Rhonda führt eine Beratungsstelle im Internet, die Frauen helfen soll, ihr Leben einfacher zu gestalten. Simply.com. »Meine Mutter sagt natürlich, ich hätte aus meiner angeborenen Faulheit und meiner Unfähigkeit, einen Haushalt anständig zu führen, eine Karriere gemacht.« Sie lacht kurz auf. »Eine recht lukrative Karriere außerdem.«

Sie geht mit mir durch die leere Wohnung und in die Küche. »Vielleicht ist dir aufgefallen, dass Eisschrank, Waschmaschine und Tumbler relativ klein sind – nicht nur, weil ich sparen wollte, sondern damit du es einfacher hast.« Diese Apparate stehen in einem extra Raum, der von der Küche abgeht, und kommen mir nicht besonders klein vor.

»Wenn du einen großen Kühlschrank hast, füllst du den automatisch. Und hinten bleibt dann immer Zeug zurück, das vergammelt, weil man es schlicht nicht sieht, wenn man den Kühlschrank öffnet.« Sie klopft auf die Waschmaschine. »Du brauchst einen dreigeteilten Wäschekorb, für Weiß-, Bunt- und Feinwäsche, damit du nicht jedes Mal neu sortieren musst. Kauf Handtücher und so weiter für jedes Familienmitglied in einer anderen Farbe, also blau für dich, rot für Leo, braun für Frank.« Sie hackt mit einem Plastikstift auf ihren elektronischen Notizblock ein, während sie ihre Liste durchgeht. »So hast du einen Überblick, wer wie viel Wäsche braucht. Du musst mir versprechen, nur einmal die Woche zu waschen, ja?«

Ich nicke. Das kann ich leicht versprechen.

»Mikrowelle: obligatorisch. Sonst brauchst du nichts, vielleicht einen Toaster, ein paar Pfannen. Die meisten Küchengeräte stehen doch nur im Weg rum. Saftpresse, Mixer, elektrische Messer, Rührmaschine, Brotbackgerät – mal ehrlich, wie oft brauchst du die wirklich?«

»Nie«, sage ich, »außerdem sind sie umweltschädigend.«

»Umweltschädigend?« Sie runzelt kurz die Stirn, bevor sie fortfährt: »Du brauchst einen Speiseplan: sieben verschiedene einfache Abendessen, eines für jeden Tag. Das kochst du alles am Sonntagabend, frierst es ein und taust es dann Tag für Tag auf. Einmal die Woche kaufst du Pizza und einmal Burritos, beides billig und bei Kindern beliebt. Ich habe ausgerechnet, dass du in einem Jahr 10950 Minuten sparst, das sind 182,5 Stunden oder 7,6 Tage, wenn du nicht kochst.«

»Und was machst du mit all der Zeit?« Doch da ist Rhonda schon im Flur und klebt bunte Post-its an die Wand. Auf denen steht alles drauf, was ich brauche, was ich kaufen muss, nach Einsatzgebiet geordnet. Putzen, Apotheke, Lebensmittel, Wäsche. Mir wird flau. Als sie die Stellen bezeichnet, an denen sie Digitalkameras installieren wird, damit man mein vereinfachtes Leben auf ihrer Webseite verfolgen kann, unterbreche ich: »Nein, Rhonda, lass mich das machen. Das ist meine erste eigene Wohnung.« Ich halte den Atem an, ich kann es mir nicht wirklich leisten, die einzige Freundin, die ich hier habe, zu verärgern, schon gar nicht, wenn sie gleichzeitig auch meine Vermieterin ist.

Rhonda lacht nur. »Du hast aber hoffentlich nichts dagegen, dass ich dich beobachte? Ab und zu einen Kommentar abgebe?«

»Nur, wenn ich dich darum bitte.« Sie fährt mich trotzdem zu Home Depot raus, wo man alles kaufen kann, was man braucht, um selber ein Haus zu bauen und einzurichten. Von Werkzeug, Farbe und Leitungsschläuchen bis zu falschen Topfpflanzen, Füßchenbadewannen und Heizdecken.

Ich kaufe unbehandelte Holzstühle, Tische, Büchergestelle, ein Hochbett für Leo, einen Futon für Frank und mich. Ich kaufe ungiftige Farben, bunte Bettwäsche, Plastikfische fürs Bad. Matratzenartig abgesteppte Sitzkissen, Vasen, Kerzen. Einen Werkzeugkasten. Eine Kiste voller zerbrochener Keramikfliesen zum halben Preis.

Von den Nachbarschaftsflohmärkten bringe ich mit, was ich tragen kann: Zahnbecher aus blauem Glas, Beistelltische, einen schwarz lackierten Holzstuhl, der von Eames sein könnte, zerkratzte Schallplatten und einen Aschenbecher aus Glas. Ich schraube, schleife, male. Jeden Morgen, nachdem Rhonda Mara in den Kindergarten gebracht hat, schaut sie bei mir vorbei.

»Interessant«, sagt sie. »Irgendwie europäisch, was?«

Ich stelle einen sehr großen Tisch ins Wohnzimmer und acht verschiedene Stühle rundherum. Ich klebe die Keramikscherben auf die Tischplatte. Rhonda schüttelt den Kopf. »So viel Arbeit. Warum machst du dir bloß so viel Arbeit?«

»Weil es mir Spaß macht, Rhonda.«

»Schon gut«, sagt sie, »ich hör ja schon auf. Nur eines möchte ich gern wissen: Wo ist dein Sofa?«

»Ich möchte keinen Fernseher«, sage ich, »und ich möchte kein Sofa. Ich möchte, dass wir abends am Tisch sitzen und uns unterhalten.«

Die Wohnung ist fertig, genau eine Woche habe ich gebraucht, um alles einzurichten. Ich lade Rhonda und Bill zum Essen ein. Um sechs, bevor Bills Schicht beginnt. Ich koche. Ich öffne eine Flasche Wein. Ich zünde Kerzen an. Bill möchte einen Kaffee mit Milch, damit er wach bleibt. Essen kann er jetzt nicht, so kurz vor Arbeitsbeginn. Er kriegt vom langen Sitzen Magenbrennen, vom Sicherheitsgurt, nur ein Kraftmüsli kann er jetzt zu sich nehmen, das er in einem Plastikbehälter dabei hat. Er setzt sich nicht, sondern geht durch die Wohnung und zieht an den Möbeln die Schrauben nach. »Gute Arbeit«, sagt er. Dann geht er.

Frank ruft an. Es wird später werden. Sitzung. Um acht wird Rhonda unruhig. Ihre Lieblingsshow beginnt gleich. Wir füllen die Teller und tragen sie nach oben. Wir setzen uns auf Rhondas Sofa und schauen *Who Wants to Be a Millionaire?*

»Wie war's?«, fragt Frank später, als er zu mir ins Bett schlüpft.

»Schön«, sage ich.

»Deine erste amerikanische Dinnerparty. Tut mir Leid, dass ich das verpasst habe.«

Meine erste Dinnerparty überhaupt, denke ich. Auf dem Heimberg habe ich selten gekocht, und wenn, dann nur für meine Mutter, für Franks Schwester und ihren Mann. Meine Freundinnen traf ich in der Stadt.

»Eine richtige Dinnerparty war das noch nicht«, sage ich. »Eher ein Probelauf. Für nächstes Mal, wenn du auch dabei bist.«

Ich rolle mich über den Futon, bis ich an Franks warmen Körper stoße. Ich schlinge Arme und Beine um ihn. »Jetzt fängt unser Leben erst wirklich an«, flüstere ich in seinen Nacken, »ich fühle es.« Nun können wir eine richtige Familie sein, ein richtiges Paar. Niemand kennt uns, niemand weiß von uns und vor allem: Niemand weiß von Stella. Hier gibt es nur uns. Dich und mich und Leo.

Stella

Ich sitze am Bettrand und streichle ihr Bein, das sie quer über seinen Körper gelegt hat wie eine Klammer. Ein kräftiges weißes Bein voller Flecken – ich meine, Sommersprossen. Wie man so klein sein kann. Diese harten Muskeln direkt unter der Haut, diese Flecken und dann kaum Brüste. So habe ich sie ausgesucht: anders als ich. In allem. Es schien so eine gute Idee zu sein, zu Anfang. Dieses Mädchen, dachte ich, hat der Himmel geschickt – nach all den Jahren mit Frank glaubte ich fast selbst an den Himmel, an Gott und an seine spezielle Beziehung zu Frank. Die wird sich jetzt um alles kümmern, dachte ich. Um Leo, um Frank und um mich, solange es eben nötig ist. Ich sah nur ihr Potenzial. Ich wusste, als ich sie zum ersten Mal sah, dass ich nun bald würde gehen können. Es dauerte dann immer noch beinah drei Jahre.

Ich war natürlich feige. Ich hatte Angst. Hundertmal setzte ich das Messer an, das Glas an die Lippen, knüpfte Krawatten um meinen Hals, stand auf der Spitze des Üetlibergturms und schaute runter auf den harten Boden und dachte: Nein, ich kann nicht. Ich hatte Kopfschmerzen, überall blaue Flecken und Kratzer im Gesicht, weil ich mir ständig irgendwo den Kopf anschlagen musste. Aber ich verletzte mich immer nur ein bisschen, nie genug, nie endgültig.

Als Kind stellte ich mir vor, ich sei erwachsen, eine schöne, große Frau mit Hochsteckfrisur, wie es damals, in den frühen Siebzigerjahren, modern war, mit je einer Locke über den Schläfen. Eine schöne, aber traurige Frau. Sie litt, stellte ich mir vor, unter geheimen Schmerzen, die ihr ein melancholisches Lächeln auf das Gesicht zauberten. Sie war immer allein. Wenn ich mit der elektrischen Presse Orangen auspresste, stellte ich mir vor, ich sei diese schöne, traurige Frau mit der toupierten Hochsteckfrisur, die ihre Handfläche auf die Spitze der Orangenpresse legt und dann den Schalter andreht. Die Presse dreht und bohrt sich in die Hand, das Blut vermischt sich mit dem sauren Fruchtsaft, und der Schmerz ist unerträglich.

Aber alles ist natürlich besser als dieser Schmerz im Innern, wie von einer Hand voll Blutegel, die sich unter den Rippen eingenistet haben und einem am Herzen saugen. Ein Schmerz, der von außen durch die Haut nach innen dringt, ist auf jeden Fall vorzuziehen, er muss nur heftig genug sein, um den anderen auszulöschen. Das funktioniert nie für lange, aber es funktioniert.

Das mit der Orangenpresse habe ich allerdings nie ausprobiert, schon weil wir gar keine elektrischen Küchengeräte hatten. Frank hat unser Haus nach ökologischen Grundsätzen gebaut und eingerichtet. Ich habe mir das Gesicht an der Hauswand aufgeschürft, die Haut mit den Fingernägeln geöffnet, den Kopf gegen den Heizkörper geschlagen, mir Küchenmesser über die Arme geschabt, bis sie von oben bis unten krustig waren.

»Hautkrankheit«, sagte ich und trug lange Ärmel. Das Gesicht kann man weniger gut verstecken. Trotzdem ging ich am liebsten darauf los. Ich gewöhnte mir an, eine Sonnenbrille zu tragen und zu behaupten, die Gläser seien geschliffen.

»Die Leute werden noch glauben, ich schlage dich.« Um etwas anderes machte Frank sich keine Sorgen. »Das ist nicht schlimm«, sagte er jedes Mal, wenn ich auf dem Fußboden lag, erschöpft vom Weinen, zitternd vor Angst. »Gott weiß, was er tut.« Ach, wie ich mir gewünscht habe, das glauben zu können! Je weniger Aufhebens Frank von meinem Verhalten machte, desto mehr litt ich selbst darunter. Wie ich mich schämte, wie ich mich schämte.

»Frank braucht eine normale Beziehung mit einer normalen Frau« – seine Schwester sagte das immer, wenn sie zu Besuch kam, und dabei schaute sie mich auf eine bestimmte Weise an.

»Aber wir sind doch seelenverwandt!«, wollte ich zurückgeben. Diese Schande, nicht normal zu sein.

Frank braucht eine normale Frau. Da konnte er mir lange versichern, er wolle gar keine normale Beziehung, keine normale Frau, er wolle mich. Er brauche meine Tiefe. Ha! Am zweiten Tag, als das Mädchen hier war, schlief er schon mit ihr. »Auf dich habe ich lange gewartet«, sagte er zu ihr. Nannte sie seine Seelenverwandte, ich konnte es durch den Wäscheschacht hören, sie meinten wohl, in der Waschküche wären sie sicher.

Zehn Jahre ist das her. Mit der Zeit hab ich das Mädchen lieb gewonnen. Lily sieht aus, als stamme sie von Wikingern ab – hellhäutig, drahtig, stark. Darin gleicht sie Frank. Sie ist wie er, dieselbe Kategorie. Doch je länger ich den beiden zuschaue, desto weniger verstehe ich. Was will der Mann? Was will er denn?

Frank kann mich nicht vergessen. Ich rede mit ihm im Schlaf, ich sage ihm, es ist alles in Ordnung. Quäl dich nicht. Mir geht es gut. Ich bin genau da, wo ich hingehöre. Ich bedanke mich sogar. Aber es nützt nichts. Er träumt nur von mir und wacht dann mit schlechter Laune auf. Immer öfter muss ich nachts seinen Körper anstupsen, damit er zur Mitte der Matratze rollt und ihren berührt. Es ist zum Verzweifeln, aber wenn man erst einmal tot ist, verzweifelt man nicht mehr so schnell.

Lily

Die Frauen schauen mich an, als wollten sie mich kaufen. Prüfend. Interessiert. Ihre Gesichter kommen immer näher. Die Blonde fasst nach meinem Jackenkragen, reibt den Stoff zwischen den Fingern.

»Wo, hast du gesagt, kommst du noch mal her?«

»Wie lange lebst du schon hier?«

»Bist du verheiratet?«

»Monogam?«, fragt Marian, die blonde, dünne, in kaputten Jeans, Motorradstiefeln, Lederjacke und Sonnenbrille. Sie sieht ein bisschen wie ein Rockstar aus.

»Ich glaube schon.« Sage ich. Ich wünschte wirklich, Rhonda käme bald zurück. Sie wollte nur schnell Kaffee holen, gleich um die Ecke. Das war vor einer Viertelstunde.

Ich mag keine Spielplätze. Die auf dem Heimberg waren schlimm genug. Ich saß nicht gern mit diesen Frauen zusammen, die aufhörten zu reden, wenn ich näher kam, und den Aupairmädchen, die mir meine Zigaretten wegrauchten. Mit der Behauptung, der Boden unter den Schaukeln sei voller Umweltgifte, habe ich Frank dazu gebracht, Sandkasten, Kletterturm und Schaukel im Garten zu installieren.

»Wie alt bist du? Du siehst so jung aus.«

»Neunundzwanzig.«

»Ach so, du BIST jung.« Marian lacht. Ruthie steht neben der Bank, auf der wir sitzen, und lehnt sich an den Zaun. Sie raucht, das ist nur auf dem Gehsteig erlaubt, auf der anderen Seite des Zaunes. Da kommt Rhonda. Sie trägt einen Papphalter für vier große Becher und eine Tüte.

»Lass sie in Ruhe, Marian«, sagt Rhonda, und zu mir: »Hat sie dir ihren Vortrag über Monogamie gehalten? Du darfst sie nicht ernst nehmen. Sie hat grad eine Affäre.«

»Oh.«

»Mit dem Zeichenlehrer ihres Sohnes.«

Marian winkt ab, verlegen, aber auch geschmeichelt. Rhonda verteilt Kaffeebecher und Kuchenstücke.

»Diet Coke gab's nicht, ich hab stattdessen Eistee ohne Zucker genommen.« Ruthie verzieht das Gesicht. Sie nimmt den

Becker ohne Begeisterung über den Zaun hinweg entgegen. Sie will abnehmen.

»Wenn ich das Bier weglasse, das ich jeden Abend trinke, und stattdessen einen Joint rauche …«

»Irgendetwas brauchst du einfach um diese Zeit.«

»Bevor die Kinder ins Bett gehen.«

»Die letzte halbe Stunde ist die Schlimmste.«

Rhonda klatscht in die Hände. »Also – was meint ihr?«

»Sie ist perfekt«, sagt Marian, und Ruthie nickt.

»Perfekt, wofür? Eine Affäre?« Mir reicht es langsam.

»Herzchen! Du auch?« Marian lässt die Sonnenbrille so weit runterrutschen, dass ich ihre Augen sehe. »Bist du auch bisexuell?«

»Für den Kindergarten, Dummchen«, unterbricht Ruthie. »Die suchen genau jemanden wie dich.«

»Den Kindergarten?«

»The Garden, du weißt schon.« Rhondas Kleine besucht eine exklusive, kinderzentrierte Kindergarten-Kooperative im Viertel. Kostet nicht viel, aber die Eltern müssen mithelfen. Einen Tag in der Woche mitarbeiten, Sitzungen abends dreimal pro Monat, über Mittag einmal, Putzdienst am Wochenende, Aktionen, Flohmarkt, Renovierungsarbeiten, Unkraut jäten, Kuchen backen. »Den Leuten ist das einfach zu viel«, erklärt Rhonda, »heute arbeiten ja meist beide Eltern und können sich nicht einfach einen halben Tag in der Woche freinehmen. Wer kann, schickt die Nanny. Wer keine hat, bezahlt für eine Ersatzperson.«

»Und das soll ich sein.«

»Genau! Du bist ideal dafür.«

Ich habe ihr erzählt, dass ich eine Ausbildung als Kleinkinderzieherin habe. Angefangen habe. Den Abschluss habe ich nie gemacht.

»Nun komm schon, du kannst nicht den ganzen Tag zu Hause rumsitzen. Jetzt, wo die Wohnung fertig ist. Und der Junge in die Schule geht. Du brauchst ein neues Projekt!«

Ich habe nie gearbeitet. In der Schweiz gingen die Vormittage mit Einkaufen und Mittagessen kochen herum, nachmittags zweimal in der Woche Fußballtraining, samstags Match. Gitarrenstunde, Kindergeburtstage, Zahnarztbesuche, Filmklub in der Stadt. Ich hab nie gearbeitet. Leo war meine Arbeit. Er war sieben Monate alt, als ich anfing, erst nur aushilfsweise, für den Sommer. Als der Sommer zu Ende war, hatte ich mich bereits rettungslos in Frank verliebt. Ich blieb. Als Stella zwei Jahre später starb, war es längst nicht mehr meine Arbeit, sondern mein Leben.

Außerdem wollte ich Kinder haben, möglichst bald und möglichst viele. Ich konnte gar nicht anfangen zu arbeiten, ich würde ja bald schwanger werden. Doch in den sieben Jahren mit Frank, den legalen Jahren der Ehe, meine ich, den Jahren ohne Verhütungsmittel, bin ich nie schwanger geworden. Nicht ein einziges Mal. Obwohl ich es beinahe jeden Monat glaube. Ich weiß, wie es sich anfühlt, denn einmal war ich doch schwanger, mit siebzehn, Abtreibung in der elften Woche, vielleicht ist das der Grund. Die Strafe. Frank sagt, das ist absurd, und ich soll der Natur ihren Lauf lassen.

Leicht gesagt. Ein Monat hat dreißig Tage. Und nur an einem oder zweien davon ist man fruchtbar, vielleicht nur sechsunddreißig Stunden. Kaum hat man sich vom Schock erholt, den der Anblick des Blutes in der Unterhose, der Kloschüssel jeden Monat auslöst, geht es wieder von vorne los: Temperatur messen, Gebärmutterschleim prüfen, rechnen, planen, ja den Eisprung nicht verpassen, den kleinen Schmerz, das Ziehen im Bauch, oder sind das die Bohnen von gestern Abend, und wo ist Frank.

Nein, Schatz, heute möchte ich nicht ins Kino, das wird zu spät, lass uns lieber zu Hause bleiben, bitttttteeeeeeeee. Ein Kissen unterschieben, die Beine hoch, keinen Samentropfen zwischen den Schenkeln verlieren, in den Leintüchern verlieren, das sind zweihundert Millionen mögliche Kinder jedes Mal, also aufgepasst. Und am nächsten Morgen dasselbe noch mal, sicher ist sicher.

Aufstehen, vorsichtig, wie fühle ich mich. Vierzehn Tage lang hoffen, glauben, die Brüste kneten, sie fühlen sich eindeutig anders an als sonst. In manchen Monaten war mir morgens speiübel, wenn ich den Kaffee nur roch. Ich schmeckte Metall im Mund wie damals, das eine Mal, als ich wirklich schwanger gewesen war.

Damals ging ich mit Martin, einem Mitschüler. In der Freizeit experimentierten wir mit botanischen Drogen. Ich dachte erst, daher kommt der Geschmack im Mund – von den Stechapfelsamen, den Bananenschalen, Pilzen. Stattdessen war ich schwanger. Wenn ich gewusst hätte, dass es das einzige Mal bleiben würde … Gottes Wege sind unergründlich, würde Frank sagen, wenn er davon wüsste.

»Also abgemacht?« Ruthie tätschelt mein Knie. »Du wirst sehen, es gefällt dir. Es ist eine tolle Gemeinschaft.«

»Tolle Frauen«, sagt Marian.

»Vielleicht krieg ich ja nur deshalb ständig Kinder, weil ich den Garden nicht verlassen kann«, sagt Rhonda und streicht sich über den Bauch, in dem Zwillinge sind. »Vier Kinder vor dem dreißigsten Geburtstag. Na ja, du weißt ja, wie das ist, hast selbst früh angefangen.«

Sie lacht. Rhonda war achtzehn, als sie Alice hatte. So alt wie ich, wenn ich Leos Mutter wäre.

Ein Ball fliegt gegen einen Kinderwagen, ein Kaffeebecher

kippt, Marian springt von der Bank auf, stemmt die Hände in die Seite und brüllt etwas.

»Ich bin nicht Leos Mutter«, sage ich.

»Oh«, sagt Rhonda. »Und wo ist seine Mutter?«

Leo

Unwillkürlich schau ich nach oben. Das tu ich immer, wenn jemand fragt, wo meine Mutter ist. So hat man es mir erklärt, seit ich denken kann: Sie ist im Himmel.

»Das heißt, sie ist tot«, stellt Alice fest.

»Ja«, das heißt, ich glaube. Gesagt hat es nie jemand.

»Krebs?«

»Ich weiß nicht.«

Ich kann mich an meine Mutter auch nicht erinnern. Lily schaut mit mir die Fotos an, mindestens alle zwei Wochen, obwohl es immer dieselben sind, drei Alben voll von mir mit ihr und drei von ihr allein, als Kind, als Studentin, mit Papa, bevor sie mich hatte. Am meisten interessiert mich immer das Haus, das ein halbes Album füllt und von einem Foto zum nächsten wächst. Seite für Seite gebaut wird. Ich möchte auch mal ein Haus bauen. So eins wie unseres, nur größer. Mit einem unterirdischen Chemielabor und einem Tunnelsystem, durch das man auf Kissen rutscht.

»Total viele Frauen sterben heute an Brustkrebs. Ich kenn mindestens drei. Die Seuche dieses Jahrhunderts! Schlimmer als Aids. Tatsache!«

»Ich weiß nicht.«

»Ich untersuch jetzt schon meine Brüste jede Woche«, sagt Alice. »Unter der Dusche.« Sie legt eine Hand vorne auf ihren

Pullover und schaut mich prüfend an. »Nun werd doch nicht gleich rot! Baby!«

Krebs – das hätte man mir gesagt. Eine Lehrerin der Unterstufe hatte Krebs, das war kein Geheimnis, die ganze Schule sammelt jedes Jahr für die Krebshilfe. Wenn meine Mutter an Krebs gestorben wäre, wüsste ich das. Niemand hat mir je gesagt, was mit meiner Mutter passiert ist. Haben Außerirdische sie entführt? Das gibt es, hab ich im Fernsehen gesehen. Obwohl Papa sagt, Außerirdische gibt es nicht, nur Gott.

Ich wüsste schon gern, was er mit meiner Mutter gemacht hat.

Vielleicht ist sie ja gar nicht tot. Vielleicht ist sie weggelaufen. Vielleicht hab ich sie zum Wahnsinn getrieben. Kinder treiben einen zum Wahnsinn, das sagte jedenfalls Martinas Mutter immer. Sie kriegte ohne jede Vorwarnung einen roten Kopf und schrie: »Du bringst mich noch so weit, dass ich aus dem Fenster springe! Ich schwör's! Dann kannst du mal sehen! Wie es ist, ohne Mutter zu leben! Ha!« Dann zog Martina mich schnell in ihr Zimmer und machte die Tür zu. Eine halbe Stunde später kam ihre Mutter mit einem Teller voll kleiner Kuchen herein und entschuldigte sich. »Armer Junge«, sagte sie und strich über meinen Kopf. Die Mütter auf dem Heimberg wollten bei meinem Anblick immer gleich losheulen. Ich war der arme Junge von gegenüber. Deshalb mochten mich auch die Mädchen.

»Also was«, sagt Alice. »Was Schlimmes? Aids? Drogen? Selbstmord? Mir kannst du es ruhig sagen.«

Hier, wo niemand etwas weiß, werde ich vielleicht richtige Freunde haben. Jungen, meine ich. »Keine Ahnung. Sag ich doch die ganze Zeit.«

»Vielleicht ist sie ja gar nicht gestorben«, sagt Alice. »Vielleicht musste sie das Land verlassen oder so was. Hast du nicht gesagt, sie sei Französin? Also aus einem anderen Land, oder? Vielleicht war sie ja Geheimagentin oder so was.«

Secret agent, das ist ein Wort, das ich kenne. Viele Wörter kenne ich nicht, ich muss von einem zum nächsten hüpfen wie auf runden Steinen durch einen kalten Bach.

»Nicht wirklich aus Frankreich, sie, ihre Mutter... meine Großmutter...«

Alice nickt. Ihr Haar wippt wie eine Mütze, die sie auf dem Kopf trägt. Ich möchte das Haar immer anfassen, um zu fühlen, ob es echt ist. Sicherheitshalber setz ich mich auf meine Hände.

»Manchmal«, sage ich, »manchmal höre ich sie.« Eine Stimme, die ich nicht kenne, die niemandem gehört. Manchmal ist es, als ob mir jemand in den Nacken pustet, warm und kitzlig, aber wenn ich mich umdrehe, ist da niemand.

»Wenn sie wirklich tot ist, ist sie vielleicht ein Engel oder so was. Ein Geist, verstehst du? Das wäre ziemlich cool, dann könnte dir nämlich gar nichts passieren.« Alice überlegt. »Wir könnten das mal testen«, schlägt sie vor. »Du gehst bei Rot über die Straße, oben beim Park, wo die Autos immer so schnell fahren, und ich pass von der Seite aus ganz genau auf. Wenn du im letzten Augenblick von den Autos weggerissen wirst, dann hast du eindeutig einen Schutzengel.«

»Und wenn nicht?« Alice spinnt. Aber wenigstens tue ich ihr nicht Leid.

»Oder aber«, überlegt sie weiter, sie kann es nicht lassen, »oder aber, sie lebt noch und folgt dir heimlich. Sie ist in einem Zeugenschutzprogramm, wie in diesem Film mit Bruce Willis... Hattet ihr mal was mit Verbrechen zu tun? Mit der Mafia oder so? Kannst dich nicht erinnern, was. Egal, es passt. Sie darf keinen Kontakt mit dir haben, aber sie kann dich auch nicht alleine lassen, sie bringt es nicht übers Herz, und unter Einsatz ihres Lebens ....«

»Du spinnst ja«, sage ich, *»you're crazy.«*

Es könnte allerdings schon sein.

Lily

Ende August, und morgens ist der Nebel so dick, dass man keine zwei Meter weit sieht. Das Nebelhorn tutet im Morgengrauen. An den Fenstern sind keine Vorhänge, ich sehe ein Stück hellgrauen Himmels und weiß sofort, wo ich bin. San Francisco, Kalifornien, Amerika.

Sechs Uhr, ich stehe auf und mache Frühstück. Frank hat schlechte Laune. »Die Vorhänge sind zu dünn«, sagt er, »so kann man nicht schlafen. Und dann immer das Nebelhorn. Richtig unheimlich. »Es ist August«, sagt er. »Auf der Halbinsel hätten wir jetzt Sonne!«

Er verlässt das Haus um zwanzig nach sechs, Milchkaffee im Thermosbecher, den er in eine spezielle Halterung im Wagen stellt, im Stau leicht mit der rechten Hand zu erreichen. Alice kommt runter und isst mit uns. Ich packe das Mittagessen ein, Sandwich, Apfel, kleine Tüte Chips, Saft. Alice hat drei Dollar fünfzig, damit kauft sie sich ein *lunchable* bei Chen. Ein *lunchable* ist ein Mittagessenpuzzle: aus einem gekühlten Teigfladen, einer Tube Rot und einer Tube Weiß kann man sich seine eigene, kalte Pizza bauen.

Der erste Morgen, die Klassen treten auf dem Schulhof an, in Zweierkolonnen. Alice in einer Klasse voller Mädchen, ihre Lehrerin trägt baumelnde Kürbisse an den Ohren. Die Zweierreihe daneben besteht dagegen fast ausschließlich aus Jungen, asiatische Gesichter, davor ein junger Schwarzer mit einer dickrandigen Brille, verschränkte Arme über billigem Anzug.

»Mr. Sandman?« Er nickt nur. »Das ist mein Sohn Leo«, sage ich (jetzt ist nicht der Moment für Haarspaltereien), »er spricht noch nicht so gut Englisch. Wir sind gerade erst aus der Schweiz hergezogen.«

»Darauf kann ich keine Rücksicht nehmen.«

»Aber wir ...«

»... wir sind alle von irgendwoher.« Er nickt Leo zu. »Stell dich in die Reihe, da, ganz hinten.«

Ich bin entlassen. Alice winkt mir aus ihrer Reihe zu, Daumen hoch. Die Glocke schrillt, die Kinder marschieren klassenweise, in Zweierreihe, über den Schulhof zu ihren Zimmern. Leo wirkt kleiner als sonst. Er dreht sich nach mir um. Sein blasses Gesicht. Ich muss mich zwingen, mich abzuwenden, zum Tor zu gehen und dann über die Straße nach Hause. Ich sitze da und warte, bis es Zeit ist, ihn abzuholen. Halb drei. Niemand hat angerufen. Alles ging gut. Ich stehe am Schultor. Alice winkt mir von weitem zu, während Leo so tut, als hätte er mich erst im allerletzten Augenblick erkannt. Eine Traube von Eltern, Großeltern und älteren Geschwistern steht am Schultor, die Wagen stauen sich in doppelter Reihe mit laufenden Motoren.

Ich gehe mit den Kindern in der Konditorei Wirth Brothers ein Eis essen. »Wirth Brothers, das sind bestimmt Schweizer«, sage ich zu Leo, doch hinter der Theke stehen drei Schwestern aus Vietnam, die russische Kuchen verkaufen. Die Süßigkeiten sind kyrillisch angeschrieben. Das Eis ist hausgemacht. Alice bestellt für uns.

»Nun, wie war's?«

»In Ordnung«, sagt Leo. Er zeigt mir seine Schularbeiten. Ein Aufsatz über die Sommerferien, gewisse Dinge sind überall gleich. Eine Zeichnung von der Golden Gate Bridge, die ganz in der Nähe ist, man sieht sie vom Haus aus, von Rhondas Fenster im zweiten Stock.

Am Sonntag haben wir da gepicknickt, am Baker Beach. Ich ging ein Stück in der Brandung, die Füße im eiskalten Wasser. Ein Seehund zeigte seine glänzende Schnauze, ganz nahe, chinesische Großväter fischten, dicke Mädchen in Unterwäsche übten Rad schlagen, Väter warfen Bälle, Jugendliche schlitterten auf Holzbrettern über den nassen Sand. Ich ging auf die rote Brücke zu, die so nahe schien, doch der Strand endet ein ganzes Stück von ihr entfernt. Große Frachtschiffe fahren vorbei, mit bunten Containern beladen, hellblau, grau und orange. Ganz vorne am Strand liegen sie nackt in der frischen Brise, erst die unrasierten Frauen, die Hunde, ein schmaler Streifen Konfusion und Geschlechtergemisch, dann ganz am Ende in akkuraten Reihen Männerkörper von beinahe unwirklicher Perfektion. Parkwächter reiten zu zweit vorbei, höflichkeitshalber legen die Männer einen Teil der Sonntagszeitung über ihr Ding, die Reiter ziehen weiter, die Zeitungen werden wieder vor die Nasen gehoben.

Als ich gerade darüber nachdenke, warum heterosexuelle Männer nicht solche Körper haben – nicht, dass ich viele von ihnen nackt gesehen hätte, so jung, wie ich geheiratet habe –, steht einer von ihnen auf und kommt auf mich zu. Woher, wohin, was machst du heute Abend.

Krampfhaft halte ich meinen Blick nach oben gerichtet, auf seine Schulter, über seine Schulter hinweg in das Licht, das mich blendet. Will ich mit ihm ausgehen? *»No speak English«*, sage ich und gehe zurück, ein bisschen schneller. »Heute Abend?«, ruft er hinter mir her. »Morgen Abend? He, geh nicht weg.«

Ich kann mich nicht erinnern, wann mich das letzte Mal ein Mann angesprochen hat. In meinem Leben als Hausfrau auf dem

Heimberg kamen kaum Männer vor. Ein Hund springt um mich herum, wird von seinem Meister zurückgepfiffen.

»*Sorry about that*«, sagt er, und: »Sind Sie in Ordnung?«

»Weißt du, wer das war?« Rhonda versucht sich ihre Aufregung nicht anmerken zu lassen: »Der dich da eben angesprochen hat, das war Chris Isaak.«

»Der Nackte?« Sie starrt mich an. Zeigt mit dem Finger. »Der. Mit dem Hund.«

»Chris Isaak?«

»Er wohnt eigentlich am Ocean Beach, ist besser zum Surfen. Hier oben wohnt Sharon Stone«, sagte Rhonda, »in dem gelben Haus, siehst du, das zweite von links, und Robin Williams, etwas weiter hinten, das sieht man von hier aus nicht. Ach, und Ellen de Generes hat sich Häuser in der Gegend angeschaut, stimmt's nicht, Bill?«

»Hab sie nicht geladen«, brummt Bill, was heißen soll, sie war nicht in meinem Taxi, und wer nicht in meinem Taxi fährt, der existiert ganz einfach nicht für mich.

Bill, der die ganze Nacht gearbeitet hat, ist mit uns an den Strand gefahren und versucht gerade, Leo die Grundregeln des Baseballspiels beizubringen. Während Frank mit dem neuen Mountainbike unterwegs ist. Er muss sich von der Arbeit erholen, dem neuen Job, der nicht so ist wie der alte, und von dem langen Anfahrtsweg im Auto. »Ich werde euch zuwinken«, versprach er, bevor er losradelte – über die Brücke, unter der wir picknickten, hinauf zum Mount Tamalpais, Mount Tam für die Eingeweihten. Das Rad ist neu, in der Schweiz rannte er, mit Vorliebe auf den Ütliberg.

»Ich brauche das«, sagt er, »ich brauche den Ausgleich. Du machst dir ja keine Vorstellung.« Fünf Wochen sind wir jetzt hier, und es fühlt sich schon an wie immer.

Wir fliegen den Berg hinunter, die kurvige Straße zum Stinson Beach, ich habe die Arme um seinen Hals geschlungen, die Sonne blitzt zwischen den Bäumen auf, beinah kann ich den Eukalyptus riechen. Fliegen. Ich liebe es. Ich hatte schon, als ich noch lebte, ein gutes Gefühl fürs Fliegen, träumte oft davon, und später erinnerte sich mein Körper genau daran. Wie man die Schultern spreizt, mit den Armen schlägt, abhebt. In der Kurve taucht der Ozean auf, wir sausen direkt darauf zu. Ich jauchze.

Frank schüttelt den Kopf, hebt die Schultern, das Rad gerät aus dem Gleichgewicht, ich halte es mit Mühe auf der Straße. Er versucht mich abzuschütteln, mich loszuwerden, die Erinnerung. Pech, Frank, ich fliege mit, ich klebe an dir.

Ich kann mir nicht helfen, ich liebe ihn, im Tod beinah noch mehr als im Leben, und auf jeden Fall liebe ich ihn besser.

Ich dachte immer, Frank sei Gott. Er wusste alles. »Ich kenne dich«, sagte er immer zu mir, »ich weiß, wer du bist.« Wie kann man da widerstehen. Wie soll man. Darüber vergaß ich ganz, mich um ihn zu kümmern. Wie die Kleine es tut. Ich war ja leider schon ein bisschen verrückt, als ich Frank kennen lernte – depressive Grundveranlagung, Gesprächstherapie, Xanax. »Das brauchst du alles nicht mehr«, sagte Frank, »jetzt hast du ja mich.«

Ich war dreißig, als ich Frank kennen lernte, und wohnte immer noch zu Hause. Ich studierte ein bisschen, dieses und jenes. Kunstgeschichte, Journalismus, französische Literatur, ich arbeitete in einer Bar, ich stand Modell für eine alte Bildhauerin, die meinen Körper als »reinen Jugendstil« lobte. Bis in zwei Parkanlagen hat mein nackter, anonymer Körper es gebracht und auf einen Brunnen in der Innerschweiz, dort wurde er allerdings schon nach zwei Tagen von fundamentalistischen Christen abmontiert und zerlegt.

Ich sah Frank zuerst in einer kleinen Bar, einem Lokal ohne Stühle, Frank war mit einer anderen Frau da, ich mit einem anderen Mann, im Gedränge kamen wir ins Gespräch, er fragte mich, wo ich hinwolle.

»Wir wollten ins Kino«, sagte ich, und er: »Das meine ich nicht. Sondern: Wo willst du hin. Du weißt nicht, wo du hinwillst. Du weißt nicht, wo du hingehörst.«

Das beeindruckte mich – dass jemand sich die Mühe machte, mich zu lesen. Als wir uns später im Kino wieder trafen, saßen wir nebeneinander, zwischen unseren jeweiligen Begleitern, und bevor der Film zu Ende war, hielt er meine Hand.

Frank wusste alles schon von Anfang an: dass er mich liebte und ich ihn, noch bevor ich es selber wusste. Dass wir zusammengehörten. Füreinander geschaffen waren.

»Ich weiß, wer du bist«, sagte er, »ich kenne dich.« Frank hielt meine Hand im Gehen und Stehen, beim Essen und beim Lieben. Ich fühlte etwas aus seiner Hand in meine übergehen, in meine Adern überfließen. Sein Zugang zur Welt eröffnete sich mir wie in der Mittelschule, als Ricco Zanottis Coolness automatisch auf mich überging, wenn er sich an mir rieb, wenn er mich küsste, vorausgesetzt natürlich, es sah sie jemand, die Küsse.

Frank war eindeutig zu Hause in der Welt. Er kannte keine Zweifel, denn Gott war auf seiner Seite. Er schaute mir in die Augen und sagte: »Ich sehe in einen Abgrund, aber das macht nichts. Ich halte dich fest.« Ich war dreißig Jahre alt, und mein Leben begann. Ich hatte einen Platz: an Franks Seite. Ich war auf der Welt, um mit Frank zusammen zu sein. Endlich ergab alles einen Sinn.

»Hast du nächsten Samstag schon etwas vor?«, fragte er mich, nach dem Film, als wir unschlüssig vor dem Kino standen.

»Ich hole dich um elf Uhr ab. Zieh dir was Schönes an.«

Er kam zehn Minuten früher. Ich trug Netzstrümpfe, Kampfstiefel, ein sehr kurzes, grünes Kleid mit breiten Schultern und Schalkragen und einen Nietengürtel schräg um die Hüften. Frank trug einen englischen Anzug mit schmaler Lederkrawatte. Wir fuhren über Land. Wir hielten vor einer Kirche.

»Meine kleine Schwester heiratet heute.« Er verzog das Gesicht. »Sie muss.«

»Machst du Witze?«

»Nein, sie ist im vierten Monat schwanger. Das kommt schon vor, hier auf dem Land. Sie hätten es aber in jedem Fall getan. Sind seit der Mittelschule ein Paar, verstehst du.«

»Ich meine ... ich kenne doch niemanden, du kannst mich doch nicht ...«

Er lächelte nur. »Sei nur ganz du selbst«, sagte er, »bleib einfach im Moment.«

So war Frank, er warf mich gern ins Wasser und sah mich schwimmen. Nicht in ein tiefes Wasser, nein, nur in ein rundes Fischglas, wo er mich gut sehen konnte. Er sah alle meine Fehler. Und liebte mich umso mehr.

Seine Familie war weniger begeistert. »Als Frank sagte, er bringt seine Freundin mit, dachten wir natürlich an Silvia. Kennst du Silvia? Sie lebt auch in Zürich. Sie ist sehr nett.«

»Hast du mit Katrin gesprochen«, mischte sich sein Vater ein, »sie ist von ihrem Auslandsaufenthalt zurück. Da drüben steht sie, neben ihrer Mutter. Geh Guten Tag sagen.«

Sie mochten mich nicht, aber ich verliebte mich sofort in sie. Die Bauers lebten seit Generationen im selben Dorf, jeder kannte sie, sie kannten jeden, sie wussten, wo sie hingehörten.

Frank senior hatte das Elektrogeschäft von seinem Vater übernommen und zu einem Computershop weiterentwickelt, der nun vom Schwiegersohn übernommen werden sollte. Nicht von Frank, Frank hatte Größeres vor, da konnte man nichts machen. Er war Architekt und entwickelte biologisch abbaubare Häuser. Daneben studierte er Jura, um der Menschheit besser zu Diensten zu sein. »Er wollte immer hoch hinaus.«

Frank sieht außerdem sehr gut aus. Beinahe unverschämt gut, sodass man sich fragt, was mit ihm nicht stimmt. Vierundvierzig Liebhaber hatte ich vor ihm gehabt, und nur drei oder vielleicht vier von ihnen mochte ich am nächsten Morgen nicht mehr. Vierundvierzig nette Männer, in die ich alle, mehr oder weniger heftig, mehr oder weniger lange, verliebt gewesen war. Aber für keinen hatte ich so empfunden wie für Frank. Ihm gehörte ich.

Ich liebe ihn immer noch. Da kann man nichts machen. Ich klammere mich an ihn, ich winde mich um seinen Kopf, ich lege mich auf sein Gesicht, das immer schöner wird. Er nimmt die Hand vom Lenker, um mich wegzuwischen. Das Rad schlingert auf der steilen Straße.

Am selben Abend sagt er zu Lily: »Ich glaube, ich gebe das Radfahren auf.«

Lily

»Du gibst das Radfahren auf?«

Wir sitzen in Tommy's Mexican Restaurant, unten am Geary Boulevard, teilen uns einen Krug Margharitas und eine Schüssel Chips und Salsa, während wir aufs Essen warten. Alice und Leo trinken Shirley Temples mit extra viel Kirschen drin. Ich kann mich immer noch nicht daran gewöhnen, wie Leo in beinah akzentfreiem Englisch bestellt: »Ich nehme dies, aber ohne das, dafür bitte extra jenes und das Ganze ohne Salatblatt.«

»Für mich dasselbe«, sagt Alice, »aber bitte ohne Sauce, oh, und zum Getränk hätten wir gerne ein paar extra Kirschen in einer kleinen Schale, geht das?«

Ich halte den Atem an und warte auf die Antwort: »Verwöhnte Bälger, was bildet ihr euch ein?« Stattdessen nickt die Kellnerin nur, als sei so eine Bestellung nichts Besonderes, und das ist sie wohl auch nicht. »Das ist Amerika«, sagt Leo, der alles viel schneller versteht als ich. »Amerika heißt: Du kannst nie zu viel von etwas haben.« Das war, als ich ihm das dritte Yo-Yo verweigerte.

Leo und Alice haben die Köpfe zusammengesteckt, einen Stapel Karteikarten vor sich, ein Spiel vielleicht oder Schularbeiten. Das Restaurant ist brechend voll, hauptsächlich mit Studenten, die mehr wegen der billigen Margharitas als wegen des Essens kommen.

»Du gibst das Radfahren auf?«, wiederhole ich.

»Es macht keinen rechten Spaß hier.« Frank schüttelt den Kopf. Eine Strähne fällt ihm in die Stirn. Ich strecke die Hand aus, um sie zurückzustreichen. Ich weiß, dass er das nicht mag, aber ich kann nicht widerstehen. Prompt schüttelt er mich ab.

»Irgendwie finde ich meinen Rhythmus nicht. Es ist, als würde ich vor etwas davonfahren und wäre doch nie schnell genug, verstehst du?«

Nicht wirklich, aber ich nicke. Ich stelle mir die Sonntage vor, endlose Sonntage mit Frank und ohne Fahrrad. Stattdessen sage ich: »Und was ist mit dem teuren neuen Rad?«

Das ist natürlich nicht die richtige Antwort. »Musst du immer so materiell denken? Ich versuche hier gerade, einer tiefen Intuition Ausdruck zu geben.«

Die Kellnerin rettet mich, indem sie eine Schüssel Guacamole vor uns hinstellt und frische Chips, mit dem Essen kann es noch eine Weile dauern, die Küche ist überfordert.

»Wir merken immer, wenn das Semester beginnt. Studierst du auch hier, *honey*?«

»Ich?« Ich vergesse immer, wie jung ich aussehe, jünger als ich bin, zu jung, um für Franks Frau, für Leos Mutter gehalten zu werden, sogar hier.

Frank lacht, ihm gefällt das, schon hat er meinen Materialismus vergessen. Er legt seine Hand auf meine und neckt mich. »Ich glaube, der Typ an der Bar würde dich gern ansprechen.«

Ich drehe mich um. Die Bar ist überfüllt, in drei Reihen stehen sie, junge Frauen in winzigen Oberteilen, die feuchte Kälte draußen, den nebligen San-Francisco-Sommer ignorierend. Junge Männer in Flatterhemden, die ihre flächendeckenden Tätowierungen zeigen, Piercings, Kinnbärtchen. »Welchen meinst du?«, frage ich. »Den da, beim Surfbrett?«

Ein langer Typ im übergroßen Hawaiihemd, den Körper zum Fragezeichen gekrümmt, steht an sein Brett gelehnt, das ich erst für eine Dekoration halte, bis er es aufhebt, unter den Arm klemmt und umständlich zu einem Tisch ganz hinten im Lokal trägt, links und rechts anstoßend. Die Massen weichen unbeeindruckt aus.

Frank lacht. »Nein, der Schwarze da! Mit der Jerry-Lewis-Brille!« Ich schaue noch einmal hin. Er hebt sein Glas und nickt mir zu, freundlich, denke ich, vielleicht etwas spöttisch. Ich lächle zurück.

»Kennst du den etwa?«

»Das ist Leos Lehrer«, flüstere ich, »Mr. Sandman.« Die Kinder sinken mit einem Stöhnen in die roten Plastikbänke zurück. O nein! Ein Lehrer!

Als ich das nächste Mal hinschaue, ist er gegangen. Das Essen kommt, Burritos und Enchiladas und Carne Asada. Es ist lauwarm, auf einem Teller fehlen die Bohnen, Frank tauscht und sagt: »Es war wohl ein Fehler, am Wochenende herzukommen.«

Wann denn sonst, frage ich mich. Mein Plan ist, jede Woche ein anderes Lokal im Viertel auszuprobieren, bis wir alle kennen, bis wir uns für eins entscheiden, dass dann unser Stammlokal wird. Vielleicht das thailändische, wo man am Eingang die Schuhe auszieht und sich dann auf Kissen setzt, oder das Dim-Sum-Lokal, das neulich in der Zeitung erwähnt wurde und vor dem sich am Sonntagmittag eine Schlange bis über die Kreuzung hinaus zieht.

»In Ordnung, von jetzt an ist der Montag unser Ausgehabend«, schlage ich vor. Ich wage nicht zu fragen, ob Frank auch den Fitnessklub aufgeben wird. Ob er nach der Arbeit direkt nach Hause kommt. Ob wir zusammen essen werden.

Er hat sich so weit zurückgelehnt, dass er nur noch auf zwei Stuhlbeinen balanciert, und die Augen geschlossen. Er hebt einen Finger: Ich soll still sein. Gott spricht zu ihm. Leo und ich kennen das, aber Alice schaut verwirrt. Ihre Augenbrauen wachsen unter der dicken roten Krause zusammen. Sie öffnet den Mund. Leo beugt sich tiefer über seine Karteikarten. Ich lächle fröhlich, ich zwinkere ihr zu. Kein Grund zur Sorge, lächle ich, es dauert nur einen Moment. Zwei junge Frauen in viel zu weiten Shorts, Gummilatschen und Bikinioberteilen drängen sich an uns vorbei zu dem langen Tisch ganz hinten, gefolgt von einem weiteren Surfbrettträger. Frank kippt auf dem Stuhl zurück. Er öffnet die Augen. Ich warte.

»Gott kennt die Surfer«, sagt er. »Oder umgekehrt: Die Surfer kennen Gott.«

Er winkt nach der Rechnung, plötzlich muss alles ganz schnell gehen. Er muss nach Hause, muss aufschreiben, was er gehört hat, und im Netz verbreiten. Kalte Luft schlägt uns entgegen, auf dem Trottoir steht eine lange Schlange junger und kaum bekleideter Menschen, rauchend, lachend, braune Papiertüten an die Lippen führend. Mich schaudert. Ich hake mich bei Frank ein und kann es nicht lassen, zu fragen: »Hast du das von Gott direkt, oder hast du die Surfer belauscht?«

Leo

Mr. Sandman fragt, ob meine Mutter einen Schulausflug begleiten kann. Ich sage Ja. Ich sage nicht: Sie ist nicht meine Mutter. Wir werden mit der Fähre nach Alcatraz fahren. Das ist ein Gefängnis auf einer Insel vor der Stadt. Al Capone und viele berühmte Gangster waren dort. Die Insel gehört eigentlich den Indianern, wie überhaupt ganz Amerika. In der Schweiz spielten wir Cowboy und Indianer, und niemand wollte Cowboy sein, weil Indianer erstens cooler sind und zweitens die Guten. Das kann man hier aber niemandem sagen, denn die Amerikaner stammen ja eigentlich von den Cowboys ab. Das heißt, in meiner Klasse sind sechzehn asiatische Kinder, sieben aus Russland, fünf Latinos, Hamdi aus Pakistan und ich aus der Schweiz. Ich kann schon bald so gut Englisch wie die meisten. Nur zwei Kinder sind wirklich in Amerika geboren: Jessica, ein schwarzes Mädchen, und seit letzter Woche Kinsey. Sie ist aus Denver und ihre Mutter bei der Armee. Sie schreibt ihren Namen KinCee. Sie ist cool.

Was anders ist: Im Rechnen sind wir, verglichen mit der Schweiz, ungefähr ein Jahr hinterher. Turnen haben wir auf dem Pausenplatz: zwanzig Minuten im Kreis stehen und Ball abgeben, manchmal ein bisschen Basketball, in unseren normalen Kleidern. Keine Turnhalle, keine Garderobe, kein Turnzeug einpacken. Schwimmunterricht, vergiss es. Die Toiletten funktionieren nicht, sind meist überschwemmt und stinken. Nach der Schule sause ich auf meinem Brett nach Hause und gehe da aufs Klo. Alice lacht mich aus. »Das Mädchenklo ist voll o.k.«, sagt sie. »Da kann man mal wieder sehen.«

Um halb drei komm ich nach Hause, Lily macht uns einen Snack, wir machen unsere Schularbeiten, meist bin ich zuerst fertig, und dann hört Alice auch auf.

»Wir gehen mit dem Hund«, rufen wir ins Treppenhaus. Bevor sie den Hund hatten, durfte Alice nie alleine raus. Aber der Hund muss Auslauf haben, und der Park ist so nah. Wir rennen die Hintertreppe runter, rufen Rhonda etwas zu und sind weg, bevor sie antworten kann. Sie hat ein kleines Büro hinter der Garage, mit einem Computer. Da arbeitet sie, wenn Mara im Kindergarten ist. In der Wohnung ist nur Dad. Dad auf dem Sofa. Immer da. Er geht nie raus, nur zur Arbeit, und das ist nachts. Wenn wir aus der Schule kommen, liegt er auf dem Sofa. Wenn man ihn was fragt, dauert es meist eine Minute, bis er die Augen vom Bildschirm nimmt und einen anschaut, aber früher oder später tut er es immer.

Alice mag Dad nicht. Ich weiß nicht, was sie an ihm auszusetzen hat. Außer, dass er nicht ihr richtiger Vater ist. Ihr richtiger Vater ist ein Filmstar oder so was, »im Showbusiness«, hat sie in einem Aufsatz geschrieben, seither nerven sie die anderen Kinder, sie soll das erst mal beweisen.

»My Father is a very important man«, hab ich geschrieben, als wir eine Woche später dasselbe Thema hatten, nicht nur, weil ich nicht genau weiß, wie man das nennt, was er macht. Er organisiert Dinge – ich weiß nicht welche, aber bestimmt wichtige.

Früher hat er Häuser gebaut. Jetzt verdient er mehr Geld, mehr als die anderen Väter auf dem Heimberg, und die verdienen alle viel. Sonst könnte man da gar nicht wohnen.

Auf dem Heimberg stehen nur große Häuser, Gärten mit alten Bäumen und Schaukeln und oft sogar Schwimmbädern. Jedes Kind hat mindestens ein eigenes Zimmer, aber keinen eigenen Fernseher wie hier.

Was hier auch anders ist: Im Klassenzimmer gibt es außer Bänken und Stühlen nichts. Alles andere muss Mr. Sandman selber kaufen, Bleistifte, Hefte, Bastelmaterial. Ich habe immer noch keinen Freund. Obwohl keiner weiß, dass ich KEINE MUTTER habe. Und obwohl ich zum ersten Mal einen Lehrer habe, man sollte meinen, das hilft. In der Schweiz waren es immer Lehrerinnen, eine nach der anderen, die mir übers Haar strichen, bis zum Schluss, Ende vierter Klasse, und mir alles durchgehen ließen. Das nützte ich natürlich aus, aber was ich auch anstellte, die anderen Jungen wollten nichts mit mir zu tun haben. Nur, wenn sie von ihren Müttern dazu gezwungen wurden: »Warum lädst du nicht mal den armen Jungen von gegenüber zum Spielen ein?«

Die Jungs in meiner Klasse hier sind kleiner als ich, jünger, sie gehen nach der Schule sofort nach Hause, und außer Alice und mir und Benji, der nachmittags im Laden rumsitzt, werden alle abgeholt und begleitet. Manche Kinder haben Großmütter, die nicht Englisch sprechen, aber laut schimpfen und mit den Augen rollen, wenn die Kinder sich schmutzig gemacht oder die Hosen zerrissen haben. Was nicht oft vorkommt, die Kinder sind alle ziemlich brav, wenigstens in unserer Klasse; als ich mal vorschlug, wir sollten über die Mauer klettern, um den Ball zurückzuholen, schauten sie mich ganz groß an – das dürfen wir nicht.

Ich habe nur Alice. Sie ist nicht wie andere Mädchen, die ich kenne. Sie hat kein Mitleid. Sie will nicht wissen, wie sie aussieht. Sie skatet. Sie ist eigentlich ganz in Ordnung.

Alice und ich haben uns in den Kopf gesetzt herauszufinden, was aus meiner Mutter geworden ist. Wir haben eine Detektivfirma gegründet. Einen Namen hat sie noch nicht, weil wir uns nicht einigen konnten. Ich bin für *The Bauer Boys*, weil ich angefangen habe, *The Hardy Boys* zu lesen, auf Englisch. Alice sagt, sie ist kein Boy, sie heißt nicht Bauer, und außerdem sind Frauen bessere Detektivinnen. Dabei würde sie nicht mal auf einen Verdächtigen schießen, wenn sie müsste, als Pazifistin. Sie ist für *Alice 'n' Leo* oder *Avenue Sleuths*. Avenues heißen die Straßen in unserem Viertel, und da, wo wir wohnen, ist »in den Avenues draußen«. Die Avenues sind durchnummeriert und nicht etwa breiter als die normalen Straßen, sie heißen nur so, damit man sie von den gleich nummerierten Straßen auf der anderen Seite der Stadt unterscheiden kann.

Alice und ich gehen mit dem Hund durch den Park den ganzen Weg bis zum Ocean Beach runter. Der Strand ist breit und riesig und gefährlich. Ein Junge, den Alice kannte, ist letztes Jahr da ertrunken, von der Strömung weggerissen worden, dabei war er nur gerade knietief im Wasser. Wir dürfen nicht zum Strand runter, und wir gehen auch nicht, weil es viel zu lange dauert, den Sand wieder von den Schuhen wegzukriegen, sodass es niemand merkt, und von Newton reden wir schon gar nicht. Stattdessen skaten wir auf der breiten Promenade und auf dem Parkplatz.

Weiter vorne stehen die Trucks der Surfer. Da ziehen sie sich um, sie sitzen auf den offenen Ladeflächen, manche gehen gar nicht erst ins Wasser, sondern hängen bei ihren Wagen rum und trinken Bier. Alice geht zu ihnen hin und redet mit ihnen, schwatzt ihnen Snacks ab und einen Schluck aus der Bierflasche.

Sie zieht an ihrem T-Shirt, damit der Ausschnitt größer wird, und lässt ihre Haare wippen. Es ist ein Spiel.

»Kannst ja zu Hause bleiben, wenn es dir nicht passt«, sagt Alice, wenn ich mich beklage. »Ich dachte, du hättest in der Schweiz nach der Schule ständig verbotene Dinge gemacht? Oder war das alles Angabe?«

Ich sage nichts. Nehme ihr die Flasche aus der Hand und nippe. Der erste Schluck ist so scheußlich, dass ich ihn beinah ausspucke. Ich lasse mir nichts anmerken, und der zweite schmeckt schon besser.

Lily

Ich hab mir einen Kindersitz für mein Fahrrad gekauft. Da setze ich die kleine Mara rein, wenn ich sie morgens zum Garden mitnehme, angegurtet und behelmt. Die ersten paar Male fuhr Rhonda im Wagen neben uns her, um sicherzugehen, dass nichts passiert. Unterdessen hat sie sich daran gewöhnt.

Montags, mittwochs und freitags arbeite ich im Garden. Schon haben sie mich gebeten, jeden Tag zu kommen. Die Eltern stürzen sich auf die Gelegenheit, ihre Bereitschaftstage abzugeben. Man streitet sich um mich, die Liste, die ich angeschlagen habe, ist immer voll, das Telefon klingelt zu Hause, und manche Eltern versuchen gar, mich zu bestechen. Bisher habe ich Nein gesagt, obwohl das Gehalt, das ich offiziell kriege, lächerlich ist, ich musste Frank belügen, sonst hätte er es bestimmt verboten. Frank ist grundsätzlich gegen Gratisarbeit.

Sieben Eltern und vier Kindergärtner, Carol, Hannah, Simon und Jordan, passen in Schichten auf die Kinder auf. Ich komme eine halbe Stunde früher, trinke einen Kaffee im Büro und unterhalte mich kurz mit Carol, die den Einsatzplan macht. Dann öffne ich den ersten Kindern die Tür, trage ihre Namen ein und verteile die Karten, auf denen genau steht, wer wann wo zu sein hat und was es zu tun gibt.

»Hast du denn jetzt mal in unser Buch geschaut, Lily?«

Das Buch mit den Regeln ist fünfzig Seiten dick. Ich hab es nicht gelesen. Was hab ich jetzt wieder angestellt – im Küchendienst koffeinhaltigen Kaffee gekocht, mehr als drei Dreiräder auf einmal ausgegeben, zuckerhaltige Snacks mitgebracht oder die Kinder beim Schaukeln angeschoben, obwohl sie selbstbestimmt, kreativ spielen sollen. Wenn ich sie nicht anschiebe, legen sie sich vielleicht auf den Bauch und verwandeln sich in ein Flugzeug.

»Lily«, sagt Jordan und schaut in die Schüssel mit Kuchenteig. »Da ist doch nicht etwa Schokolade drin?«

Sein Ton ist vorwurfsvoll. Er mag die Eltern nicht, die hier mithelfen, immer machen sie alles falsch, hören nicht zu, halten sich nicht an die Regeln. Mich mag er noch weniger. Wenn es nach ihm ginge, wäre ich nicht hier. Ich mache es den Eltern leicht, sich vor den Garden-Pflichten zu drücken. Er stimmte als Einziger gegen meine Einstellung und lässt keine Gelegenheit aus, mich zurechtzuweisen. Ich stehe auf. »Schokolade«, sage ich, »gehört in der Schweiz zu den Grundnahrungsmitteln.«

Dann gehe ich raus, obwohl auf meiner Karte nichts von Rausgehen steht, und fege den Hof, den Spielplatz, den Sand vom Weg, die Piniennadeln. Das tue ich systematisch und gründlich. Die Kinder sind alle noch drinnen, ich bin allein, es ist still. Ich bewege mich rhythmisch, mein Atem steht in Wolken vor meinem Gesicht. Es ist kalt hier im Sommer, kalt und neblig, vor allem hier draußen in den Avenues. Manche Kinder kommen mit kurzen Ärmeln und nackten Beinen von der anderen Seite der Brücke und müssen erst mal warm angezogen werden.

Ich mag den Nebel. Hell und leicht rollt er vom Meer herauf wie eine Fortsetzung der Gischt. Er bleibt in den Baumspitzen, den Dachgiebeln hängen, er rollt die Straßen hinab wie Schnee, bis ihn die Sonne wegbrennt. Ich fege hin und her und hin und her. Dann gehen die Türen auf, und die Kinder stürmen nach draußen.

»So sauber war es hier noch nie«, sagt Simon, der andere Kindergärtner. Er schaut mich mit diesen beinah durchsichtigen, hellblauen Augen an, die einen immer zu verspotten scheinen. Er hat einen Akzent – französisch, sagen die einen, er ist Kanadier, nein, gar nicht, aus einem dieser romantischen kleinen europäischen Königreiche, Bulgarien, oder wie heißt es noch. Und er hat einen Ruf: Alkoholprobleme, Affären mit Müttern im Garden. Seine Exfrau, selbst eine Garden-Veteranin, spricht nicht mehr mit ihm.

»Ich wünschte, ich könnte eine rauchen«, sagt Sara, die ich erst für eine junge Mutter hielt, aber sie ist ein Kindermädchen aus Australien, eine Nanny.

»War ich auch mal.«

»Echt? Und dann?«

»Hab ich mich in meinen Arbeitgeber verliebt.«

»Schrecklich!«, ruft Sara, die an Annies Vater, den Anwalt, denkt. Ich sollte besser keinem etwas erzählen. Niemand kennt mich, niemand weiß. Ich bin verheiratet, ich habe ein Kind, bin eine Mutter wie alle anderen.

Es ist halb zehn, wir haben Pause, eine Viertelstunde, in Schichten. Jordan kommt in die Küche und mixt sich ein Getränk aus einem weißen Pulver, das in einem speziellen Behälter auf dem Regal steht, mit einem handgeschriebenen Etikett: PROPERTY OF JORDAN – DO NOT TOUCH.

Er mixt und trinkt, während die Gespräche verstummen. »Weiß jeder, wann er wieder an seinem Platz zu sein hat?« Er zeigt auf die Uhr. »Es ist wichtig, dass sich alle exakt an den Arbeitsplan halten. Das gilt auch für dich, Lily. Wir haben deinetwegen schon genug Sonderregelungen.«

Jawohl.

»Der hat was gegen dich«, sagt Sara, »aber nimm's nicht persönlich, er hat was gegen fast alle hier. Mit Ausnahme von Rhonda, die mag er.«

Alle mögen Rhonda, und sie ist meine Freundin.

»Simon hingegen ist süß.« Sara beißt in ein Stück Kuchen. Die Eltern kriegen eine Tasse koffeinfreien Kaffee und Süßigkeiten, die sie selbst mitbringen. Zucker, für die Kinder streng verboten. Eine groß gewachsene, rothaarige Mutter, deren Namen ich immer vergesse, schiebt sich drei Kekse auf einmal in den Mund und jammert: »Ich sollte nicht, ich sollte nicht.«

»Ich sagte grad zu Lily, Simon ist wirklich süß. Findest du nicht?«

Die Rothaarige schiebt sich noch mehr Kekse in den Mund, sodass sie nicht antworten kann, Krümel kleben auf ihren Lippen. Sie wischt sich den Mund und geht mit ihrer Tasse nach draußen, wo Simon den Kletterturm überwacht.

»Die zum Beispiel«, sagt Sara, »die hat was mit ihm. Garantiert.«

Leo

Alice und ich sitzen am Strand und nippen an einem Bier, das wir den Surfer-Dudes abgeschwatzt haben. Die Männer heißen alle Dude, die Frauen Betty. Wir kennen schon ein paar. Sie winken uns zu, wenn wir ankommen, mit einer Hand oder nur mit den Augenbrauen. Alice reicht mir die Bierdose rüber, aber ich schüttle den Kopf. Unterdessen habe ich mich an den Geschmack zwar gewöhnt. Aber ich nehme trotzdem nie mehr als drei oder vier Schlucke. Damit mir nicht schlecht wird.

»Womit fangen wir an?«, fragt Alice. Wir haben unser Detektivbüro eröffnet. Rhonda hat uns Flugblätter ausgedruckt, die wir in der Nachbarschaft verteilt und in der Schule angeschlagen haben:

Verloren – Vermisst – Gestohlen – Betrogen?
Dann rufen Sie
THE AVENUE SLEUTHS
415-225 4012
Verlangen Sie Alice oder Leo
Wir sprechen Deutsch.

Auf dem letzten Satz hab ich bestanden. Alles andere ist von Alice. Sogar der Name. Bis jetzt haben wir keinen einzigen Auftrag bekommen, und vom schwarzen Brett in der Schule war das Blatt nach zehn Minuten verschwunden. Alice hängt immer wieder mal ein neues hin, aber es bleibt nie lange.

»Ich finde, wir sollten diesen Leuten unsere Hilfe anbieten«, sage ich. Aus meiner Hosentasche ziehe ich drei oder vier zerknitterte Zettel, die ich von Bäumen und Pfosten abgerissen habe: Katze entlaufen, Vogel entflogen, Schlüsselbund verloren. »Wir könnten anrufen und unsere Hilfe anbieten – Bezahlung bei Erfolg.« Ich reiche ihr die Zettel, sie wirft keinen halben Blick darauf.

»Ich hab keine Lust, entlaufene Katzen zu jagen! Das ist doch kein Detektivinnenjob!«

»Man weiß nie, wo's hinführt, denk mal an die Hardy Boys, als sie die …«

»Ja, ja, ja.« Alice mag die Hardy Boys nicht. »Erst mal finden wir raus, was mit deiner Mutter passiert ist!«

Das ist wieder mal typisch Alice.

»Nein.«

»Warum nicht? Willst du nicht wissen, was passiert ist?«

»Nein.«

Alice seufzt übertrieben laut und lange, so laut, dass ein Dude zu uns rüberschaut und ruft: »Alles in Ordnung bei euch Kids?«

Alice winkt ab. »Ja, ja.« Und zu mir: »Was, wenn sie noch lebt? Und irgendwie erfährt, dass du sie gar nicht finden willst?«

»Sie lebt nicht mehr. Sie ist tot und begraben.«

»Ach ja? Ich dachte, es gibt kein Grab?«

»Natürlich gibt es ein Grab, bist du blöd? Ich war nur nie da. Mein Vater sagt, es macht keinen Unterschied.« Heimlich habe ich es mal gesucht, nach der Schule, mit Susann Balmer vom Heimberg, die mich immer nach Hause begleitete, ob ich wollte oder nicht, wir suchten den ganzen Friedhof ab, sie die Reihen rechts vom Kiesweg, ich die links. Wir suchten alles ab, Reihe für Reihe, es gab Gräber von alten Leuten, von kleinen Kindern, Gräber mit Fotos unter Plastikscheiben, Gräber mit unheimlichen Inschriften – Hier liegt Antonius Alois Schläpfer, sein Auge ruht auf uns in Ewigkeit. Oder so was. Aber nirgends ein Grab mit ihrem Namen: Stella Wintour Bauer.

Schließlich hängte ich Susann ab, versteckte mich hinter der Mauer, bis ich sie weglaufen sah, heulend und schniefend, und ihre Schulmappe hatte sie auch liegen lassen. Als ich nach Hause kam, hatte Susanns Mutter bereits bei Lily angerufen und sich beschwert. Lily erklärte mir, dass es keinen Grabstein gibt, nur Asche in einer Urne und ein Gemeinschaftsgrab, auf dem großen Friedhof in der Stadt. »Es ist ein schöner Platz, auf einer Wiese, unter einer großen Ulme«, sagte Lily, aber ich wollte nicht hingehen.

»Du spinnst«, sage ich laut zu Alice, das macht sie immer besonders wütend. Sie springt auf und steht breitbeinig auf dem Mäuerchen, auf dem wir gesessen haben. Sie hebt die Bierdose hoch, als wollte sie sie mir an den Kopf werfen.

»Also gut«, ruft sie, »wenn du dich nicht traust! Dann suchen wir eben meinen Vater.«

»Einverstanden.« Ich ziehe sie am Ärmel, bis sie sich wieder hinsetzt. »O. k. Was weißt du über deinen Vater?«

Sie schüttelt den Kopf. »Nichts.«

»Hast du nicht gesagt, er ist im Showbusiness?«

»Vielleicht. Ich glaube.«

»Name?« Wieder schüttelt sie den Kopf. »Keine Ahnung.«

Sie selber heißt Sheridan wie Rhonda.

»Vorname?«

»Vielleicht Skip? Meine Mutter hat eine Tätowierung auf dem Oberarm. Meist klebt sie ein Pflaster drüber, aber manchmal vergisst sie es. Ein Herz um den Namen Skip.«

»Das müsste man auf jeden Fall nachprüfen.«

Alice trinkt das Bier aus und rülpst. »Richtig. Und wie?«

»Wir sollten eine Akte anlegen«, sage ich. Wir benutzen Rhondas Computer, wenn sie nicht da ist. Keiner von uns hat einen eigenen. Mein Vater sagt, es lohnt sich nicht, für das eine Jahr, ich kriege einen, wenn wir wieder in der Schweiz sind. Ich springe von der Mauer und binde Newton los. In diesem Augenblick reißt er sich los und rennt zum Strand hinunter.

»Newton! Zurück!«, schreien wir, umsonst.

»Blöder Köter!« Alice springt in den Sand und rennt dem Hund nach und ich ihr.

Am Strand vorn haben sich die Surfer im Halbkreis aufgestellt, die Bretter aufrecht wie Hinkelsteine. Alice weiß nicht, wer Asterix und Obelix sind, das habe ich schon herausgefunden, deshalb sage ich nichts. Newton rennt mitten in den Kreis hinein. Alice und ich bleiben gleichzeitig stehen. In der Mitte steht mein Vater, im brandneuen glänzenden Taucheranzug, an ein brandneues glänzendes Brett gelehnt.

»Gott ist in jeder Welle!«, ruft er.

»Yeah!«, antworten die Surfer im Chor.

»Surfen ist beten!«

»Yeah!«

»Wir surfen!«

»Für Gott!«

»Und mit Gott! Amen.«

Zu spät, er hat mich gesehen. Er winkt mich zu sich.

»Mein Sohn Leo«, stellt er mich den Surfern vor, die jetzt in Einerkolonne ins Wasser gehen. »Ein neuer Surfer vor dem Herrn.« Er legt einen Arm um mich. »Leo«, sagt er, »du wirst mir helfen, meine Theorie zu beweisen!« Er wirft mir einen Taucheranzug zu, einen halben nur, mit kurzen Ärmeln und Beinen. Als ich mich zur Promenade umdrehe, hat Alice sich mit Newton aus dem Staub gemacht.

Stella

Die Stadt ist eine große Ablenkung, gefährlich. Es muss etwas am Nebel sein, das die Geister anzieht, sie kommen von überallher, sie vergessen, wo sie hingehören, sie passen nicht mehr auf. Ich nehme mich da nicht aus: Immer öfter verpasse ich etwas, die Familie will nicht so, wie ich will. Es fällt mir immer schwerer zuzuschauen. Ich treibe mich am Wasser herum, auf den Brücken, am Strand. Der Nebel hat dort eine ganz andere Qualität, er ist freundlich und leicht, hell und feucht. Er füllt die Toten aus, bis sie dick und bunt sind und gar nicht mehr durchsichtig. Mich wundert bloß, dass uns keiner sieht. Vielleicht sind hier die Lebenden fehl am Platz, vielleicht ist das unsere Stadt?

»Warte nur, bis im Oktober die Sonne runterbrennt«, jammern die anderen, die unter der Brücke hängen und ab und zu eine verirrte Seele wieder auf das Geländer hochhieven. »Du wirst schon sehen.« Ich bin eher dafür, sie springen zu lassen, wenn sie springen wollen, aber ich sage nichts, ich bin ja nicht von hier.

Stattdessen gehe ich zu den Anonymen Alkoholikern. Da ist es düster und gemütlich, ein Raum im Untergeschoss, kein Tageslicht. Staub tanzt in der Luft. Eine junge Frau mit gedrehten blonden Rastazöpfen stellt Plastikstühle auf, einen Klapptisch, bringt Kaffeekanne, Pappbecher und Kekse. Sie ist höchstens fünfundzwanzig. Viele junge Leute, ich frage mich, wie die schon wissen können, dass sie Alkoholiker sind. Trinken nicht alle jungen Leute? Ein paar triefäugige Landstreicher, Herren im Anzug, schöne Frauen. Auch der Typ vom Kindergarten ist da, der lustigere von beiden. Der bereits ein Auge auf Lily geworfen hat. Das geht natürlich nicht. Ich lege die Hand der Frau, die neben ihm sitzt, auf seinen Schenkel. Er schaut erstaunt, aber auch erfreut auf die glänzenden, orangefarbenen Nägel auf seinen verwaschenen Jeans. So ist's recht.

Und auf jedem zweiten Stuhl sitzt ein Toter. »Willkommen«, sagt einer und gleitet an mir vorbei wie ein kalter Hauch.

»Hier bist du richtig.« Das kommt von einem dicken Wesen, das mich an Betty erinnert, ihre Lippen sind genüsslich geschürzt, als könnte sie das Essen noch schmecken, das sie, nach ihrer Kleidung zu schließen, in den Dreißigerjahren zum letzten Mal genossen hat.

»Danke«, antworte ich, »aber ich bin keine Alkoholikerin. Ich bin nur abends nicht gern allein.« Da schmunzeln sie alle, Lebende und Tote, nachsichtig, wissend.

Als ich zwölf war, schenkte mir meine Mutter Wein zum Essen ein, mit Mineralwasser gemischt, rosa und sprudlig. Wir hatten Gäste, wie beinah jeden Abend, meine Mutter konnte die Gesellschaft meines Vaters allein nicht ertragen. Berühmte Leute kamen zu uns, Schriftsteller, Schauspieler, Sänger, Tänzer. Ein paar Lokalpolitiker, die sich wichtig machen wollten, Frauen, die in meinen Vater verliebt waren, Nachbarn. Pfarrer Schreiber, der aus der Kirche ausgetreten war, aber immer noch als Pfarrer angesprochen werden wollte, kam jeden Abend, meist war er schon da, wenn ich von der Schule kam. Ich sprach mit niemandem, ich sagte nichts, nicht einmal, wenn ich etwas gefragt wurde.

»In welche Klasse gehst du?«

»Wie alt bist du denn unterdessen?«

»Hast du schon einen Freund?«

Ich wusste nie, was ich sagen sollte. Ich verliebte mich in die Gäste, in Männer wie Frauen, lag nachts wach und stellte mir vor, sie würden mich abholen und mitnehmen. In eine andere Welt, in der ich nicht fremd wäre. Aber ich sagte nichts, ich ließ mir die Haare über die Augen wachsen, ich war schüchtern und ganz ohne Charme.

Bis zu dem Tag, als meine Mutter mir zum ersten Mal Wein einschenkte. Da plötzlich tat sich mir die Welt auf. Die gläserne Wand zwischen mir und dem Rest der Welt verschwand zum ersten Mal. Ich konnte sagen, was ich dachte, die geistreichen, amüsanten Geschichten, die mir sonst nur einfielen, wenn die Gäste längst gegangen waren und ich allein im Bett lag, sprudelten aus mir heraus.

»Sie hat einen Schwips«, sagte meine Mutter liebevoll, beinahe zärtlich, und ich übertrieb den Schwips, schwelgte in ihm, »mein

Kopf dreht sich, alles dreht sich!«, rief ich, drehte mich im Kreis und ließ mich auf ein Sofa fallen, gar nicht ungraziös.

Von da an trank ich mit meiner Mutter, jeden Tag. Das erste Glas Weißwein, erst mit Citro-Limonade gemischt, später pur, nach der Schule, um vier oder fünf und dann einfach weiter, bis zum Schlafengehen. Wenn meine Eltern ausgingen, ging ich mit ihnen, wenn sie Gäste hatten, blieb ich zu Hause. Ich flirtete mit Vaters Freunden und Kollegen, ich maß mich an ihnen.

»Du brauchst Leute deines Alters um dich herum«, sagte Vater, und ich ging dazu über, Leute aus meiner Schule mitzubringen, die Interessanteren, Lustigeren, die mich nicht blamieren würden. Natürlich kamen sie gern: Unsere Partys waren wie die Gesellschaftsseite der Zeitung.

Und ich trank. Nicht allzu viel, aber es war nicht leicht, das richtige Maß zu finden. Ich wusste nur, dass ich nüchtern mit der Welt nicht zurechtkam.

»Mein Name ist Simon«, sagt der Kindergartentyp und steht auf, »und ich bin Alkoholiker.«

Ich weiß nicht, warum sie das immer sagen müssen, natürlich sind sie Alkoholiker, davon gehen wir aus, warum wären sie sonst hier. Der Kindergärtner hat einen gewissen Charme, weißes Haar, junge Haut, blitzblaue Augen. Die Frau, die neben ihm sitzt, schaut auch ganz verklärt. Ich kann schon sehen, was Lily an ihm findet. Aber Lily ist mit meinem Mann verheiratet.

Simon erzählt, wie er seine Kinder allein gelassen hat, nur kurz zum Laden an der Ecke, eine Flasche Schnaps kaufen, ein Bier in der Bar weiter unten, noch ein kleines, und als er zurückkam, waren sie weg. Waren ihn suchen gegangen, zwei Jungen, fünf und acht Jahre alt, Hand in Hand auf die Straße raus. Im Dunkeln und allein.

»Und ich hab es nicht mal gemerkt«, sagt er. »Als ich nach

Hause kam, machte ich gleich als Erstes die Flasche auf, ohne nach den Jungs zu schauen. Die Polizei griff sie unten auf dem Geary Boulevard auf und brachte sie zu meiner Exfrau. Ich war auf dem Sofa eingeschlafen, hatte nicht gemerkt, dass sie nicht mehr in der Wohnung waren, hab nicht mal das Telefon klingeln gehört.«

So etwas ist mir nie passiert, ich hab nur jeden Abend Wein getrunken, bis mir wohl war, und manchmal drehte sich das Zimmer um mich, wenn ich mich hinlegte, und manchmal wusste ich nicht mehr, was ich am Abend zuvor zu wem gesagt hatte, und ich musste meine Freunde der Reihe nach anrufen und leise aushorchen. Manchmal weinte ich in der Öffentlichkeit, das war aber auch schon das Schlimmste.

»Deshalb bist du trotzdem Alkoholikerin«, sagt der Typ neben mir, ein Pedant auch im Tod, ein ganz Genauer, der kein Treffen verpasst. »Mach dir bloß nichts vor. Aber zu Tode getrunken hast du dich nicht«, sagt er, »das kann ich sehen.«

»Nein.«

»Ist auch kein schöner Tod«, murmelt er. Und dann: »Hör ruhig zu. Da kannst du noch was über dich selber erfahren.«

Ich rutsche auf den leeren Stuhl rüber, sodass Simon, als er mit seiner Selbstanklage fertig ist, auf meinem Schoß zu sitzen kommt. Ich kann nur hoffen, dass er das Glücksgefühl, das ich ihm bereite, mit der lebendigen Frau neben ihm in Verbindung bringt. Dass er mir Lily in Ruhe lässt.

Zuhören mag ich nicht. Ich weiß jetzt schon mehr über mich, als mir lieb ist – Herrgott noch mal, und jetzt wäre mir beinah der Junge ertrunken!

Lily

Sie sind tropfnass, als sie nach Hause kommen, beide. Frank ist wütend. Leo sieht aus, als hätte er geweint, aber bei all dem Wasser ist das schwer zu sagen. Ich ziehe Leo aus und wickle ihn in ein frisches Badetuch.

»Was ist passiert?«

»Nichts.«

»Komm in die Küche, da ist es wärmer.«

Ich schalte den Ofen ein und lasse die Tür offen, um die Küche aufzuheizen. Hole die Kekse aus dem Schrank, die Rhonda vorbeigebracht hat, klobige, weißliche Dinosaurier mit roten und grünen Zuckergussklecksen. »Ein Testlauf«, hat sie gesagt. »Fünf-Minuten-Kekse. Lass mich wissen, wie du sie findest.« Ich setze Milch auf, ich tue das alles nicht zum ersten Mal. Frage mich nur, was es diesmal war. Surfen wohl kaum, das kann nicht einmal Frank an einem Nachmittag lernen.

Frank, drahtig, gelenkig und ausdauernd, ist in allen Sportarten, die er ausprobiert, gleich beim ersten Mal gut. Selbst wenn er Einrad fährt, auf ein galoppierendes Pony springt oder sonst einen Trick probiert, für den der Clown im Kinderzirkus einen Freiwilligen braucht. Frank kann das. Leo nicht. Stämmig, ein bisschen schwerfällig, vor allem vorsichtig. Als Frank die Stützräder an seinem ersten Fahrrad abmontierte, weigerte Leo sich, wieder aufzusteigen. Mit den Rollschuhen, die er zu seinem siebten Geburtstag bekam, stolperte er nur vorsichtig am Gartenzaun entlang, sich mit beiden Händen festhaltend. Frank kann dem nicht lange zuschauen, er nennt es einen eklatanten Mangel an Vertrauen – in ihn und in Gott. Schon schreit er Leo an, und der kommt weinend ins Haus gerannt.

»Sei doch nicht so ungeduldig«, habe ich gesagt, viertausendmal, habe die Stützräder wieder angeschraubt, mir eigene Rollschuhe gekauft und mit Leo geübt, geübt, geübt. Doch bis er soweit war, hatte Frank das Interesse verloren und längst etwas Neues begonnen. Hallenklettern, Squash, Mountainbiking. Und Leo wünschte sich ein Skateboard. Monatelang benutzte er es nur sitzend, sich mit den Füßen abstoßend, mit Ellbogen- und Knieschonern und Helm geschützt. Inzwischen kann er es nicht schlecht, er fährt vorsichtig, immer auf dem Gehsteig, wagt kleine Tricks und Sprünge, hat sich alles selber beigebracht, das Skateboard hat Frank nie interessiert.

Ich nehme die Milch vom Herd, schenke ein, tue zwei Löffel Honig dazu. Ich wünschte, Frank käme aus der Dusche und würde etwas sagen. Etwas Versöhnliches.

»Kennst du einen Jungen namens Brian? Er geht in dieselbe Schule, ein Jahr unter dir. Blond.«

Leo antwortet nicht. Ausgerechnet heute habe ich Marian mit ihrem Mann und ihren Söhnen zum Essen eingeladen. Ich hätte sie beinahe nicht erkannt, neulich im Garden, an diesem Tag war sie kein Rockstar, sondern Carmen in Rüschenbluse, rotem Gürtel und Rock mit roten und schwarzen Volants. Am nächsten Tag trägt sie Dallas oder Punk Rock oder Dirty Dancing, immer aber Turnschuhe, denn Marian erledigt alles zu Fuß. Zu Fuß bringt sie Brian zur Schule und Milos in den Garden, fünfzehn Straßen weit, vierzig Minuten braucht sie dazu. Manchmal überhole ich sie mit dem Fahrrad, auf langen Beinen holt sie aus, den Vierjährigen im Kinderwagen festgeschnallt, damit er sie nicht aufhält. Marian geht nicht spazieren, sie powerwalkt, der Figur zuliebe.

Frank kommt aus der Dusche. Das nasse Haar zurückgekämmt, er trägt wieder seinen Anzug.

»Ich muss noch mal ins Büro«, sagt er.

»Frank, es ist gleich sieben.«

»Und?«

»Nichts.«

Ich werde das Essen absagen. Leo macht sich so klein wie möglich hinter seiner Tasse mit dampfender Milch. Frank beachtet ihn nicht. Er wird nicht darauf zurückkommen, was immer es war. »Vorbei ist vorbei und vorüber«, sagt er immer. Was immer sie heute ausprobiert haben, das Wasser war zu kalt dafür.

»Die Amerikaner«, sagt Frank, »lassen sich von solchen Kleinigkeiten wie Feierabend, Familienpflichten oder Wochenenden nicht aufhalten. Sie arbeiten, bis sie umfallen. Da kannst du nicht zurückstehen.«

»Aber du arbeitest doch für eine Schweizer Firma!«

Das hätte ich nicht sagen sollen. Manchmal rutscht es mir einfach raus, das total Verkehrte. Doch heute reagiert Frank versöhnlich, er küsst mich flüchtig. »Ach ja, die Expertin«, sagt er und wuschelt mein Haar durcheinander. »Für diese Frisur bist selbst du zu alt.« Sara hat mir Schnecken gerollt, die sich halb aufgelöst haben. Als Frank gegangen ist, fragt Leo übertrieben höflich, ob er nach oben gehen darf.

»Natürlich«, sage ich und nehme das Telefon, um Marian abzusagen.

»Kleine Ehekrise, was?«

»Nein, eigentlich eher der Junge …«

»Um ehrlich zu sein, mein Mann war auch nicht begeistert. Er lernt nicht gerne neue Menschen kennen. Wenn du bei der Steuerbehörde arbeitest, ist jeder ein potenzieller Feind, verstehst du?«

»Klar.« Obwohl mir überhaupt nichts klar ist. Wenigstens habe ich diesmal nicht groß gekocht und Blumen gekauft und den Tisch gedeckt.

»Was hältst du davon, später etwas trinken zu gehen?«, schlägt sie vor. »So um neun, wenn die Kinder im Bett sind?«

Als ich raufgehe, um Rhonda zu fragen, ob Leo bei ihr bleiben kann, sagt sie stattdessen: »Ich komme mit.«

Leo sitzt auf dem Sofa neben Dad, ein großes Stück schwarzen Stoff auf den Knien. Er näht.

»Ist schon in Ordnung«, sagt Dad, »ich geh vor Mitternacht nicht aus dem Haus. Der Junge stört mich nicht. Aber die Mädchen musst du ins Bett bringen, bevor du gehst.«

Alice verdreht die Augen. Ich setze mich auf die Sofakante.

»Was machst du da?«, frage ich Leo.

»Ein Cape«, murmelt er so leise, dass ich ihn bitten muss, es zu wiederholen. »Ein Cape.«

»Ein Superheldencape«, erklärt Alice etwas herablassend. »Eigentlich sind wir ja Detektive, das heißt, wir sollten uns möglichst unauffällig kleiden.«

Leo schaut auf. »Und was bitte ist im Dunkeln unauffälliger als etwas Schwarzes?« Den schneidenden Ton hat er von Frank.

»Wo wollt ihr denn hin?«, fragt Bill.

»Ins Bauhaus«, sage ich.

»Ach, unten an der siebenundzwanzigsten?« Bill nickt. »Ich weiß. Komische Bar, immer leer. Gehört der Tochter eines russischen Mafiabosses. Reine Tarnung, verstehst du, Geldwäscherei.«

»Echt?« Bill weiß zu beinah allem eine Geschichte, was im Entferntesten mit der Stadt zu tun hat. Es ist schwer zu glauben, dass er erst seit ein paar Jahren hier lebt.

»Die russische Mafia«, fährt er fort, »ganz im Gegensatz zu der italienischen …«

Alice dreht den Ton lauter, wir schauen eine Wiederholung von *Nash Bridges*, Don Johnson in einem gelben Auto in San

Francisco. Ich bin immer noch jedes Mal ganz aufgeregt, wenn ich im Fernsehen eine Straßenecke wieder erkenne. Hier wohne ich! Hier, wo Don Johnson seinen Wagen parkt! Hier, wo er die Hand der Staatsanwältin küsst, habe ich selbst schon einen Kaffee getrunken!

»Hier«, sagt Bill und zeigt auf den Bildschirm, »in diesem Lokal in North Beach hat eine Tänzerin namens Carol Doda im Jahr 1972 das Servieren mit nacktem Oberkörper eingeführt. Ebenfalls hatte sie wohl die ersten Brustimplantate in der Gegend.«

»Bill, bitte!«, sagt Rhonda. Sie hat sich umgezogen und trägt nun eine rosa und schwarz glitzernde Bluse über schwarzen Leggins, mehrere Glasperlenketten übereinander und Turnschuhe mit Glitzerbändeln. Die Haare zu Stacheln aufgestellt, rosa und gelb.

Auf dem Weg zur Bar hängt sie sich bei mir ein. »Lily«, sagt sie, »eine Warnung im Voraus: Glaub nur die Hälfte von allem, was Marian erzählt, ja?«

Marian wartet schon im ansonsten leeren Bauhaus, sie trägt einen übergroßen rot-schwarzen Trainingsanzug aus Nylon, offen über einem roten Sport-BH, dazu Sonnenbrille und Baseballmütze.

»Frierst du nicht?«, frage ich. Manchmal habe ich einfach keine Kontrolle über die Sätze, die aus meinem Mund kommen. Rhonda geht zur Bar und holt uns eine Runde Cosmopolitans in übergroßen Cocktailgläsern. In ihrem sei nur Cranberrysaft, erklärt sie vorbeugend.

»Niemand hat was gesagt, Baby.« Marian zieht ihre Mütze aus und schüttelt die blonden Haare, obwohl sich außer uns niemand im Lokal befindet.

»Ich habe eine Idee für meine Website«, sagt Rhonda, »eine

Rubrik: So wird das Leben leicht. Wirkliche Frauen mit möglichst komplizierten Leben werden sich sechs Wochen lang an meine Ratschläge halten, die ich natürlich auf ihre Probleme zuschneide, und dann werde ich live im Netz über ihre Fortschritte berichten.«

Marian und ich wechseln einen Blick. »Nein, danke«, sage ich.

»Nein, Lily, ich weiß, du hast deine eigenen, europäischen Ideen … ich dachte an Marian.«

»Vergiss es, *honey*. Nicht mit mir.«

»Aber du wärst ein geradezu ideales Studienobjekt«, bettelt Rhonda. »Wir würden Fotos zeigen, vorher – nachher, vielleicht eine Digitalkamera in deiner Küche aufstellen … Nun komm schon, Marian, erzähl mir nicht, dein Leben sei unkompliziert!«

Was jetzt kommen wird, ist offensichtlich: ein Hinweis auf Rhondas Leben, das mir alles andere als unkompliziert erscheint. Ich stehe auf und biete an, eine neue Runde zu besorgen. Als ich zurückkomme, dreht sich das Gespräch um jemanden, der nicht angerufen hat.

»Glaub mir, Marian, wenn du deinen Alltag erst einmal überschaubar gestaltet hast, wirkt sich das bis auf dein Liebesleben aus«, sagt Rhonda gerade.

Ich stelle die Drinks auf den Tisch. »Um wen geht es?«

»Die Zeichenlehrerin«, klärt Rhonda mich auf. »Marians Geschichte, Affäre, ach, du weißt schon.«

»Oh.« Ich war davon ausgegangen, dass es sich um einen Lehrer handelte.

»Hallo!«, ruft Marian. »Wach auf, Lily. Du bist nicht mehr in Kansas.« Ich bin aus der Schweiz, will ich sagen, aber diesmal gelingt es mir gerade noch, den Satz zurückzuhalten.

Leo

Papa weckt mich um sechs. Draußen ist es noch dunkel.

»Hier!« Er wirft mir meine Badehose hin, das glitschige Unterhemd, den Taucheranzug.

»Leise, wir wollen Lily nicht wecken.«

»Papa!«

»Wir geben dir noch eine Chance«, sagt er. »Gott und ich.« Und dann ein bisschen freundlicher: »Diesmal klappt es, du wirst sehen.«

Ich ziehe meinen Pyjama aus und zwänge mich in den kalten, ekligen Anzug. Ich zittere, und nicht vor Kälte. Wenn er mit Gott kommt, kann man gar nichts machen, man sollte es gar nicht erst versuchen. Ich tue es doch. »Wir haben heute in der ersten Stunde eine Matheprüfung.«

»Und du glaubst, das sei wichtiger?« Mit dieser Stimme wie ein Papierschnitt auf der Fingerkuppe, gleich unter dem Nagel. Ich steige in den Wagen, nass und zitternd, aber ich sage nichts mehr, bis wir da sind. Esse den Kraftriegel, den Papa mir rüberreicht, und sage nichts.

Ich war noch nie frühmorgens am Strand. Der Wind ist brutal. Aber es sind schon ganz viele da. Manche haben in ihren Trucks geschlafen, auf dem Parkplatz. Manche kenne ich. Sie winken mir zu.

»Am Morgen sind die Wellen ganz anders«, erklärt Papa, »ursprünglich, so wie sie gemeint sind. Es war ein Fehler, es am Nachmittag zu versuchen.«

Es ist auch jetzt ein Fehler. Ein Teil der Surfer stellt sich um Papa herum auf, im Halbkreis, Richtung Ozean, die Bretter aufrecht. Andere gehen an uns vorbei, ohne zweimal hinzuschauen. Eine Frau joggt so nah vorbei, dass Papa ausweichen muss. Am

Gürtel hat sie fünf Hundeleinen befestigt, an jeder läuft ein junger Dalmatiner.

»Surfer vor Gott!«, brüllt Papa. »Die ihr auch heute früh hergekommen seid, um zu beten, um Gott zu danken! Zuerst war das Wasser! Zuerst war das Meer! Wir werden den Wellen zurückgegeben. Wir werden ins Meer zurückkehren.«

»Yeah!«, knurren die Surfer. Einer reckt die Faust.

»Wir gehören dem Meer!« Papa reicht mir sein Brett. »Mein Sohn wird heute Gottes Wellen reiten.«

Die Surfer gehen in Einerkolonne zum Wasser. Papa bleibt stehen. Natürlich, er trägt seinen guten Anzug. Warum mir das nicht vorher aufgefallen ist? Er schaut mich an: »Ganz allein.«

Die Frau mit den Hunden kommt zurück. Sie beachtet uns nicht. Sie trägt Kopfhörer. Keiner beachtet uns. Ich trage das Brett ins Wasser. Es ist eiskalt. Es schlägt mir gegen die Beine und wirft mich beinahe um. Es ist wie ein Wasserstrahl aus dem Gartenschlauch, nur millionenmal stärker.

»Mir nach«, sagt ein Dude, den ich unter seiner Kapuze nicht erkenne. Ich tue, was er tut: lege mich bäuchlings aufs Brett, paddle hinter ihm her ins offene Meer hinaus, ich paddle so schnell ich kann, um nicht zurückzufallen, um in der Reihe zu bleiben, meine Arme brennen, dann tun sie weh, ich fange gleich an zu weinen, immerhin ist mir nicht mehr kalt.

»Runter«, schreit der Dude und taucht unter der Welle durch, ich bin zu spät, schlucke Wasser, huste, aber jetzt sind wir draußen.

»Ruh dich aus«, sagt der Dude. »Tu einfach, was ich dir sage.«

Wir liegen auf den Brettern, auf dem Bauch, die Hände im Wasser, letzte Woche hat KinCee in der Schule einen Artikel über den großen weißen Hai vorgelesen. Für den großen weißen Hai sehen die Surfer auf ihren Brettern von unten aus wie Seehunde. Sein Lieblingsfressen.

»Los!«, schreit der Dude, und wir paddeln alle los wie wild, aber ich bin nicht schnell genug, die Welle erwischt mich von hinten und haut mich vom Brett, bevor ich noch aufstehen konnte. Das Brett ist mit einer Leine an meinem linken Knöchel befestigt und zieht mich wieder nach oben, ich huste, spucke, lege mich hin, denke an den großen weißen – »Jetzt!«, schreit der Dude, und wieder werde ich runtergerissen, herumgewirbelt wie Wäsche in der Maschine, es treibt mich ein ganzes Stück zum Strand zurück. Papa steht mit verschränkten Armen da, er winkt mir nicht, also paddle ich wieder zurück. Beim dritten Mal plötzlich spüre ich einen starken Stoß von hinten, die Welle hebt das Brett, und dann, ich weiß nicht wie, erwische ich sie. Ich stehe einfach auf, als wäre ich ganz gemütlich draußen vor dem Haus auf dem Gehsteig auf meinem Skateboard, die Welle trägt mich fast ganz bis zum Strand, bevor ich falle. Als ich wieder auftauche, höre ich die Surfer jubeln, und Papa rennt in seinem guten Anzug ins Wasser hinein, das ihm bis über die Knie reicht, als er bei mir ist und mich aus dem Wasser reißt und an sich drückt.

Also gut, dann glaub ich jetzt auch an Gott, definitiv.

»Kannst du ein Geheimnis bewahren?«, fragt Papa. Ich nicke. Natürlich. Ich kann alles. Wir sitzen in einem sehr feinen Lokal in Downtown. »Heute keine Schule«, hat Papa gesagt, »scheiß auf den Mathetest.« Papa flucht sonst nie. Aus dem Kofferraum hatte er einen Kanister mit warmem Wasser geholt und mich abgespült, dann hat er mich abgetrocknet und mir die trockenen Kleider hingehalten. Jetzt sitzen wir vor Eiern und Speck und Pancakes, für mich mit Schokoladestücken drin und mit Sirup. Papas Hosenbeine sind noch nass, aber das kümmert ihn nicht.

»Kannst du ein Geheimnis bewahren?« Ich nicke wieder.

»Kannst du?«

»Ja, Papa.«

»Gut.« Er winkt nach der Rechnung. »Ich zeig dir jetzt mein Büro.«

Wir gehen hinaus. Hier sind die Häuser so hoch, dass auf der Straße keine Sonne ist. Aber ich friere überhaupt nicht mehr. Ein Cable Car kommt um die Ecke. Letztes Frühjahr sind wir einmal mit so einem gefahren, seither nicht mehr. So was macht man nicht, wenn man hier wohnt. Außer man hat Besuch. Oma und Opa kommen zu Weihnachten. Dann gehen wir zum Fisherman's Wharf runter, zu den Videogames. Jetzt hab ich verpasst, was Papa gesagt hat. Wir stehen vor einem Hochhaus und schauen hinauf.

»Siebzehntes Stockwerk«, sagt Papa. »Büro mit Aussicht. Weißt du, was das bedeutet?«

Ich zucke mit den Schultern. »Dass man es geschafft hat?«

»Richtig, mein Junge, sehr richtig. Ich wusste, du verstehst das.«

Vor dem Eingang stehen zwei Männer in Polizistenuniform. Oder Sicherheitsmänner. Sie schauen zu uns rüber. Papa zieht mich weiter.

»Gehen wir nicht rein?«

»Vor Gott gilt das alles nichts. Merk dir das. Vor Gott hast du es nie geschafft. Und nun zeig ich dir mein richtiges Büro.«

Wir gehen die steile Straße hoch, dann wieder runter, wieder eine rauf, Papa geht voraus, ich hinterdrein, ich falle zurück, ich bin zu langsam, auch zum Bergwandern und zum Klettern, ich laufe so schnell ich kann, aber die Straße ist steil. Ich hoffe, wenn wir oben ankommen, steht die Fußgängerampel auf Rot. Ich hoffe, Papa hört nicht, wie ich keuche. Ich hoffe, Papa glaubt nicht, es war nur Zufall. Dass ich die Welle erwischt habe.

Schließlich stehen wir vor einem Lokal. Dog in the Fog Diner – *24 hours – Best Hot Cakes in Town.* Ich verstehe nicht. Pfannkuchen hatte ich doch gerade.

»Pass gut auf«, sagt Papa. Er hält die Tür für mich auf, wir gehen hinein, das Lokal ist ganz eng und lang. Auf einer Seite ist eine Theke, auf der anderen eine Reihe von silbernen Tischen und orangefarbenen Bänken. Auf jedem Tisch steht eine kleine Jukebox, aus der komische Musik kommt. Ganz hinten, zwischen der Kasse der Küche, ist ein Tisch, an dem eigentlich nur einer Platz hat, die Bank sieht aus wie abgeschnitten. »Reserviert«, steht auf einem kleinen Schild. Papa setzt sich dort hin.

»Nimm dir einen Stuhl«, sagt er.

Die Hocker an der Bar sind angeschraubt. Ich setze mich auf den, der am nächsten steht, und drehe mich zu Papa. Eine Kellnerin in einer rosa Uniform schenkt ihm Kaffee ein, fragt, wie es ihm geht. Papa stellt mich vor: »Das ist mein Sohn«, sagt er. »Schenk ihm einen Halben ein. Mit viel Milch, wenn du hast. Er ist heute zum Mann geworden.«

Die Kellnerin schaut mich an, legt den Kopf nach hinten und lacht los, ihr Mund ist innen knallrot. Ich weiß, dass ich klein bin für mein Alter, aber trotzdem.

»Keine Milch«, sage ich. »Ich nehm ihn schwarz.« Papa nickt. Er klappt seinen Aktenkoffer auf, nimmt seinen Laptop heraus, legt ihn auf den Tisch. Dann zieht er den Jukeboxstecker raus und schließt sein Computerkabel an.

»Mein Büro«, sagt er. »Gefällt es dir?«

Stella

Automatisch zieht es mich zur Brücke hin, zur Golden Gate Bridge, in deren Spitzen sich die letzten Nebelfetzen verfangen, mit Abstand das Schönste, was ich in meinem Leben je gesehen habe und seit meinem Tod sowieso. Es zieht mir richtig das Herz zusammen, oder was davon übrig ist. Hier habe ich Freunde gefunden: Das Mädchen, das zweimal springen musste, und Pete, der Brückenwächter, der versucht hat, sie zu retten.

Das Wasser ist von dieser Höhe aus hart wie Beton. Wer hier runterspringt, überlebt nicht, und die Brückenwächter in ihren Bötchen fischen immer nur die Leichen aus der Bay, wenn überhaupt. Deshalb sind sie frustriert und auf Selbstmörder nicht besonders gut zu sprechen. Das Mädchen hingegen sprang einmal und überlebte. Pete zog sie in sein Boot und verliebte sich sofort in sie. Während sie sich im Krankenhaus von ihren diversen Knochenbrüchen und anderen Verletzungen erholte, kam er jeden Tag mit Blumen, mit Pralinen in herzförmigen Schachteln, mit seinem ganzen Leben, das er ihr zu Füßen legte. So malte er es ihr aus, während er am Krankenbett saß: Heiraten würden sie natürlich, in dem kleinen Haus wohnen, das ihm der Staat zur Verfügung stellte und das er nächsten Monat würde beziehen können. Im ehemaligen Militärgebiet auf Treasure Island, in der Mitte der anderen Brücke, der Bay Bridge, von der niemand runterspringt. Allerdings ist sie während des Erdbebens 1989 eingestürzt, sodass es auch dort von Toten wimmelt.

Das Mädchen hörte ihm geduldig zu, er behauptet gar, sie hätte genickt, sie hätte seine Hand gedrückt, doch sobald ihre Knochen verheilt waren und sie aus dem Krankenhaus entlassen wurde (ihr einflussreicher Vater verhinderte einen längeren Zwangsaufenthalt in der Psychiatrie), nahm sie ein Taxi zur Brücke und sprang. An Petes freiem Tag. Zwei Wochen später sprang er ihr nach. Damit sie wenigstens im Tod vereint sein konnten.

Eine schöne Geschichte. Man glaubt sie freilich kaum, wenn man die beiden heute sieht, zänkisch und nörgelnd wie ein altes Ehepaar. Und so versessen drauf, die Springer wieder hochzuhieven auf den sicheren Brückenrand! Als ob sie das Leben vermissten. Nun, vielleicht tun sie es.

»Was ist, wenn einer wirklich nicht mehr will?«, frage ich. »Hat er nicht das Recht zu springen?«

»Damit die Kollegen sie dann rausfischen dürfen? Machst du dir eine Vorstellung, wie diese Wasserleichen aussehen? Vor allem, wenn sie auch noch aufs Gesicht gefallen sind.«

»Oh, vielen Dank«, sagt das Mädchen, das zweimal springen musste. Ihrem Gesicht ist rein nichts mehr anzusehen. Wir sind ja alle sehr viel schöner als im Moment des Todes. Dafür muss man wohl dankbar sein. Ich war schon nahe daran, einem Selbstmörder wieder runterzuhelfen, den Pete gerade hochschob, und habe es dann doch nicht getan. Ich fand, das ginge zu weit.

Stattdessen schwimme ich zum Baker Beach rüber, wo manchmal eine fiese Welle hochspringt und ein kleines Kind von hinten schnappt, ich schwimme hin und her und treibe die Leute vom Wasser fort. Mit mir schwimmen meist ein, zwei Seehunde. Tiere mögen uns normalerweise nicht, sie laufen vor uns weg, aber nicht Seehunde, die entweder eine zu dicke Haut haben, um uns wahrzunehmen, oder aber sich an uns gewöhnt haben. Seehunde erinnern mich immer an Finch, den spießigen Oberlehrer bei den Anonymen Alkoholikern, warum denke ich jetzt wohl ausgerechnet an ihn? Einmal meinte ich gar, ihn oben auf der Brücke stehen zu sehen, sprungbereit, aber da ihm ja nichts passieren kann, kümmerte ich mich nicht weiter um ihn. Ich würde mich besser um mein Kind kümmern.

Ich lege mich zu Leo, lege mich unter ihn und hebe ihn leicht an, sodass er träumt, er fliegt. Er lächelt im Schlaf, und ich bilde mir ein, sein Haar zu riechen. Er riecht wie ein Baby. Er riecht so, wie er als Baby gerochen hat. Süß und neu.

Damals lag ich bei ihm und roch sein Haar, und meine Tränen tropften in die Kissen, ich konnte nicht aufhören zu weinen, ich konnte nicht schlafen, nicht einmal, wenn das Baby schlief. Was ist bloß los mit mir, ich habe ein wunderbares Baby, einen wunderbaren Mann, der mich liebt, der alles für mich tun würde, ein sehr großes Haus – alle Möbel selbst ausgesucht und für die Umwelt unschädlich –, kein schlechtes Gewissen; ich habe alles, was ich mir je gewünscht habe in meinem Leben. Warum kann ich nicht aufhören zu weinen, warum kann ich nicht schlafen, lieber Gott, ich möchte schlafen.

Frank mag es nicht, wenn ich Gott anrufe, er ist sein offizieller Vertreter, sein Sprachrohr für die Welt. Gott mag mich nicht, er mag keine Nörgler, keine Weichlinge, keine Jammerlappen. Und Frank mag sie auch nicht. Er will, dass ich mir Mühe gebe. Er will nicht, dass ich noch länger im Krankenhaus bleibe.

»Alles wird sich einrenken«, sagt er, »das mit dem Stillen, dem Schlafen, die Schmerzen. Wenn du erst mal zu Hause bist. Ich brauche dich«, sagt er, »ich will dich bei mir haben. Dich und unser Kind.«

Die anderen Frauen im Zimmer beneiden mich. Die Frauen, die zu Besuch kommen, beneiden mich. Weiß ich überhaupt, wie gut ich es habe? Frank sitzt nie auf dem Stuhl neben meinem Krankenhausbett, er wirft sich gleich neben mich, mit den Stiefeln auf der Decke, das Bett wackelt, die Naht schmerzt, die anderen Frauen beneiden mich. »Dein Mann kann nicht genug von dir kriegen, was?«

Ich bin zu Hause, früher als geplant. Frank ist nicht da. Er wurde zu einer Sitzung gerufen, das Telefon klingelte, als er die Tür aufschloss, »es dauert höchstens eine Stunde«, sagte er und küsste mein Haar. »Wie viel lieber wäre ich hier bei dir, zu Hause, mit unserem Kind. Im Warmen. Schau mal, wie es regnet.« Und, als sich meine Mundwinkel nach unten biegen, geduldig: »Du weißt nicht, wie gut du es hast.«

Es ist dunkel, als er zurückkommt. Sieben Stunden später. Ich sitze auf dem Stuhl in der Küche, das Baby im Arm, in der Ellbogenbeuge, Tränen rinnen über mein Gesicht, stetig, undramatisch, seit Stunden. Seit sieben Stunden. Mittag, Nachmittag und Abend. Ich hab meine Tasche nicht ausgepackt, das Kind nicht gewickelt, die Zähne nicht geputzt, den Stilltee nicht angesetzt, ich saß nur da und wollte aufstehen und zum Telefon gehen und Frank im Büro anrufen. Jetzt stehe ich gleich auf und gehe zum Telefon, dachte ich und blieb doch einfach nur sitzen.

Frank seufzte hörbar, als er hereinkam. Er brachte mich zu Bett. Er wickelte das Baby. Nachts wachte ich weinend auf, ich konnte nicht aufhören zu weinen, nicht einmal im Schlaf, wo all die Tränen bloß herkommen, fragte ich mich seltsam distanziert. Frank verlor die Geduld. »In Kurdistan«, sagte er, »gebären die Frauen auf dem Feld. Dann stehen sie auf und arbeiten weiter.«

Das war, bevor sich irgendjemand sonst für Kurdistan interessierte. Frank war einer der Ersten. Der wusste, was dort passiert, politisch, und dass die Frauen dort auf dem Feld gebären.

Ich frage mich, ob der Junge von meinen Tränen geträumt hat, wenn sie in sein Babyhaar tropften, ob er sie durchs Kissen aufgesogen, ob er meine Traurigkeit in sich aufgenommen hat, den Dauerregen seiner Kindheit. Er ist ein ernsthafter Junge, sorgfältig, misstrauisch, er lacht selten und macht kaum Dummheiten.

»Ich mache alles wieder gut«, sage ich, »ich verspreche es.« Was ich nicht sage: Wie immer muss es erst schlimmer werden, bevor es besser wird. Ich hebe seinen dünnen Körper an und werfe ihn hoch in die Luft, fange ihn auf, wirble ihn im Kreis herum. Er lacht im Schlaf schallend auf. Ein wilder Traum, ich weiß.

»Es tut mir Leid, wenn ich deine Gefühle verletzt haben sollte«, sagt Emerald zu ihrer kleinen Freundin, »aber meine Mama kann nun mal nicht mit mehr als zwei Kindern auf einmal fertig werden.« Dann streckt sie mir ihr Pfötchen hin, damit ich ihr die Nägel lackiere, perfekte, kleine Nägel mit weißen Monden. Je drei Farben haben die Kinder sich aussuchen dürfen und stehen jetzt geduldig an. Mädchen und Buben. Leo liebte Nagellack, als er klein war, aber die Schule machte dem schnell ein Ende. Auch den selbst aufgezogenen Perlenketten, die er früher zu »besonderen Gelegenheiten« trug, manchmal mit einer Knipskrawatte kombiniert.

Ich bemale Emerald die Fingernägel und lächle dem anderen Mädchen zu, Kayla, die weint, vom Spielen am Nachmittag ausgeschlossen und untröstlich.

»Können wir deine Mama nicht noch mal fragen?«, heult sie. »Biiiittttteeeee!«

»Nein, tut mir Leid, ich habe meine Entscheidung getroffen.«

Emerald ist fertig und hüpft davon, Kayla heult noch lauter. Ich widerstehe dem Impuls, das Mädchen in den Arm zu nehmen und zu trösten. Jordan beobachtet mich vom Spielhaus aus.

Regel Nummer neun: Die Kinder sollen lernen, Konflikte verbal auszutragen.

Regel Nummer zehn: Die Kinder sollen die ganze Bandbreite ihrer Gefühle ausleben. Es ist wichtig, dass wir diese Gefühle nicht als positiv oder negativ werten.

Also sage ich nichts, sondern pinsle und pinsle die kleinen Fingernägel bunt an, einem Kind nach dem anderen. »Toll!«, rufen die Kinder. »Super!«, und rennen weg, um mit feuchten

Nägeln im Sand zu spielen. Schon kommt Jordan zu mir rüber: »Was war das eben?«

»Emerald hat Susie zu sich nach Hause eingeladen, aber Kayla nicht. Deshalb hat Kayla geweint.«

»Und?«

»Sie haben es ausdiskutiert.« Ich wiederhole den ganzen Austausch. Unterdessen reiße ich keine Witze mehr über die Artikuliertheit der Drei- und Vierjährigen, über ihre altkluge Wortwahl, den zum Schreien komischen Psycho-Slang. Außer mir findet niemand etwas dabei. So reden die Leute hier. *»Thank you for sharing«*, sagen sie und meinen es ernst mit dem Dank fürs Mitteilen.

Jordan nickt, ich sehe ihm an, wie es ihn wurmt, dass ich mich an die Regeln gehalten habe, dass er keinen Grund hat, mich zu rügen, keinen finden kann. Sein Gesicht ist ganz verkniffen, die Lippen sind kaum mehr zu sehen, so fest presst er sie zusammen. Aber vielleicht plagt ihn auch etwas ganz anderes, denn er steht auf und verschwindet und kommt lange nicht mehr zurück.

»Jordan, solltest du nicht versuchen, deine Besuche auf der Toilette in die Pause zu legen?«, äfft eine Mutter, die den Kindern am runden Tisch Halsketten aus bunten Fruit-Loops-Frühstücksflocken aufziehen hilft. Sie schaut zu mir rüber: »Nein, ehrlich, warum sollen die Regeln nur für uns gelten? Letzte Woche hab ich während meiner Pause die Parkuhr gefüttert, ich meine, die Parkplatzsituation hier ist ein Desaster, und eine Buße kostet mich immerhin dreißig Dollar. Weil ich kein Kleingeld hab, geh ich kurz zu Starbucks rein und wechsle einen Dollar, okay, bei der Gelegenheit hab ich mir einen Kaffee geholt, aber deswegen bin ich doch nicht zu spät gekommen. Du hättest hören sollen, wie der auf mich losging. Dabei waren es höchstens fünf Minuten, höchstens.«

Sie seufzt und greift in den Behälter mit den Flocken, greift eine Hand voll heraus und isst sie trocken. »Sieht ja niemand«, murmelt sie.

»*Bad lady*«, sagt Simon, »was tust du denn da?« Er greift über ihre Schulter in die Fruit Loops, nimmt sich ein paar und lehnt sich dabei vertraulich an sie. Sie fährt auf, schluckt hastig, er wuschelt ihr durchs Haar und geht weiter. Mich beachtet er heute nicht.

»Simon hingegen«, seufzt die Mutter. »Ach, er hat mir so geholfen, als ich kürzlich dieses Problem mit meiner Tochter hatte, weißt du, ich konnte es einfach nicht lassen, ihre Zeichnungen zu loben. Regel Nummer dreizehn: Die Kinder sollen ihre Kreativität zu ihrem eigenen Vergnügen ausleben, nicht um den Erwachsenen zu gefallen. Also, Simon hat mir erklärt…«

Was, werde ich wohl nie erfahren, denn Maggie kommt aus dem Büro und übernimmt Jordans Platz im Spielhaus. »Jordan ist nach Hause gegangen. Er ist krank, sein Magen…« Das hat es noch nie gegeben. Jordan bleibt eher eine Stunde länger. Räumt auf, bastelt, spielt Gitarre. Manchen behaupten, er übernachte im Garden. Andere wollen ihn mit Bauklötzen spielen gesehen haben. Aber mitten am Vormittag nach Hause gehen? Den Rest des Morgens kursieren die Gerüchte wie wütende Insekten.

Als ich gehen will, steht Marian neben mir. »Macht es dir was aus, mit mir zur Schule rüberzugehen? Ich muss Brian das Mittagessen bringen.«

»In Ordnung.« Ich schiebe das Rad neben ihr her, sie geht mit ausholenden Schritten. Milos sitzt im Buggy angeschnallt und beißt in einen Kraftriegel.

»Es fällt weniger auf, wenn du dabei bist.«

Ich habe keine Ahnung, wovon sie spricht. Bis wir in die Cafeteria kommen, wo die neue Zeichenlehrerin Mittagessenaufsicht hat. Marian schiebt den Buggy schnurstracks auf sie zu. Ich wende mich ab und winke Leo, der die Stirn runzelt: Was tust du denn hier! Marian und Ms. Kabukori stehen ein wenig abseits, die Köpfe nah beieinander.

»Sie wollen nicht zufällig bei unseren Mittagessen aushelfen?« Ich drehe mich um und stehe vor Mr. Sandman. Seine komischen Anzüge, seine dicke Brille sind sein Stil, so viel hab ich unterdessen kapiert, Marian hat mir außerdem erzählt, dass er in einer Band spielt. Dass er schwul ist, braucht sie nicht zu sagen. Ich bin ja nicht aus Kansas.

»Nein, eigentlich nicht, ich arbeite fast jeden Tag im Kindergarten.«

»Schade. Aber auf unseren Ausflug kommen Sie doch mit?«

»Nach Alcatraz? Ja, klar.«

»Darauf freue ich mich.«

Wenn ich es nicht besser wüsste, würde ich schwören, er flirtet mit mir.

Leo

Auf der Fähre werden wir in Gruppen eingeteilt. Ich bin nicht in der von Alice, aber da sie ohnehin so tut, als kennten wir uns nicht, ist es mir egal. Letzte Woche waren wir bloß einmal am Strand unten, die Surfer-Dudes begrüßten mich alle mit Johlen und Highfive, dass die Handflächen nur so klatschten, das passte Alice natürlich nicht. Jesus-Freak, nennt sie mich seither. Ein paar Mal habe ich den Wecker auf sechs gestellt, aber Papa hat mich nicht mehr mit zum Strand genommen. Überhaupt ist er wieder selten zu Hause. Aber das macht nichts. Ich weiß, wo er ist, ich als Einziger, und ich weiß, was er dort macht. Ich bin der

Einzige, der sein Geheimnis teilt. Ehrlich gesagt, ich reiß mich nicht ums Surfen. Skateboarden gefällt mir immer noch besser. Ich werde nicht gern nass.

KinCee ist auch in einer anderen Gruppe, mit lauter Mädchen. Sie stehen am Geländer und schauen zu mir rüber. Jetzt wäre es mir egal, wenn die Mädchen mich mögen würden, es wäre mir sogar ganz recht. Stattdessen bin ich in einer Gruppe mit Jungen, mit denen ich sonst nichts zu tun habe. Außer Benji, Benji ist in Ordnung. Wir klettern ein bisschen auf dem Geländer rum, bis uns jemand verjagt. Lily ist drinnen im Restaurant und redet mit Mr. Sandman und Ms. Kabukori. Die Erwachsenen sitzen einfach im geheizten Restaurant und essen Chips aus der Tüte, während wir unsere Lunches noch nicht mal auspacken dürfen. Es ist neblig und kalt. Wir möchten auch ins Restaurant reingehen und uns was kaufen, aber wir dürfen nicht. Total unfair. Ein paar von uns treten gegen die Tür.

»Das reicht«, sagt Dad und stellt uns in eine Reihe.

Mein Vater war noch nie auf einem Schulausflug, auch bei keiner Schulaufführung und bei keinem Examen. Das ist so, weil er immer arbeitet. Die meisten Männer arbeiten immer. Das muss eben sein. Früher hat mir das mehr ausgemacht. Als ich noch nicht wusste, worum es ging.

»Was ist denn das für ein Benehmen, Männer!«, ruft Dad. Er schreit fast, aber nicht böse, nur laut, wie in der Armee halt. Wir Männer stellen uns grade hin. »Ihr müsst den anderen ein Vorbild sein«, sagt er etwas leiser, und dann: »Verteilt euch.«

Ich geh zu ihm rüber.

»Wie läuft es, Sohn«, sagt Dad. Er steht neben mir und schaut in die Bay. Ich nicke nur. »O. k.«

»Das da ist die Richmond Bridge«, sagt er, »und da drüben, siehst du, St. Quentin, das Hochsicherheitsgefängnis. Dahin sollten sie euch mal mitnehmen, das wäre viel lehrreicher als Alcatraz, dieser Haufen alter Steine. Fünf Männer in der Todeszelle, während wir hier gemütlich Schiff fahren.«

Dad nennt mich immer »Sohn«, das heißt aber nichts. Ich nenne ihn Bill, wenn ich mit ihm rede, und Dad, wenn ich über ihn rede. Er zählt die Namen der Männer auf, die in der Death Row warten, in Kalifornien gibt es die Todesstrafe, und Dad ist dafür. Er weiß den Namen von jedem Einzelnen und auch das Verbrechen, das er begangen hat. Mich gruselt, aber ich lass mir nichts anmerken. Dad legt einen Arm um meine Schulter und drückt zu. »Versprich mir, dass du nicht in Schwierigkeiten gerätst«, sagt er, »denn das ist schnell passiert.«

»*No, Sir.*«

Dann legt die Fähre an, und die Gruppen müssen antreten und von den zuständigen Eltern gezählt werden. Wir sind nur Jungen, Dad hat uns durchnummeriert, wir stehen stramm und rufen unsere Nummern, unsere Gruppe ist die Beste.

»Abmarsch«, ruft er, und ich kann sehen, dass die anderen Jungen zu uns rüberschielen und uns beneiden. Nur Alice schaut wieder nicht hin.

In Alcatraz kriegen wir Kopfhörer aufgesetzt und gehen in Einerreihe durch das alte Gefängnis. Wenn man genau das richtige Tempo hat, steht man immer an dem Ort, der einem gerade beschrieben wird. Natürlich ist es lustiger, wenn man nicht das richtige Tempo hat, sondern mal schneller, mal langsamer geht. Sofort fiel die ganze Reihe auseinander. Die Mädchen versteckten sich zu zweit in den Zellen, ein paar der Jungen rannten schreiend durch die leere Küche, und eine echte Sträflingsstimme sagte im Kopfhörer: »Hart war schon, dass es immer Spaghetti gab, Spaghetti und Spaghetti und Spaghetti.«

»Spaghetti-Spaghetti-Spaghetti!!«, schrien wir und stampften im Takt, und dann rannten wir wild im Raum herum. Bald flogen die ersten Kopfhörer. Richtig lustig wurde es aber erst, als wir rausgeworfen wurden. Wir stellten uns im Gefängnishof gruppenweise auf, und da merkten wir erst, dass Dad fehlte.

»Alice, wo ist dein Vater?«, fragte Mrs. Zamboni, ihre Lehrerin.

»Er ist nicht mein Vater«, sagte Alice. Sie starrte geradeaus, und ihre Backen waren ganz rot geworden, das passiert immer, wenn sie wütend ist. Sie starrte Mrs. Zamboni an, als wollte sie sagen: Trau dich nur, mich zu bestrafen.

Schon fingen die Lehrerinnen damit an, wie enttäuscht sie von uns wären – der einzige Ausflug, den wir uns in der fünften Klasse leisten können, und was machen wir daraus? Wie nützen wir diese einmalige Chance, um die andere Kinder froh wären? Eine Strafarbeit wird uns vielleicht helfen, darüber nachzudenken, blablabla. Wir starrten alle ein bisschen auf den Betonboden, der voller Risse war, aus denen Grashalme wuchsen.

»Wir nehmen ein früheres Schiff zurück«, sagte Mr. Sandman, »und verbringen den Rest des Tages im Klassenzimmer. Das wird euch eine Lehre sein.«

Laut stöhnen wir auf. Alles wegen ein bisschen Spaß! Das erste Mal, dass es richtig lustig war. In Amerika wird einem auch gar nichts gegönnt. Immer muss man brav sein.

»Hast du was zu sagen, Li-ou, dann sag es in einer Sprache, die wir auch verstehen.«

»Nichts, Mr. Sandman.«

In dem Moment werden auf der anderen Seite des Hofes, bei den Treppenstufen, die zum Meer hinunterführen, Rufe laut. Einen Augenblick lang bleiben wir einfach stehen, wir trauen uns nicht, uns umzudrehen, die Lehrer rufen: »Ruhe!«, und: »Es reicht!«, und: »Bleibt, wo ihr seid!«, doch dann halten sie es selber nicht mehr aus und drehen sich um, um zu sehen, was los ist.

Dad kommt in großen Sätzen die Treppe hochgerannt, zwei, drei Stufen auf einmal, in seinen Armen trägt er ein kleines Kind, ein Mädchen in einem rot gemusterten Kleid. Als er näher kommt, sehen wir, dass das Kleid in Wirklichkeit voller Blut ist. Die Leute schreien durcheinander. Ein Aufseher tritt vor und ruft irgendetwas, Dad schüttelt den Kopf und hält das Kind noch fester.

»Wo sind die Eltern dieses kleinen Mädchens!«, ruft er so laut, dass man ihn bis auf die andere Seite des Hofes hören kann. Es wird sofort ruhig. »Die Kleine hier ist allein auf den Felsen herumgeklettert, als ich sie gefunden habe. Sie ist hingefallen und hat sich verletzt, bevor ich sie erreicht hatte. Noch einmal: Wo sind die Eltern dieses Mädchens?«

Es war wie im Fernsehen, und das kam dann später auch, das Fernsehen und Zeitungsfotografen und die Polizei. Von Ausflug abbrechen oder gar Strafarbeiten schreiben war keine Rede mehr. Ich versuchte, mich so nah wie möglich neben Dad zu stellen, sodass die Leute, die das Bild für die Zeitung machten, fragten, ob ich sein Sohn sei.

Die Eltern des Mädchens wurden gefunden, sie waren im Souvenirshop und schauten sich Kaffeetassen aus Metall an. Sie hatten nicht mal gemerkt, dass das Mädchen weggelaufen war. »Nur eine Minute«, sagte die Frau immer wieder, »nur eine Minute hab ich nicht hingeschaut.«

Wir bekommen die ganze Show. Dad sagt nicht viel. Als er seine Hand auf meinen Kopf legt, zittert sie.

»Zeit zu gehen«, sagt er schließlich, »habt Verständnis, Leute, meine Schicht beginnt um sieben.«

Lily und ich und Dad und Alice dürfen mit dem Polizeiboot zurück in die Stadt fahren. Doch als wir gehen wollen, ist Alice verschwunden. Wir suchen sie überall. Sie sitzt auf dem Fußboden im ehemaligen Gefängnisbad. Sie weint nicht, aber beinahe. »Ich hasse euch«, flüstert sie, als ich sie finde. »Ich hasse euch alle.«

Ich tue so, als hätte ich sie nicht gehört.

Lily

»Stell dir vor, du wärst an dem Tag nicht mit Mara zum Arzt gegangen«, sage ich zu Rhonda. »Dann wäre das alles nicht passiert.«

»Was soll das heißen? Traust du mir nicht zu, ein kleines Mädchen von den Klippen zu pflücken?«

Rhonda und ich betreuen einen Flohmarktstand im Garden. Wir brauchen Geld für einen neuen Kletterturm. Schon strömen die ersten Besucher herein, obwohl wir mit dem Aufbauen der Stände und dem Auszeichnen der Waren noch gar nicht fertig sind. Maggie, die den Getränkestand betreuen soll, ist noch nicht einmal hier. Es ist elf Uhr vormittags, und zum ersten Mal, seit ich hier bin, ist es richtig heiß. Ich trage ein grünes Kleid mit Trägern und rote Schuhe. Rhonda hat die Geldschürze umgebunden, sie tanzt auf ihrem dicken Bauch. Die Babys sollen ja bald kommen, Ende September. Ich klebe Preisschilder auf. Eine Mutter bringt eine Schachtel voller Bücher. »Stell sie da hin«, sage ich.

Die Mutter beugt sich zu mir rüber. »Kommt er noch?«, fragt sie mit einem Seitenblick auf Rhonda.

»Ich weiß nicht«, flüstere ich zurück. Alle fragen nach Bill. Die Sache war in allen Zeitungen, im Lokalfernsehen, sogar *People Magazine* klingelte an der Tür und fragte mich nach meiner Meinung über Bill Sheridan. Auf den Fotos sieht Bill viel besser aus als sonst. Sie haben die ungesunde Röte seiner Wangen überpudert, sein Haar gebürstet. Carol hat die Seite ausgeschnitten und ans Anschlagbrett geheftet. »Garden-Vater!!!!«, steht darunter.

Nicht mehr alle mögen Rhonda. Man ist sich nicht sicher, ob sie die Ehre, an der Seite eines Helden zu leben, wirklich verdient. Ich bin dafür in der Achtung vieler gestiegen, weil ich im selben Haus wohne.

»Wie ist er denn so«, fragen sie, »ich meine, privat?«

»Kommt er?«, fragen sie Rhonda.

Sie schüttelt den Kopf. Zum hundertsten Mal an diesem Vormittag. »Nein, er mag den Rummel nicht, nein, er scheut die Aufmerksamkeit.« Das macht ihn nur noch interessanter.

»Meinst du, er würde vielleicht mal einen Vortrag halten, an einem unserer Dienstagabendtreffen?«

Jordan, griesgrämig auch am Wochenende, runzelt die Stirn und sagt: »Die Perspektive des kleinen Mädchens wird wieder einmal ganz vergessen. Es geht wie immer nur um die Erwachsenen.« Dabei schaut er mich an, als hätte ich besonders dazu beigetragen.

Ein außerordentliches Treffen zum Diskutieren von Sicherheitsmaßnahmen wurde angesagt, und ein Vater machte den Vorschlag, dass bei künftigen Ausflügen immer mindestens zwei Männer dabei sein müssten. Ich stelle mir vor, wie Frank auf diese Forderung reagieren würde. Ich habe ihn lange nicht mehr gesehen, er schläft immer öfter im Büro. Ich weiß nicht mal, wo das ist. Letzte Woche, als ich meinen Eisprung hatte, wollte ich ihn überraschen. Ich war schon halb im Taxi, als mir klar wurde, dass ich gar nicht wusste, wo ich hinwollte. Wenn er mal nicht arbeitet, ist er am Strand. Er hat angefangen zu surfen, was noch zeitaufwändiger ist als Radfahren. Nach dem Debakel neulich bitte ich ihn gar nicht erst, Leo mitzunehmen. Ich weiß, was er antworten würde: »Ach, Lily, ich brauch wirklich auch einmal eine Minute für mich.«

»Natürlich brauchst du das.«

Als ich Frank kennen lernte, nagte die Sorge um seine Frau an ihm. Diese Sorge rührte mich so, dass ich bereits am zweiten Abend mit ihm ins Bett ging. Es begann damit, dass ich sein Haar streichelte. Armer Mann, dachte ich, was musst du ertragen. Aber jetzt wird alles gut. Ich bin hier. Ich mach es gut.

Ich wollte ihm nur helfen. Nie dachte ich daran, ich könnte ihn für mich haben. Ich konnte ja nicht wissen, dass Stella sterben würde. Er war für mich ein Heiliger. Der sein Leben für seine Familie hingibt, für seine wahnsinnige Frau, seinen kleinen Sohn. Die Ringe unter seinen Augen rührten mich, das leichte, aber ständige Zittern seiner Finger, jede einzelne Zigarette, die er sich anzündete – er rauchte damals zwei Schachteln pro Tag.

Nie, schwor ich mir, würde ich vor ihm weinen, die Nerven verlieren, einer Laune nachgeben. Dieser Mann verdiente ein schönes Leben, verdiente, glücklich zu sein.

Simon bleibt an unserem Stand stehen. Er hat seinen Jungen mitgebracht, einen schlaksigen Zwölfjährigen mit sehr heller Haut. »Ein ganz schwieriges Kind«, flüstert mir Rhonda ins Ohr.

Simon schaut sich die Bücher an. Er hebt die Kiste auf, die eine Mutter vorhin gebracht hat, und liest die Titel nacheinander runter: »*Der Mann deines Lebens – wer sagt, dass du ihn nicht schon kennst?, Monogamie aufregend gestalten, Essen mit Kindern in San Francisco und Umgebung, Wieder Single* – interessant. Verkauft ihr die als Set?«

Ich werde rot.

Simon schaut seinem Jungen nach, der zur Rutschbahn rüberrennt, wo Alice und Leo wippend auf ihren Brettern stehen und sich inmitten kleiner Kinder langweilen.

»Ist das deiner?«, fragt er, und ich nicke. Das tue ich immer öfter, wen interessieren hier die Einzelheiten. Die rothaarige Mutter, deren Namen ich immer vergesse, stellt sich neben Simon, sie nimmt ihm die Bücher aus der Hand und legt sie zurück in die Kiste.

»Das waren meine«, sagt sie. »Warum hast du mir nicht gesagt, dass du dich für so was interessierst? Ich hätt sie dir geschenkt.« Sie zieht ihn zum Getränkestand rüber.

Sara bringt mir ein kühles Bier. Sie verdreht die Augen.

»Hast du das eben gesehen? Na, was hab ich gesagt, die haben was miteinander.«

Ich mache Pause, trinke das Bier in der Küche. Sara hat jemanden kennen gelernt, beim Schwimmen. Sie geht immer ins Schwimmbad der Universität, wo die Studenten trainieren. Sie möchte gern hier bleiben, Australien ist ihr zu hart, sagt sie, die Sonne zu hell, die Männer zu grob. »Immer betrunken.« Bis nächsten Februar ist ihre Arbeitserlaubnis gültig. Ob sie es schafft, bis dahin mit einem Amerikaner verheiratet zu sein?

»Ich beneide dich«, sagt sie, »du bist nur zwei Jahre älter als ich, und du hast schon alles. Mann, Kind, alles. Ich kann's nicht glauben.«

»Dabei wollte ich gar nie heiraten«, sage ich. Stattdessen wollte ich etwas werden, etwas Besonderes. Das sagte meine Mutter immer: Aus dir wird mal was Besonderes. Ich wollte die Welt retten. Vor Grobheit, die ich korrigierte, vor Abfall, den ich aufhob, wo ich ihn liegen sah. Ich mischte mich ein, wenn ein Hund getreten, ein Gruß nicht erwidert, ein Kind am Arm gezerrt wurde. Verfasste ganz allein eine Petition zur Verhinderung der Neubauten auf dem Feld des Bauern gegenüber. Ich weinte vor dem Fernseher angesichts von Hungersnot und Krieg. Zu heiraten, Kinder zu kriegen, dafür würde ich leider keine Zeit haben. Nach Afrika wollte ich gehen, nach Indien, hungernde Kinder retten, Waisenhäuser aufbauen, Mutter Teresa ablösen. Leider taugte ich in der Schule nicht viel, sodass ich den ursprünglichen Plan, Kinderärztin zu werden, aufgeben musste. Nicht einmal die Aufnahmeprüfung in die Krankenschwesternschule schaffte ich. Kleinkindererzieherin schien eine vernünftige Alternative. Der Berufsberater sah mich nicht als dafür geboren, die Welt zu retten. »Praktisch veranlagt«, sagte er, »einfühlsam, belastbar. Früher hätte man gesagt, aus der wird mal eine gute Hausfrau und Mutter.«

Nicht gerade das, was meine Mutter hören wollte, aber er hat Recht behalten. Nur ein Kind habe ich gerettet, einen Mann und, denke ich manchmal, eine Frau.

Leo war doppelt so groß wie andere Babys seines Alters. Dick, glatzköpfig und gemütlich saß er da und spielte mit seinen Zehen. Während seine Mutter unter dem Bett lag und weinte. Es war ein niedriges Bett, der Lattenrost drückte auf ihre Nase, auf ihre Brust. Ganz flach lag sie da und weinte leise, atmete kaum. Ich ging in die Knie und hob das erstaunlich schwere Baby auf meine Hüfte. »Dann geh ich mal«, rief ich Richtung Bett. Als wäre nichts dabei. Als fände ich es völlig selbstverständlich, meine Arbeitgeberin unter dem Bett liegend anzutreffen. Ich war knapp neunzehn, ein Schulmädchen, aber ich wusste sofort, dass ich meinen Platz gefunden hatte.

Pech für Afrika. Pech für die Welt.

Sara glaubt mir nicht. »Ach, komm schon, du hast doch einfach deine Chance genutzt, gib's zu. Was ist denn mit der ersten Frau passiert, mit Leos Mutter?«

Gleichzeitig ruft Simon von draußen, jemand solle einen Eiswürfel in ein Papiertuch wickeln und ihm rausbringen, und das tue ich sofort. Ein Kind ist hingefallen und weint. »Psychologisches Eis« nennt Simon das. Als ich ihm den Eiswürfel reiche, im nassen Papier, legt er seine Finger einen Augenblick auf meine. Ich schüttle den Kopf. Ich ziehe meine Hand zurück. Ein winzigkleines Mädchen hat die Arme um ihn geschlungen und schluchzt an seinem Hals. Als ich in die Küche zurückgehe, muss ich lachen. Grundlos.

Hundertsiebenundzwanzig Dollar haben wir eingenommen. Rhonda tut der Rücken weh. »Du solltest dich nicht so anstrengen«, sage ich. Jordan möchte, dass wir beim Aufräumen helfen, aber das lehne ich ab. »Schau sie doch an, in ihrem Zustand. Soll sie etwa Wehen kriegen?«

»Du hast wirklich für alles eine Ausrede«, knurrt er, doch nachdem Rhonda nach seinem Befinden gefragt und zehn Minuten lang seine Beschwerdenliste angehört hat, lässt er uns in Ruhe. Simon sehen wir nicht mehr. Er ist wohl mit der Rothaarigen fortgegangen.

Auf dem Heimweg kaufen wir im Streetcar Diner ein paar Hamburger und essen sie im Auto. Ketchup tropft auf die Sitze. Das ist das Abendessen heute.

Frank ist nicht zu Hause. Als wir am Morgen weggegangen sind, war er schon unterwegs. Ich schaue auf der Hintertreppe nach, ob sein Taucheranzug da hängt. Er ist noch da und trocken. Ich höre die Nachrichten auf dem Anrufbeantworter ab, suche nach einem Zettel. Nichts.

Ich lasse Leo vor dem Fernseher in der oberen Wohnung und gehe in den rund um die Uhr geöffneten Supermarkt. Wir haben Sonntagabend, neun Uhr, und es ist genauso voll wie tagsüber. »Morgens um zwei ist die beste Zeit zum Einkaufen«, sagt Rhonda. »Da sind nur Mütter mit kleinen Babys unterwegs, die noch nicht durchschlafen.« Um diese Zeit erledigt sie ihren Wocheneinkauf, »ruck zuck im Nu, viel effizienter als tagsüber oder gar am Wochenende, wenn alle gehen. Siehst du, das mein ich mit Vereinfachen!«

Ich dagegen gehe gern jeden Tag ein bisschen einkaufen, ich mag die kühlen Hallen, die endlosen Gänge, die überwältigende Auswahl. Reihen um Reihen von Frühstücksflocken in übergroßen Packungen. Trockensuppen, Waschmittel, Heiligenkerzen, Kopfwehtabletten, alles ist da, alles ist viel, alles ist groß. Ich stütze mich auf den schweren Wagen. Kaufe zwei Packungen Schwangerschaftstest mit je zwei Teststreifen drin. Schlagzeilen an der Kasse: Hillary lesbisch, die Beweisfotos. Frau gebar Fuß – mit Stöckelschuh. Außerirdische verklagen Fernsehstation.

»Willst wohl auf Nummer sicher gehen, *honey*«, sagt der Mann an der Kasse, »recht so.«

Stella

Ich kann es nicht lassen, ich muss kurz zurück, muss den Heimberg besuchen, sehen, ob ich Betty finden kann. Dabei war ich eigentlich nie der Beste-Freundinnen-Typ, nie dafür zu begeistern, mein Innerstes nach außen zu kehren. Ich wusste ja, wie es aussah, mein Innerstes – nicht unbedingt ein Anblick, den ich anderen zumuten wollte. Eine Frage des Anstands. Aber auf dem Heimberg kam ich nicht darum herum, mich den Frauen anzuschließen.

Betty finde ich nicht, der Heimberg liegt verlassen – ich meine, geisterlos – in der bleichen Nachmittagssonne, es ist Herbst, das darf man nicht vergessen.

Herbst ist hier nicht dasselbe wie dort, ebenso wenig der Nebel.

Der Nebel, denke ich, hat hier eine ganz andere Qualität. Viel schwerer ist er, dunkler, undurchsichtiger. Ist das nicht eigenartig? Nebel ist Nebel, sollte man doch meinen.

In Bettys Haus ist niemand, das heißt, im Haus der Camenisch-Wiederkamm, im Haus von Menga. Menga war meine Nachbarin, ich bewunderte sie. Malerin und Förderin der Künste, vier Kinder im Abstand von je vierzehn Monaten, eigene Ausstellungen und viel beachtete monatliche Treffen von Intellektuellen und Künstlern in ihrem Wohnzimmer, ein Salon in ihrem Salon. Wir waren ab und zu dort eingeladen, Frank und ich, er redete damals weniger über Gott als heute, sein Thema war vielmehr der Umweltschutz und was dazugehört. Frank war der Einzige, der mit dem Rad zur Arbeit fuhr, samt Aktenkoffer und Anzug, wir hatten Sonnenkollektoren und die teurere, aber ungiftige Farbe im ganzen Haus, innen und außen. Einen eigenen Komposthaufen, dreifach getrennten Abfall. Frank wurde gern eingeladen, denn er verhalf den Gästen zu diesem kurzen, scharfen Gewissensbiss, den frisch gefasste Vorsätze schnell und einfach milderten. Mit gutem Gewissen feiert es sich viel leichter.

»Wir sollten wirklich überlegen, Sonnenkollektoren zu installieren, Schatz.«

»Meine ersten beiden Kinder haben nur Stoffwindeln getragen, ich schwör's, aber beim dritten hab ich's aufgegeben.«

»Nimmst du noch ein Glas? Der Wein ist biologisch angebaut, wir haben ihn selbst geholt, in diesem wunderbaren Bioweingut in der Toskana, weißt du noch, Schatz?«

Ich war immer die Erste, die ihr leeres Glas vorstreckte, der Wein machte mich lustig, und biologischer Wein bringt keinen Kater oder kaum einen. Wir tranken nicht wenig bei diesen Partys, und manchmal schlichen ein paar von uns nach draußen, um einen Joint zu rauchen. Die Frauen waren gut zueinander, wir wussten, dass eine so verletzlich wie die andere war. »Du hast wohl abgenommen«, sagten wir zueinander, »aber massiv«, und: »Ich glaube, er flirtet mir dir«, und: »Ich wünschte, ich könnte so etwas tragen«.

Keine Betty ist zu finden und auch sonst niemand. Das Haus wirkt unbewohnt, kühl und ordentlich, beinahe wie ein Hotel. Aber ich sehe, sie haben die Sonnenkollektoren installiert.

Nebenan näht Susie Bernstein Engelpuppen. Jedes Mal, wenn sie eine Naht fertig hat, greift sie in die Schüssel voller Gummibärchen, die neben ihr steht, und belohnt sich mit einer Hand voll. Susie hat die Engel selbst entworfen, sie haben sanfte, handgestickte Schlafgesichter, individuell gemusterte Flügel und Kittel mit quadratischen Taschen, in die man Geschenke für die Mutter stecken kann. Denn so sind sie gedacht: als Geschenk für die frisch gebackene Mutter und für ihr Baby. Statt Blumen. Kleine Seifen kann man in die Taschen stecken, Lippenpomadenstifte, einzelne Pralinen, so was. Michele hat mal zum Spaß die Engeltaschen mit Joints gefüllt, was bei Susie schlecht ankam. Sie nimmt ihre Arbeit, »meine kreative Flucht«, sehr ernst.

Es ist still im Haus, Susies Tochter muss unterdessen ausgezogen sein, damals war sie ein Teenager, der reihum unsere Kleinkinder hütete, für ein Taschengeld.

Michele Balmer trainiert zu einem Fitnessvideo, sie hat vor einiger Zeit das Rauchen, Trinken und Kiffen aufgegeben und sich ganz der Trennkost verschrieben. Sie ist ein anderer Mensch, sagt sie, doch die panische Angst zuzunehmen ist geblieben. »Michele«, sage ich, »quäl dich nicht so, es macht keinen Unterschied.« Sie hört mich nicht. Auch gut. Wer bin ich denn, ihr dieses Vormittagsvergnügen wegzunehmen?

Karin, die im Garten arbeitet, schaut dafür kurz auf, als ich vorbeistreiche, und lächelt. Bitte nicht, denke ich, erzähl mir nicht, du seist eine von denen – eine Sehende. Sie schüttelt den Kopf und arbeitet weiter. Karins Garten ist in Fotobüchern abgebildet, sie hat Rosen und eine Laube, sie hat Kakteen und einen Zengarten, sie zieht ihr eigenes biologisches Gemüse und Pflanzen mit aromatherapeutischen Eigenschaften. Das Geld, das wir anderen bei unseren Ausflügen in die Innenstadt in Boutiquen, für Friseure, kleine kalorienarme Mittagessen mit viel Weißwein verpulvert haben, investierte sie in exotische Pflanzen, Gourmetdünger und geheizte Gewächshäuser. Doch sie hörte immer geduldig zu, wenn wir vom Ausverkauf bei Donna Karan berichteten oder den Coiffeurklatsch verglichen.

Wir hielten zusammen. Wir führten alle das gleiche Leben und hatten keinen Grund zur Klage, nicht den geringsten. Mann und Kinder, Haus und Garten, mehr als genug Geld. Alles da, und doch immer eine leichte Melancholie über allem. Das kann doch nicht alles sein? Aber was könnte man denn sonst noch wollen? Keiner von uns fiel dazu etwas ein. Wir hatten alles, was wir uns gewünscht hatten, andere Wünsche hatten wir nicht. Über unsere Ehemänner beklagten wir uns abwechselnd, meist eher halbherzig – hilft nicht im Haushalt, spielt nicht mit den Kindern, sieht mich nicht an, sieht mich nicht. Wir hatten nicht wirklich etwas an ihnen auszusetzen. Solange sie für unseren Unterhalt aufkamen. Auf Partys flirteten wir reihum mit allen, wie es von uns erwartet wurde, ohne großen Einsatz.

Bis fast zum Schluss hielt ich es durch. Irgendwie schaffte ich es immer, zu diesen Nachbarschaftseinladungen zu gehen, auch wenn ich sonst nichts mehr zu Stande brachte. Ich wusste, dort wurde nicht viel mehr von mir erwartet, als dass ich die Fassung wahrte. Gerade eben, das genügte. Ein bisschen Lippenstift, ein Glas Wein, so tun, als wäre das Leben glitzernd. Selbst ab und zu ein Glas an die Wand zu werfen, war drin, in Tränen auszubrechen, mit den anderen Frauen in die Küche zu flüchten, eine Zigarette anzuzünden, die Stöckelschuhe auszuziehen, wo hast du die her, was haben die gekostet, sind das Miu Miu?

Ich mochte diese Frauen. Ich brauchte sie. Sie brauchten mich. In ihren Küchen wenigstens war ich bis zum Schluss noch zu etwas nütze. Selbst wenn ich nur schmutzige Witze riss, meine Spezialität, ich war die Einzige, die sich das traute.

Wie sollte ich denn ahnen, dass sie sich wegen Lily derart anstellen würden!

Der Nachmittag dehnt sich endlos über den Heimberg, ich nehme Susie die Näharbeit aus der Hand und lasse sie stattdessen zum Telefon greifen und ein paar der anderen einladen.

»Einfach ganz spontan«, sagt sie.

Leo

Im Fernsehen öffnet ein Mann mit einem kurzen, scharfen Messer Austern.

»Frucht!«, sagt Dad und macht ein saures Gesicht. Manchmal lässt er mich mit ihm die Kochsendungen schauen. Wenn Alice nicht aus ihrem Zimmer kommt.

»Ich dachte, das wäre eine Muschel«, sage ich. Vielleicht ist es eine Nuss, die er aufbrechen und über seinen Cäsarsalat kippen will, der Mann mit der Schürze in Regenbogenstreifen.

»Schwuchtel«, sagt Dad. »Die Stadt ist voll von ihnen. Dass du mir ja keiner von denen wirst, Sohn!«

Mein Gesicht wird heiß, das heißt knallrot, ich brauch gar nicht in den Spiegel zu schauen. »Nein, Sir, bestimmt nicht.«

Der Koch nimmt die fleischigen, schlabbrigen Muscheln zwischen die Finger und taucht sie in eine Schüssel mit Ei, dann in

Mehl. Mir wird übel. Ich schlucke. Das glänzende graue Fleisch sieht kalt und glitschig aus wie Slime, das man in Dinosauriereiern kauft und in der Schule nach seinen Freunden wirft.

»Letzte Woche hatte ich zwei von denen geladen, nicht so spät, halb zehn, sie kamen aus diesem neuen Schuppen, dem Johnfrank, Anzug und Mantel, ich dachte, Geschäftsleute, Ausländer. Sonst hätt ich verdammt noch mal gar nicht erst angehalten! Es war eine gute Nacht, ich hatte genug zu tun, war auf diese Typen nicht angewiesen. Die werfen sich auf den Rücksitz und fangen an, sich abzuknutschen wie zwei Pennäler. Hört mal, Leute, sage ich, in meinem Taxi läuft das nicht. Und was glaubst du, was als Nächstes passiert?« Ich zucke mit den Schultern. Der Koch zerdrückt Sardinen mit einer Gabel. Nach einer Weile lösen sie sich auf und werden flüssig, er behauptet, man kann sie, so wie sie sind, als Salatsauce benutzen. Je länger ich zusehe, desto weniger würde ich das essen, was der hier kocht.

»Die steigen aus! Steigen am nächsten Rotlicht aus und gehen weg, ohne mich zu bezahlen. Wenn du den Anblick nicht magst, warum gehst du nicht dahin zurück, wo du hergekommen bist, sagt der eine, und der andere lacht: Hinterwäldler. Nicht mal bezahlt haben sie mich, die zwei fünfzig Grundtaxe und einen Dollar Fahrt.«

»Haben sie dich denn nicht erkannt?«, frage ich. Immerhin war Dad in der Zeitung und sogar im Lokalfernsehen.

»Über das Geld will ich nicht jammern«, sagt er, als ob er mich nicht gehört hätte. »Ich fahr ja fast jede Nacht eine Gratisfuhre. Einmal ein Mädchen, das morgens um drei an der Bushaltestelle stand, wo ich wusste, dass garantiert kein Bus mehr kommt, einmal einen Jungen, der so betrunken war, dass er nicht mehr wusste, wo er wohnte, und Geld hatte er auch keines dabei. Die Nacht ist gefährlich, wenn man sie nicht kennt. Ich kann die

Leute nicht schutzlos draußen rumirren lassen, so bin ich nicht, egal ob sie Geld haben oder keines.«

Dad ist ein Held. Letzte Woche, als wir in der Schule das Aufsatzthema »Mein Held« hatten, schrieben beinah alle Kinder in der Klasse über ihn. Wie er das Mädchen gerettet hat. Außer Vladimir, der schrieb über die Grüne Laterne, was eine Comicfigur ist und kein richtiger Mensch, aber Vladimir versteht eh nichts. Ich hätte gern über meinen Vater geschrieben, darüber, was er im Dog in the Fog Diner macht und dass er dafür auf seinen tollen Job verzichtet und auf das Büro im siebzehnten Stockwerk mit Aussicht. Aber dann hätte ich sein Geheimnis verraten.

Auf dem Bildschirm sieht man jetzt einen Wildhüter, der verspricht, nach der Werbeunterbrechung ein Krokodil für uns zu fangen. Dad steht auf und geht in die Küche, wo er sich einen Kraftshake zubereitet. Und einen Kaffee mit Milch, damit er nachts nicht einschläft. In der Küche steht ein kleiner Fernseher, der auf denselben Kanal geschaltet ist wie der große, sodass man immer weiß, wann die Werbeunterbrechung zu Ende ist. Dad kommt rechtzeitig zurück und schenkt mir die Hälfte seines Shakes in ein Plastikglas.

»Dass du mir auf Alice aufpasst, Sohn«, sagt Dad, »sie ist ein bisschen gefährdet.« Er zeigt auf den Bildschirm. Eine Werbung für eine Schmerztablette, von der man nur vier pro Tag braucht statt acht. »Du weißt schon. Sie kann nichts dafür. Ihre Mutter ist einfach naiv gewesen, geradezu verboten naiv. Gleich zweimal musste ihr das passieren, ich meine, die Chancen sind eins zu einer Million. Als sie mich kennen lernte, hatte sie die Hoffnung schon beinah aufgegeben.« Er nimmt einen Schluck aus seinem Thermosbecher. »Wie gesagt, Alice kann nichts dafür: Gegen die Gene kannst du nicht ankämpfen.«

Mein Papa glaubt nicht an die Gene, das weiß ich, aber bevor ich etwas sagen kann, kommt der Krokodiljäger. Nach eineinhalb Minuten wirft er sich in den Schlamm und auf ein großes Biest, das ich gar nicht gesehen hatte. Er klammert sich an dem Tier fest und rollt mit ihm durch den Dreck am Flussufer. Am Ende ist er oben, mit einer Hand hält er dem Krokodil die Schnauze zu, mit der anderen richtet er seinen Tropenhelm.

»Das ist ein Mann nach meinem Geschmack«, sagt Dad.

Dann kommen die anderen vom Einkaufen zurück, Mara rennt wie immer gegen meine Beine und schreit: »Leo!«, und Alice verdreht die Augen. Rhonda sagt, sie fährt uns zum Skate-Park nach Mill Valley, wenn wir anschließend eine Stunde auf Mara aufpassen. Sie hat eine Besprechung mit einer Klientin oder so was.

»Klar«, sage ich, und Rhonda fährt durch mein Haar und nennt mich einen lieben Jungen. Alice verdreht die Augen noch mehr, ich hoffe, sie bleiben ihr stehen. Was kann ich denn dafür? Ich war noch nie in einem richtigen Skate-Park. Auf dem Heimberg hatten sie auf einem Spielplatz ganz in der Nähe eine kleine Half Pipe aufgestellt, aber ich hatte immer Angst, da runterzubrettern. Jetzt nicht mehr. Seit ich diese Welle erwischt habe, hab ich keine Angst mehr.

»Muss ich?«, mault Alice.

»Du kannst auch zu Hause bleiben und deinem Vater helfen, die Garage auszuräumen.«

»Meinem Vater?« Alice lacht, aber nicht lustig. Ich stoße sie mit dem Ellbogen an, das wäre die Gelegenheit, unauffällig nach ihrem Vater zu fragen. »Wenn wir schon von meinem Vater sprechen, hat er eigentlich je von sich hören lassen?« Vielleicht doch lieber nicht.

»Was grinst du so blöd?«, fragt Alice, was total ungerecht ist. Weil KinCee mich in der Pause von ihrem Apfel hat abbeißen lassen. Weil ich diese Woche zwei Einladungen zu Geburtstagspartys bekommen habe, eine von Benji und eine von Maxim Benkovitch, der mich vorher nicht beachtet hatte. Weil Dad mich vor allen anderen *»son«* genannt hat.

»Meine Mutter ist auch bei der Armee«, hat KinCee zu mir gesagt. KinCees Mutter war auf dem Ausflug mit dabei, sie sieht nicht aus wie jemand von der Armee, sondern eher wie ein Filmstar oder so, mit hellblondem Haar und weißen Jeans und rosa Cowboystiefeln. »Aber meinst du, die würde je eine Heldentat begehen?« KinCee ist größer als ich und hat ein Muttermal auf der Backe, links gleich neben dem Mundwinkel. Alice findet KinCee doof, vor allem wegen der Armee. Alice kann auch als Einzige mit Dad nichts anfangen. Ich hab sie nie gefragt, was sie gemeint hat, als sie sagte, sie hasse uns alle.

Im letzten Moment entscheidet sie sich, doch mitzukommen. Unterwegs hält Rhonda bei Taco Bell, wir essen im Auto, und nach einer Weile bietet mir Alice ein Viertel mexikanische Pizza an, im Tausch gegen eine Chalupa, und dann singt sie mit Mara und dem Radio mit, *say my name* singen sie. So klein sie ist, hat Mara schon ihre Lieblingsband, Destiny's Child. Und Alice ist beinah wie immer. Bis ich sie im Skate-Park frage, ob sie drogensüchtig ist oder ob ihr Vater vielleicht drogensüchtig war. Sie starrt mich nur an und schüttelt den Kopf, zweimal öffnet sie den Mund, aber kein Ton kommt heraus, bis sie mir schließlich »Trottel!« entgegenschleudert, was ein bisschen müde klingt.

Tut mir Leid, aber was soll Dad sonst gemeint haben, als er auf die Schmerztablettenwerbung im Fernsehen zeigte?

Lily

Ich rufe im Büro an. Frank ist gegangen. »Ich kann Sie mit seiner Voice-Mail verbinden«, sagt die Sekretärin. Mit dem Band will sie mich vertrösten.

»Ich bin's, Lily, seine Frau«, sage ich, ich muss es jedes Mal wieder sagen, und jedes Mal fühlt es sich mehr wie Hochstapelei an. Beinah erwarte ich zu hören: »Seine Frau heißt Stella.«

Stattdessen entschuldigt sie sich freundlich. »Was für ein hübscher Name«, sagt sie, »und so außergewöhnlich heutzutage, ich weiß wirklich nicht, wie mir das passieren konnte, schließlich hieß meine Großtante Lily.«

»Wann ist er losgefahren?«, frage ich.

»Der Verkehr ist eine Katastrophe«, gibt sie zur Antwort.

Das sagt Frank auch immer. Er sollte heute früher kommen, damit ich die außerordentliche Sitzung im Garden besuchen kann. Leo wird oben essen und sich zusammen mit Alice um Mara kümmern, Bill ist schon bei der Arbeit. »Der Junge braucht doch keinen Babysitter mehr«, sagte Frank.

»Rhonda ist es wohler, wenn ein Erwachsener im Haus ist. Du musst nichts tun, nur da sein. Für alle Fälle.«

»Und warum ich? Warum nicht Bill? Wenn du mal meinen Stundenlohn ausrechnest, bin ich wohl der teuerste Babysitter, den ihr finden könnt!« Ein Blick in mein Gesicht, und er fing an zu lachen: »Aber Lily, ich mach doch bloß Spaß! Du solltest mal dein Gesicht sehen! Natürlich komme ich früher nach Hause. Kein Problem.« Dann schubste er mich rücklings auf den Futon und kitzelte mich, bis ich kreischte. »Nicht immer so todernst, Lily!«

Das war heute Morgen. Ich warte. Er kommt nicht nach Hause. Nicht früher, nicht zur üblichen Zeit. Ich warte und warte und renne dann zu Rhonda rauf, und Rhonda schaut auf die Uhr, wir sind zu spät dran, aber sie ist auch noch nicht fertig, sie wärmt Käsemakkaroni auf und ruft nach Alice.

Leo fragt, ob er helfen kann, und Rhonda streicht ihm über den Kopf und nennt ihn »guter Junge«. Zehn vor acht, fünf vor acht. Schließlich ruft Rhonda Bill an und bittet ihn, auf seiner Tour ab und zu vorbeizuschauen.

»Kein Problem«, sagt er, »es ist nicht viel los, vielleicht komme ich ganz nach Hause und geh erst später wieder raus.«

»Danke, *honey*.«

Sie schreibt seine Handynummer auf die Schiefertafel in der Küche. »Für den Fall, dass wir beim Fernsehschauen Hilfe brauchen, ja?«, spottet Alice.

Wir kommen zu spät, ich steige aus und gehe vor, während Rhonda noch einen Parkplatz sucht. Im gelben Zimmer sind Kinderstühle im Kreis aufgestellt, alle besetzt, nur ganz vorne ist noch Platz, direkt vor Carols Beinen, die mit ihrer Tagesordnung dasteht. Leise gehe ich hinten herum an allen vorbei und lehne mich an die Wand

»Ich dachte schon, du kommst nicht mehr«, sagt eine Stimme. Ich drehe mich um. Simon steht neben mir im Durchgang zum blauen Zimmer.

»Nun, da auch die Letzten eingetroffen sind, können wir vielleicht beginnen?« Jordan schaut demonstrativ auf die Uhr. »Manche von uns müssen wieder nach Hause zu ihren Kindern.«

»Er bestimmt nicht«, murrt die Rothaarige, die auf der anderen Seite neben Simon steht, ich glaube, sie heißt Sandy. Sie lehnt sich an Simon. Ich stehe so nah, dass ich hinter meiner rechten Schulter seine Körperwärme fühle, beinahe berühre ich ihn, wenn ich mein Gewicht auf den rechten Fuß verlagere, lehne ich mich an ihn, und er ist zwischen uns eingeklemmt. Rhonda schiebt sich vorbei und zieht mich am Ärmel zu den leeren Stühlen in der ersten Reihe, wo niemand sitzen will. Ihr Bauch wird immer dicker.

»Unglaublich«, zischt sie, »der macht sich aber auch an alles ran, was Beine hat. Das musst du dir wirklich nicht gefallen lassen.«

Lassen? Es hat mir gefallen. Was ist bloß los mit mir?

Carol eröffnet das Treffen mit einem genauen Zeitplan. »Snacks zwischen acht Uhr fünfundvierzig und acht Uhr fünfundfünfzig.« Der erste Punkt auf der Tagesordnung ist das Zuspätkommen der Eltern, nicht nur morgens, sondern auch mittags, wenn die Kinder abgeholt werden sollen. »Ich kann doch nicht einfach von der Arbeit wegrennen«, sagt jemand. Das provoziert Jordan zu einem Vortrag über die gefährliche Tendenz, das Wohl der Eltern über das der Kinder zu stellen, eine Tendenz, die er seit längerem beobachtet. Dabei schaut er mich an. Vielleicht, weil ich ganz vorne sitze.

Jemand antwortet aus einer hinteren Reihe: »Ich fühle mich nicht wohl in deiner Gegenwart, Jordan. Ich habe das Gefühl, du wertest jede Geste, die ich mache.«

»Natürlich tue ich das. Das ist mein Job.«

Ich höre nicht mehr richtig zu. Ich frage mich, ob Frank nach Hause gekommen ist. Ich hasse es, mit ihm zu streiten. Bill und Rhonda streiten ständig, ich kann es über mir hören, im Schlafzimmer und vor allem im Bad, das durch einen Schacht mit ihrem verbunden ist. Sie erwähnt es nie, als wäre es nicht weiter wichtig. Ich frage mich, ob ich schwanger bin. Was würde Frank sagen? Würde er sich überhaupt freuen? Ich verschränke die Arme und fühle diskret meine Brüste. Ein wenig geschwollen sind sie schon.

Der Streit. Die Tränen. Das Gefühl, mich an einen fremden Mann lehnen zu wollen.

Plötzlich ist es still, und alle schauen mich an. Wird von mir erwartet, dass ich etwas sage? Hilfe suchend schaue ich zu Rhonda hinüber.

»Das ist absolut lächerlich«, springt sie ein, »ich bin als Garden-Veteranin wohl eine der wenigen hier, die das beurteilen kann Immerhin war ich vor zehn Jahren schon hier. Die Zeiten haben sich nun mal geändert. Nur die wenigsten Familien können noch von einem Gehalt leben. Wenn wir auf einem hundertprozentigen Einsatz der Eltern bestehen, schließen wir unter Umständen gerade die Bevölkerungsschicht aus, für die der Garden überhaupt gegründet wurde.«

Ich verstehe noch immer nicht, warum alle mich anschauen. Bis Rhonda meinen Namen ausspricht: »Lily«, sagt sie, »beziehungsweise ihre Anwesenheit hier im Garden, ist die Folge einer gesellschaftlichen Umwälzung – nicht deren Ursache. Einverstanden, Jordan?« Spontan applaudieren ein paar. Jordan wirft mir einen Blick zu, der nicht anders als hasserfüllt zu nennen ist. Dann verlässt er den Raum.

»Musst du mal?«, flüstert jemand, und zwei oder drei andere kichern leise. Dann ist das Treffen zu Ende.

»Ich muss sofort hier raus.« Rhonda schlägt Trader Sam's vor, eine Studentenbar in der Nähe, die mit falschen Kokospalmen und Sonnenschirmen dekoriert ist. Carol und Simon kommen mit, Sandy muss nach Hause, dafür schließt sich Marian an. Der Türsteher verlangt meinen Ausweis zu sehen. Ob ich schon einundzwanzig bin. Die anderen lachen.

»Seh ich so jung aus?«

Er schaut mich genauer an, dann legt er die Hand unter mein Kinn und hebt mein Gesicht an, als wollte er mich küssen. »Nicht wirklich«, sagt er.

»Dich kann man auch keine Sekunde allein lassen«, sagt Simon und zieht mich zu einem Tisch unter einem Strohschirm. Rhonda und Marian stehen schon an der Bar, bestellen für alle und bringen die Getränke zum Tisch. Mein Drink ist hellblau, er kommt in einem bauchigen Glas, das mit Zuckerrand und Früchtespießen dekoriert ist.

»Das ist ein Sex on the Beach«, sagt Marian und zwinkert übertrieben. »Den hast du dir verdient nach dieser Attacke.« Rhonda saugt angelegentlich an dem geschwungenen Strohhalm, das Glas ist zu einem Drittel geleert, als sie es vor mich hinstellt. Du sollst doch nicht trinken, will ich sagen, aber etwas in ihrem Blick hält mich davon ab. Sie verteilt die übrigen Getränke, Bier für Marian und Carol, Diet Coke für sie und Simon.

»Danke«, sage ich zu Rhonda. »Auch für die Unterstützung eben. Nur versteh ich immer noch nicht ganz, was das Problem ist.«

Carol, die den Garden leitet, verdreht die Augen.

»Das weiß niemand«, sagt sie, »aber jedenfalls bist es nicht du. Jordan hat gesundheitliche Probleme, ein Magengeschwür oder so was.«

»Ach was, Jordan macht doch immer Stunk«, sagt Simon, »letztes Jahr wäre er beinahe von den Eltern abgewählt worden.«

»Und erinnerst du dich an die Sache mit den Fingerfarben?«

Marian ist fast so lang im Garden wie Rhonda, sie reden über Ereignisse und Menschen, die ich nicht kenne. Ich klinke mich aus. Sauge am Strohhalm. Konzentriere mich auf mein Bein. Darauf, es gerade zu halten, damit es das von Simon nicht berührt, bis es vor Anstrengung zu zittern beginnt. Bald gibt es nur noch das – den Drink, die Hintergrundgeräusche, mein Bein und sein Bein. Ich muss aufstehen. Ich muss hier raus.

»Du willst doch nicht etwa schon gehen«, sagt Rhonda, »wir haben eben noch eine Runde bestellt.«

»Du kannst bleiben. Ich gehe zu Fuß.«

Frank, denke ich, Frank wird sich Sorgen machen. Er wird sich fragen, wo ich bin.

Marian bringt die Drinks, ich nehme einen Schluck im Stehen und schiebe das Glas dann von mir. Simon muss aufstehen, um mich vorbeizulassen. Ich verabschiede mich von allen und gehe zur Tür. »Ich begleite dich«, sagt Simon, »ich wollte ohnehin kurz raus.« Er klopft auf seine Brusttasche, in der eine Schachtel Zigaretten steckt.

Vor der Tür bleibt Simon kurz stehen, um sich eine Zigarette anzuzünden. Der Geruch ist überwältigend. Ich habe nicht geraucht, seit ich hier bin.

»Darf ich?« Ich strecke die Hand aus, er gibt mir die Zigarette, ich nehme einen Zug. Mir wird schwindlig.

»Ich geh ein Stück mit dir.«

»Das ist nicht nötig.«

Er steht einen Schritt von mir entfernt, die Hand mit der Zigarette baumelt an seiner Seite, die andere legt er in meinen Nacken, ganz leicht, dann beugt er sich vor und küsst mich. Nur ein bisschen. Dann tritt er noch weiter zurück. Er leckt sich über die Lippen und presst sie zusammen. »Alkohol.« Er schüttelt den Kopf. »Wenn du nicht getrunken hättest, würde ich dich richtig küssen.«

Er wirft die Zigarette weg und geht in die Bar zurück. Ich mache mich auf den Weg. Es ist kalt, neblig, der Atem steht in einer kleinen Wolke vor meinem Gesicht.

Frank schläft schon, als ich nach Hause komme.

Leo

Was ich an Mädchen nicht mag: Sie sagen nie, was sie denken. Ich habe KinCee gefragt, ob sie am Wochenende was unternehmen will.

»Warum nicht?«

»Hast du Lust, ins Kino zu gehen?«

»Weiß nicht.«

»Oder in die Mall?« Das ist so was wie ein Einkaufszentrum, da gibt es Läden mit Comics und Videospiele und MacDonald's.

»Weiß nicht.«

»Oder Eis essen?« Gleich an der Ecke ist eine Eisdiele, die haben zwölf Fernsehapparate, man kann ein Video aussuchen und jeden Film sehen, den man will.

»Weiß nicht.«

Ich will schon aufgeben, als sie plötzlich sagt: »Am Samstag kommt der Freund von meiner Mutter aus Denver, da muss ich mit meinem kleinen Bruder auf den Spielplatz.«

»Auf welchen denn?«

»Auf den an der siebzehnten Straße. Um zwei?«

Ich frage Rhonda, ob ich Mara mitnehmen kann. »Meinst du das ernst?« Ich zucke mit den Schultern. »Alice hat die Kleine noch nie freiwillig irgendwohin mitgenommen.«

Alice rollt die Augen nach oben. »Arschkriecher«, flüstert sie, sodass nur ich es höre.

»Du könntest doch auch mitgehen«, sagt Rhonda zu ihr.

»Sonst noch was?«

»Eigentlich bin ich verabredet«, sage ich, und dann erkläre ich Rhonda die ganze Sache, obwohl es mir peinlich ist, aber sie soll nicht denken, es stimmt was nicht mit mir. Alice geht in ihr Zimmer und wirft die Tür hinter sich zu. Rhonda packt einen Snack ein und gibt mir Geld, damit ich KinCee eine Cola spendieren kann. Oder ein Eis. Sie zieht Mara die Schuhe an und fragt dreimal, ob ich es auch wirklich ernst meine.

Schließlich ziehen wir los, ich setze das Mädchen auf mein Rollbrett und schiebe es den ganzen Weg zum Spielplatz. Das gefällt ihr, außerdem geht es viel schneller, als wenn sie selber läuft, und ich hab es eilig, es ist gleich zwei.

Als wir ankommen, kann ich kaum mehr gerade stehen. KinCee ist noch nicht da. Ich überlege, was ich mit ihr reden soll. Ob ich sie küssen soll. Ich denke an Sabine Zimmermann, die genau einmal geschrieben hat und dann nicht mehr. Wahrscheinlich geht sie wieder mit Cannonica, dem Angeber. Ich schiebe Mara auf der Schaukel an, bis KinCee kommt. Ihr kleiner Bruder ist quasi noch ein Baby. Sie setzt ihn in den Sand, drückt ihm Schaufel und Eimer in die Hand und dreht sich dann weg. Sie setzt sich ins Gras, die Ellbogen aufgestützt, und schaut zu mir auf. Sie trägt ein Kopftuch, das komisch aussieht, aber alle Mädchen in der Schule tragen das, außer Alice, vermutlich passt es nicht über ihr Clownshaar. Ich setze mich ins Gras, nicht zu nah, kreuze die Beine. Meine Turnschuhe sind schon ziemlich abgewetzt.

»Ist Alice deine Freundin?«, fragt KinCee.

»Alice?« Ich muss lachen. »Nein.« In letzter Zeit spricht sie nicht mal mit mir.

»Und?«

»Und was?«

»Na, hast du sonst eine Freundin? In Schweden vielleicht? Stimmt es, dass die Schwedinnen besser aussehen als die Amerikanerinnen? Viele Fotomodelle kommen aus Schweden.«

Ich zucke mit den Schultern. Mit der Schweiz will ich jetzt nicht anfangen, da kommen bestimmt keine Fotomodelle her, jedenfalls weiß ich davon nichts.

»Wir sind schwedischer Abstammung«, fährt KinCee fort, »oder wenigstens skandinavischer. Die Wikinger, weißt du, die waren noch vor Kolumbus hier.«

»Das stimmt.« Das hab ich gelernt, als ich mich auf den Umzug vorbereitete, Lily hatte mir das Buch geschenkt: Ein Abriss der amerikanischen Geschichte und Kultur. »Leif der Glückliche, Sohn von Erik dem Roten ...«

»Daher hab ich mein blondes Haar. Es ist echt.« Sie zieht eine Strähne aus dem Kopftuch und ringelt sie um den Finger. Sie schaut zu mir rüber. Sie hat sich die Augen geschminkt. Ihre Lippen glänzen rosa. Ich frage mich, was passiert, wenn man jemanden küsst, der geschminkte Lippen hat. Geht der Lippenstift ab? Bleibt er einem auf den eigenen Lippen kleben? Schmeckt er nach etwas? Ist er vielleicht gar giftig?

»Hast du schon mal so hellblondes Haar gesehen, echtes, meine ich?«

Mit einem blechernen Klingeln kündigt sich der Eismann an. Sämtliche kleinen Kinder rennen zum Zaun. Ich stehe auf und kaufe Mara und KinCees Bruder je ein Pokemon-Eis, und gerade als KinCee sich zu fragen beginnt, ob ich ihr nichts kaufen will, sage ich, wie ich es zu Hause geübt habe: »Lass uns mal zu 31 Flavors gehen, das Eis hier taugt ja nichts.« Ich helfe den Kleinen, ihr Eis auszupacken, dann gehe ich zu einer Frau rüber, die ich kenne, nur den Namen hab ich vergessen. Lily kennt sie. Sie hat ein Kind in diesem Kindergarten. Ihr älterer Sohn geht in dieselbe Schule wie ich, ist aber eine Klasse unter mir. Daher kenne ich sie. Marian.

Sie steht auf der anderen Seite des Zauns und raucht eine Zigarette. Auf dem Spielplatz ist es verboten. Ich weiß nicht, was der Unterschied ist, wenn man auf dem Gehweg steht. Der Rauch weht ja rüber. Ich wedle mit der Hand, nicht zu sehr, denn sie soll mir ja einen Gefallen tun. Ich stelle mich vor und frage sie, ob sie kurz auf die Kleinen aufpassen könnte, während wir in die Eisdiele rübergehen.

»Kein Problem«, sagt sie, tritt die Zigarette aus und schaut neugierig zu KinCee rüber. »Deine Freundin?«, fragt sie. Ich sage nichts. Ich kann nur hoffen, dass KinCee das nicht gehört hat.

»Willst du meine Freundin sein?«, frage ich.

Wir stehen an der Theke, ich nehme ihr Eis aus dem Halter und gebe es ihr in die Hand, sie hat Cookie Dough und Extreme Chocolate Chocolate Chips bestellt, mit m & m dekoriert, ich habe Mango-Zitrone mit Gummibärchen. Jedem von uns schaudert beim Gedanken, vom Eis des anderen probieren zu müssen.

Sie antwortet so lange nicht, dass ich schon denke, ich hätte dasselbe bestellen sollen wie sie oder wenigstens was Ähnliches, Swiss Vanilla, aber dann wüsste sie gleich, dass ich gar nicht aus Schweden bin, wo die Fotomodelle herkommen.

»Weißt du überhaupt, wie man küsst?«

»Sicher.«

Sie schaut mich an. Sie ist einen Kopf größer als ich. Ich müsste mich auf die Zehenspitzen stellen, um sie zu küssen. Oder sie müsste sich bücken. Wenn sie bloß diese Schuhe nicht tragen würde, ich weiß nicht, warum alle Mädchen so dicke Sohlen tragen müssen. Ich warte besser, bis wir sitzen.

»Mal sehen«, sagt sie und beißt einfach ein großes Stück aus ihrem Eis, ich weiß nicht, wie sie das aushält, ich tu es ihr nach, und mir rutschen beinah die Augen in den Kopf zurück vor Kälte.

»Das kannst du mir ja bei Gelegenheit mal beweisen.« Als wir zum Spielplatz zurückkommen, setzt sich Marian zu uns und redet die längste Zeit über die Schule und ob wir überhaupt wissen, dass Mr. Sandman in einer Band spielt, und wie wir die neue Zeichenlehrerin finden, Ms. Kabukori. Sie wiederholt ihren Namen dreimal pro Satz: Ms. Kabukori, bis KinCee aufsteht und sagt, sie müsse gehen, einen Moment lang sieht man ihren Bauchnabel, dann zieht sie an der Hose, und er ist weg.

»Bis bald«, sage ich, aber da ist sie schon weg, und Marian redet immer noch. Erwachsene haben mich immer gemocht, speziell Frauen, das kommt daher, dass ich keine Mutter habe. Dadurch wird man nicht gerade beliebt.

Lily

Ich fege den Hof von rechts nach links, von links nach rechts. Es ist warm. Wärmer als manchmal im Sommer. Die Nadeln sind von den Pinien gefallen, ich fege sie unter den Lattenrost. Ich fege den Sand zurück in den Sandkasten. Ich fege und fege, hin und her. Mein Körper bewegt sich automatisch. Mein Körper, dieses nutzlose Teil, ich kann ihn nicht mehr ausstehen. Dabei mochte ich ihn immer, er ist klein und lustig, fest und praktisch. Und irgendwie attraktiv, mit den Sommersprossen überall, dem hellen Haar. Keine Damenrasierer für mich, keine Wachstorturen.

Heute Morgen um Viertel nach sechs trat ich aus der Dusche und sah mich dabei zufällig im Spiegel. Als ich gerade nach dem Badetuch greifen wollte, nackt, halb abgedreht, sah ich meinen nassen Körper mit den verblassenden Linien vom Badeanzug und fing ganz plötzlich an zu weinen. Ach, dieser schöne Körper, wie kann er mich so im Stich lassen. Zu nichts ist er nutze, nicht einmal zum Einfachsten, nicht einmal zum Grundprogramm. Nicht einmal Kinder tragen kann er. Jede Kuh bringt das fertig.

Frank kam rein, bevor ich mich gefangen hatte, und trat sofort einen kleinen Schritt zurück. Er kann Tränen nicht ausstehen, sie erinnern ihn an Stella. Ich weine sonst nicht oft und nie vor ihm, und jetzt gleich zweimal hintereinander. Ich sah, dass er sich zusammenriss, um nicht zu fragen, was ich hätte. Aber seine Ungeduld drang trotzdem durch.

»Nichts«, murmelte ich und fing an, mich abzutrocknen, dabei stand ich ihm im Weg. Normalerweise bin ich schon in der Küche, wenn er ins Bad geht, morgens hat er wenig Zeit, da muss alles zack, zack nach Plan gehen.

»Dann ist's ja gut«, sagte er knapp, beinahe grob. Ich nahm die Flasche mit der Körpermilch mit ins Schlafzimmer, und als ich mich einrieb, fing ich wieder an zu weinen. Wofür tu ich das, dachte ich, der Körper kann ebenso gut verrotten. Ich trocknete meine Tränen mit dem Badetuch, rieb mein Gesicht rot und die Körpermilch ab. Als Frank aus der Dusche kam, mit nassem Haar und nach Eau d'Yssey riechend, folgte ich ihm nackt in den begehbaren Schrank und verführte ihn. Wenigstens etwas.

Plötzlich geht die Glastür auf, eine Gruppe Kinder stürmt heraus. Simon hält ihnen die Tür auf. Er sieht mich an. Als wüsste er genau, was ich denke.

»Lily, kann ich mal deine Karte sehen?« Jordan kommt auf mich zu, ich weiche zurück, die Karte ist mit einer Sicherheitsnadel an meinem Pullover befestigt, ich will nicht, dass er mich anfasst.

»Du bist seit zwanzig Minuten draußen am Fegen«, sagt Jordan. »Wir brauchen dich drinnen.«

»In Ordnung«, sage ich und sicherheitshalber: »Tut mir Leid.«

Ich gehe an Simon vorbei hinein, der dasselbe Aftershave benutzt wie Frank – oder bilde ich mir das nur ein, und der Geruch hängt noch in meinem Haar?

Ich glaube, ich werde krank. Plötzlich ist mir ganz flau. Ich war so lange draußen, dass es bereits Zeit für meine Pause ist, so steht es jedenfalls auf meiner Karte, dagegen kann auch Jordan nichts sagen. Sara winkt mich in die Küche.

»Ich hab richtigen Kaffee gekocht!« Sie reicht mir einen Becher, ich ziehe den Duft ein, der Kaffee ist stark.

»Gott sei Dank«, sage ich. Das Garden-Reglement, das Buch der Bücher, schreibt koffeinfreien Kaffee vor, sechs Löffel Pulver auf einen Krug Wasser, ein Umstand, der immer wieder zu Protesten führte, selbst vor sieben Jahren schon, als Rhonda mit Alice hier war. Einige Mütter haben angefangen, in ihrer Pause ins Einkaufszentrum rüberzugehen und sich richtigen Kaffee zu kaufen. Dann kommen sie zu spät zurück, bringen den ganzen Arbeitsplan durcheinander und treiben Jordan zur Weißglut. Schließlich wurde in einer ungewöhnlich gut besuchten Extrasitzung beschlossen, Koffein im Garden zuzulassen. Vorausgesetzt, die Eltern bringen den Kaffee selbst mit. Guter Kaffee ist teuer. Sara hat einen Vorrat davon aus der Küche ihrer Arbeitgeber mitgebracht. Dank ihrer guten Beziehungen zu Maggie, von der die Einsatzpläne kommen, hat sie mittwochs immer Küchendienst.

»Wie hast du das hingekriegt?«, frage ich.

»Oh, den Kaffee haben sie mir freiwillig mitgegeben.«

»Nein, ich meine den Küchendienst.«

Sara schüttelt den Kopf. »Weißt du, hab ich zu Maggie gesagt, wenn ich hier auch noch Kinder um mich haben muss, dreh ich durch.«

Maggie, eine ordentliche Person mit kurzem grauem Haar, die immer graue Kleidung trägt, ist Garden-Veteranin. Nach dem Auszug ihrer Kinder ließ sie ihren Mann für Gott sitzen und trat in ein Kloster ein, wo sie sich sogleich in eine andere Nonne verliebte. Sie trägt immer noch ein Kreuz an einer Kette um den Hals und hat die sauber geschrubbt wirkende, trockene Haut, die ich mit Nonnen in Verbindung bringe – keine Ahnung warum, so viele Nonnen habe ich in meinem Leben nun auch wieder nicht gesehen.

»Ich weiß echt nicht, wie ihr das aushaltet«, fährt Sara fort, »ich kann nur hoffen, dass es bei den eigenen Kindern erträglicher wird.«

»Ha!«, sagt Marian, die in die Küche kommt und sich eine Tasse Kaffee einschenkt. »Träum weiter, Mädchen!«

Sie legt einen Arm um mich. »War ein netter Abend neulich, was?«

Dann wühlt sie in der Küche umher und schraubt den Deckel auf Jordans spezielle Getränkemischung, die offen dasteht. »Habt ihr da etwa genascht? Oder Rattengift beigemischt? Niemand würde dir das übel nehmen, Lily, aber du solltest dich nicht erwischen lassen!« Sie stellt die Dose aufs Regal zurück. Dann bricht sie sich ein Stück Kuchen ab.

»Ich sollte ja nicht, ich laufe ja schon zehn Meilen täglich, nur um mein Gewicht zu halten, ich trink auch abends kein Bier mehr, rauch dafür lieber einen Joint, das hat die gleiche Wirkung, aber ohne Kalorien, abends brauch ich einfach was zur Entspannung, sonst werf ich die Kinder aus dem Fenster. Noch Fragen, Sara?«

Sie trinkt ihren Kaffee aus, stellt die Tasse in die Spüle und wendet sich wieder an mich: »Sag mal, hat Simon sich noch an dich rangemacht, als er dich rausbrachte, er kam eine ganze Weile nicht zurück, Rhonda wollte schon nachschauen, was los ist, aber ich sagte, lass mal, wir kennen doch unseren Simon – aber hast du nicht gesagt, du lebst monogam?«

»Lily«, sagt Jordan, und zur Abwechslung bin ich einmal froh, ihn zu sehen, »Lily, ich würde sagen, deine Pause ist um.«

Plötzlich spricht sie wieder mit mir. Alice. In der Pause kommt sie zu mir rüber, quer über den Schulhof, ignoriert die Mädchen aus ihrer Klasse, die hinter ihr herrufen: Alice, wo gehst du hin, bleib hier. Hier stehen alle in der Pause nur so rum, in Grüppchen. Man isst eine Tüte Chips, einen Schokoladeriegel, man kann versuchen, einen Ball in einen Korb zu werfen, aber viel läuft nicht, mindestens vier Lehrer drehen ihre Runden mit verschränkten Armen. Die Pausen sind auch viel zu kurz, um wirklich Spaß zu haben, selbst mittags nur zwanzig Minuten.

Sie kommt mir kleiner vor als sonst, als sie vor mir stehen bleibt und sagt: »Hey, Jesus-Freak, ich brauch deine Hilfe. Gehen wir nach der Schule in den Park?«

Jetzt plötzlich, was. Wenn sie meint, sie braucht nur mit den Fingern zu schnippen und ich komm angerannt, dann hat sie sich getäuscht.

»Nenn mich nicht Jesus-Freak.«

»Sorry, Supersurfer-Dude.«

Ich werfe meine Lunchbox nach ihr, sie weicht aus und lacht.

»Ach, hör schon auf. Ich muss was mit dir besprechen. Aber nicht zu Hause, wo ständig jeder zuhört.«

»Ich hab keine Zeit«, sage ich, Prinzip ist Prinzip, vielleicht entschuldigt sie sich erst mal dafür, wie sie mich in letzter Zeit behandelt hat.

»Deine neue Freundin?«

»Ich hab Schularbeiten.«

Alice rollt die Augen nach oben. »Nein, ernsthaft.«

»Außerdem wollte ich mit Bill ...«

»Was willst du mit Bill?«

»Das ist ein Geheimnis.« Plötzlich wird sie wütend. »Du

kommst dir wohl toll vor mit deinem Geheimnis, was? Du bist ja bloß ein kleiner Junge. Du verstehst gar nichts.«

Sie rennt zu ihren Freundinnen zurück, die böse zu mir rüberschauen, als hätte ich ihr was getan. Mädchen.

Doch nach der Schule ist sie wieder da: »Hör zu, du sturer Idiot, es geht um unseren Fall. Das Detektivbüro. Falls du dich daran erinnerst.« Das ist gut. Als ob nicht sie plötzlich beschlossen hätte, es sei doch kindisch, Detektiv zu spielen, und total unter ihrer Würde.

»Ich erinnere mich nicht nur, ich hab auch weiter gearbeitet, während du am Strand rumhingst.«

»Du hättest jederzeit mitkommen können. Die Dudes vermissen dich. Na ja, egal, ich brauch deine Hilfe.«

»Ach ja?« Das gefällt mir schon besser.

»Ich muss jetzt wirklich meinen Vater finden.«

»Deinen Vater?« Ich bleibe stehen. Wir sind noch zwei Türen von zu Hause entfernt. Es ist vielleicht wirklich besser, wenn Rhonda das nicht hört. Oder Dad. Der schon gar nicht. Ich hab selber das Gefühl, ihn zu verraten, als ich sage: »Du kannst gleich alles wieder zurücknehmen, ich habe nämlich schon ein Fallblatt angelegt. Soll ich es holen?«

Ich würde mich ja lieber mit Dad gut stellen, wenn ich sie wäre, und meinen richtigen Vater vergessen, aber ich bin nicht sie. Wer weiß, wenn ich meine Mutter finden könnte, meine richtige Mutter, würde ich es auch tun.

»Ich hab da ein paar Ideen«, sage ich, und das ist nur ein bisschen übertrieben. »Was sagt denn deine Mutter, hast du sie mal gefragt?«

»Natürlich hab ich sie gefragt, hältst du mich für blöd? Sie sagt, er sei gestorben.« Sie zuckt mit den Schultern. »Nicht wie bei dir, weißt du, mehr so wütend: ›Er ist für uns gestorben, erwähn den Typen ja nicht wieder.‹ Sie kriegt immer Kopfweh, wenn ich nach ihm frage, also hab ich's irgendwann aufgegeben.«

Wir gehen langsam weiter und bleiben vor dem Haus noch einmal stehen. »Und warum ist es jetzt plötzlich so dringend?«

»Ich brauche einen Plan B.«

Sie sieht mir an, dass ich nicht verstehe, was sie meint. Sie zeigt auf das Haus. »Das hier kann jeden Augenblick in die Luft fliegen, spürst du das nicht? Ich will eine Alternative haben, ich will wissen, wo ich hinkann, wenn es so weit ist.«

Sie bückt sich, um mit dem Schlüssel, der um ihren Hals baumelt, die Tür aufzuschließen. Der Hund bellt ihr von oben entgegen.

»Heute Nachmittag geht es nicht«, sage ich, »ich und Bill wollen …«

»Wie du willst, Blödmann!«

Sie rennt die Treppe hoch und schmeißt die Tür zu, bevor ich »aber vielleicht morgen« sagen kann. Ich laufe ihr nicht nach, aber ich geh in mein Zimmer und suche das Fallblatt heraus.

Gesuchter: männlich

Das ist schon beinah alles, was ich weiß.

Name?

Vorname: Skip (?)

Alter?

Aussehen?

Besondere Kennzeichen? – möglicherweise rotes Haar?

Irgendwo muss sie es ja herhaben.

Beruf – irgendwas im Showbusiness

Mögliche Spuren:

Rhonda (vielleicht spricht sie mit mir, sie mag mich schließlich)

Heiratsurkunde?

Freunde von früher? (Aber da wären wir wieder bei Rhonda.)

Großeltern?

Papiere? (Geburtsurkunde, alte Fotos, Briefe – ich könnte Rhonda ablenken, während du danach suchst.)

Viel ist es nicht, aber ich stecke noch ein paar Visitenkarten ein, die ich mit Filzstift ausgemalt habe. Alice ist nicht da, ihr Zimmer abgeschlossen. Ich schiebe die Papiere unter ihrer Tür durch. Vielleicht versöhnt sie das ja.

Dad steht vom Sofa auf, als er mich sieht. »Bist du bereit?«

»Ja«, flüstere ich.

»Ich kann dich nicht hören.«

»*Yes, Sir*«, sage ich, etwas lauter.

»Na, dann mal los.«

Doch als wir gerade gehen wollen, kommt Mara angerannt, sie wirft sich wie immer gegen meine Beine, sodass ich beinah hingefallen wäre. Es bleibt mir nichts anderes übrig, als eine Weile mit ihr zu spielen, bis Dad ungeduldig wird, dann schleudere ich sie aufs Sofa, sie kreischt vor Vergnügen, ich kitzle sie noch ein bisschen, bevor ich auf Cartoon Network umschalte, und dann ist es still. Sofort still, wie wenn ein Schalter umgelegt worden wäre.

Dad und ich gehen durch die Küche raus auf die Hintertreppe. »Du musst diesen Mädchen mal zeigen, wer der Boss ist«, sagt Dad. »Nicht nur Mara, auch Alice und dieser, wie heißt sie gleich, der Blonden?«

»KinCee?«

»Von mir aus. Es geht nicht an, dass die dich so rumkommandieren. Du bist der Mann, du hast die Hosen an, verstehst du, was ich meine?«

»*Yes, Sir*«, sage ich, denn das ist die Antwort, die Dad am liebsten hört, mehr gibt es auch gar nicht zu sagen. Er hat auf jeden

Fall Recht. Wenn ich mal an Alice denke. Oder an KinCee. Aber an KinCee will ich jetzt nicht denken. Ob sie es ernst gemeint hat mit dem Küssen, dass ich es ihr beweisen soll, und gilt das noch, oder hab ich es schon vermasselt?

Wir gehen in Dads Werkstatt hinter der Garage.

»Bereit?«

»*Yes, Sir.*«

Er öffnet eine Schublade über der Werkbank und nimmt einen schmutzigen Lappen heraus. Legt das Bündel auf den Tisch, wickelt es auf. »Nun, Sohn. Hast du je was Schöneres gesehen?«

Ich schüttle den Kopf, reden kann ich nicht. Ich strecke die Hand aus, um sie zu berühren. Sie ist kalt. Eine echte Pistole. Ohne Scheiß.

Stella

Jetzt wo der Nebel weg ist, wo jeden Tag die Sonne brennt, wie sie prophezeit haben, bleib ich lieber zu Hause. Das ist auch ganz gemütlich. Im Fernsehen zum Beispiel wimmelt es von Toten und Scheintoten, echten Geistern und lebenden Toten und allen möglichen Wesen, die zwischen den Welten stehen. Zumal im Tagesfernsehen. Ich komme gar nicht davon los. Tagsüber ist ja meist niemand in der Wohnung, niemand, der sich wundern könnte, dass der Fernseher läuft und niemand zusieht. Ich muss zugeben, dass ich es vorübergehend aufgegeben habe mit meiner kleinen Familie. Nichts entwickelt sich auch nur annähernd so wie von mir vorgesehen. Ich brauch auch mal eine Pause.

Ich tue also, was wir alle tun, wenn uns die Familie über den Kopf wächst, ich schalte den Fernseher ein. Vormittags zeigen sie die Seifenopern aus den Achtzigerjahren, die kenne ich zum

Teil, sie liefen auch in der Schweiz, sogar mit einigem Erfolg, auch wenn nie jemand zugab, dass er sie sah.

Till, mein Freund vor Frank, organisierte Trinkveranstaltungen an den Abenden, an denen Dallas lief. Vor Beginn der Sendung hatte jeder Gast ein Los zu ziehen, auf dem der Name einer der Figuren aus der Show stand. Dann musste man es dieser Figur einfach jedes Mal nachtun, wenn sie ein alkoholisches Getränk zu sich nahm. Anfangs hatten wir nur Bier vorrätig, doch schnell verfeinerten wir das Angebot, bis von Orangensaft, Cola und dünnem Kaffee bis zu Gin, Whisky und Sodawasser alles vorhanden war, sodass sich auch die Unglücklichen, die Pam oder Miss Ellie gezogen hatten, nicht ganz ausgeschlossen fühlten. Diese Abende waren ein großer Erfolg, außer in den Phasen, in denen Sue Ellen gerade eine Entziehungskur durchmachte, was bedeutete, dass JR sich ganz allein betrinken musste. Wir nahmen die actionreicheren – was das Trinken anging – Folgen sogar auf Video auf, um auch unter der Woche spielen zu können.

Ich erwähnte das Spiel zu Hause, wo ich damals immer noch lebte, und sofort führte mein Vater die gleiche Party ein, allerdings am Dienstag, wenn »Achermann und Sepp« lief, die Krimisendung, in der er seit über zwanzig Jahren die zweite Rolle spielte, eben den Sepp. Der Sepp war, ähnlich wie der Harry in Deutschland, hauptsächlich damit beschäftigt, die Verdächtigen zu verhören, den Wagen vorzufahren, Stichworte zu liefern. Außerdem trank er nicht wenig. Meine Mutter schaffte es immer, die Lose so zu manipulieren, dass sie den Sepp zog und jedenfalls nicht zu kurz kam. Sie nutzte die Gelegenheit auch gern, sich über die Rolle lustig zu machen.

Die amerikanischen Seifenopern verstand ich zunächst überhaupt nicht, sie kamen mir absurd aufgebauscht und vertrackt vor, bis mir endlich auffiel, dass sich ein Teil der Figuren frei inner- und außerhalb des Bildschirms bewegte. Das mussten natürlich Geister sein. Sie stellen alle Geschichten auf den Kopf und bauen sich ihre eigenen, sie durchkreuzen die Plots, wo sie nur können, sabotieren, verhöhnen, intrigieren. Kein Wunder, dass ich ihnen seit Wochen völlig verfallen bin.

Nach den Mittagsnachrichten, denen auch nur begrenzt zu trauen ist, beginnen die Konfrontationsshows, die mir weniger gefallen, da sie mich unweigerlich an meine eigene kleine Familie erinnern und daran, dass ich endlich durchgreifen müsste, wenn ich nur wüsste wie. Die Programme schwimmen ineinander, von der Werbung kaum zu unterscheiden, vor allem, wenn man immer die gleichen Gesichter sieht, von Lebenden, Toten und interessanten Zwischenformen, Scheintoten, in Fernsehstudios besonders verbreitet, nur durch den Kunststoffgehalt ihrer Körper aufrecht- und zusammengehalten. Sie fahren sich über den Mund, erfinden Anschuldigungen, boxen in die Luft, verstecken Requisiten und zetteln Versöhnungen an, wo gerade keine erwünscht sind.

Manche können es auch nicht lassen, sich auszuziehen. Wenn man im amerikanischen Fernsehen nackte Männer sieht oder Frauen, die einander küssen, dann kann man davon ausgehen, dass es sich um Geister handelt, dass man selbst also entweder das Auge hat oder schon tot ist. Blutrünstige Außerirdische hingegen sind kein Grund zur Beunruhigung.

Gerade trifft sich ein Paar zur Aussprache – die beiden waren, zum Test ihrer Beziehung, vom Senderteam auf die Piste geschickt worden. Die Frau erzählt, wie der vom Fernsehen ausgewählte Partner Manieren und Kleingeld an den Tag legt, die Frauen versteht und sich sogar mit ihrer Mutter gut unterhalten hat. Ganz im Gegensatz zu ihrem Gewohnten.

Der reguläre junge Mann ist ganz geknickt, trumpft dann aber mit seiner Fernsehbegleitung auf, welche das für diese Art von Shows vorgeschriebene gelbe Haar trägt, ein Ton, der sich schlecht oder gar nicht mit dunkler Haut verträgt, ebenso wenig wie ihre halb durchsichtige blaue Bluse. Dafür hat sie den jungen Mann im Auto gleich geküsst und ist im Gegensatz zu seiner Freundin hier »gar kein kalter Fisch«.

Das Mädchen lächelt geschmeichelt, als sei das ein Kompliment. Es sieht also ganz so aus, als würden beide den Daumen nach unten drehen, wenn es darum geht, über die Zukunft der ursprünglichen Beziehung zu entscheiden, da mischt sich die Großmutter der jungen Frau ein. »Dass ein Mann mit ihrer Mutter, also meiner Schwiegertochter, auskommt«, sagt sie, »heißt noch gar nichts, außer, dass mit dem was nicht stimmt. Mit dem stimmt garantiert was nicht.« Und sie schubst die Gelbhaarige so kräftig, dass sie dem Neuen in den Schoß fällt, von wo sie sich eine ganze Weile nicht mehr erhebt.

Schockiert rutscht das ursprüngliche Paar wieder näher zusammen, der Moderator schüttelt den Kopf, so wirkt es wenigstens auf diejenigen, die nicht sehen können, dass die Großmutter ihm kräftig links und rechts eine runterhaut. »Sie sollten sich was schämen«, ruft sie, »also wirklich, junger Mann, also wirklich.«

Aus irgendeinem Grund erinnert mich der Geist an Betty mit den vielen Clownpuppen auf dem Kleid, und da ist sie auch schon und sagt zu mir: »Du solltest dich was schämen.«

Sie schaltet den Fernseher aus, was ich ohnehin gleich getan hätte, die alte Kiste summt und heizt noch lange vor sich hin, nachdem man sie ausgeschaltet hat, und wer weiß, das könnte eines Tages doch einmal jemandem auffallen. Wenn nicht alle immer so mit ihren eigenen Geschichten beschäftigt wären.

Betty zeigt nach oben und sagt: »Wann gedenkst du da mal endlich was zu unternehmen?«

»Ach, ich weiß ja«, rede ich mich seufzend heraus, »es ist nur alles so schwierig, so verworren, und der Junge braucht doch einen Vater, ich meine, eine Vaterfigur, er ist so alleine.«

»Ich red nicht von dem Jungen«, sagt Betty, »ich red von dem Mädchen.«

Da fällt mir erst auf, dass Bettys Kleid leer ist, es ist nur noch ein Kleid und nichts als das, meterweise verschossener grüner Samt, aber keine Spielwiese für Clownpuppen oder kleine Kinder mehr. Ich frage mich, was geschehen ist, wenn überhaupt etwas – meiner Wahrnehmung ist auch nicht immer ganz zu trauen.

Betty schaut ohne jede Nachsicht zu mir rüber. »Du siehst auch nur, was du sehen willst.«

Was kann ich sagen, sie hat Recht.

»Ich werde mich gleich darum kümmern«, verspreche ich. »Um alles.«

»Wenn du's nicht tust, tu ich es«, sagt sie, und ich weiß, dass sie es ernst meint.

Lily

Rhonda erinnert mich daran, dass sie heute ihr monatliches Gespräch mit den Kindergärtnern hat, sie kann mich also um zwölf nicht nach Hause fahren.

»Das macht nichts«, sage ich, »dann helfe ich beim Mittagessen aus und warte auf dich.«

Nein, das macht mir gar nichts aus, gar nichts. Mara ist in Jordans Gruppe, also wird Simon beim Mittagessen sein. YES!, denke ich und haue mit der Faust in die Luft wie ein Baseballspieler, bevor mir bewusst wird, was ich tue. Ich meine: denke.

Und dann werde ich Hannahs Tisch zugeteilt. Anders als Sara gehöre ich nicht zu Maggies Favoritinnen, mir erfüllt sie keine Wünsche, nun mach mal einen Punkt, woher soll Maggie wissen, dass du beim Mittagessen an Simons Tisch sitzen willst?

Hingegen Hannah. »Alles in Ordnung?«, fragt sie, als könnte sie es sehen. Hannah ist eine sanfte, rundliche Hippiefee mit hüftlangem, grauem Haar, das sie offen trägt. Seit dreißig Jahren dabei, betreut sie die Kleinsten, auf ihren Knien landen die weinenden Kinder, die mit Heimweh. Ich möchte selbst auf ihren Schoß klettern, mich an ihr weiches Batikhemd schmiegen und sagen: »Darf ich bitte, bitte, bitte mit Simon zu Mittag essen?«

Stattdessen verteile ich die Minikarotten und lasse das kleinste Kind ein Vorlesebuch aussuchen. *One fish, two fish, red fish, blue fish*, sie können es auswendig und krähen mit und protestieren, wenn ich eine Zeile überspringe. Es ist ja nicht so, dass ich in ihn verliebt wäre. Sage ich mir, als ich seinen Blick auf mir fühle und vom Buch aufschaue, es ist ja nicht so, dass ich in ihn verliebt wäre. Ich war in meinem Leben nur zweimal verliebt, erst in Martin, dann in Frank, und so war es nie. So hat es sich nie angefühlt. Ich beiße von einer Minikarotte ab, kann kaum kauen, nichts essen, lege sie auf den Teller zurück. Auch als Frank noch verheiratet war, als wir unsere Liebe nur im Verborgenen leben konnten, als sie aus ungeschickten Zusammenstößen, nicht eingehaltenen Verabredungen und unterbrochenen Umarmungen bestand, fühlte ich nie diese Unruhe in mir, diese Aufregung. Ich kippe meinen ganzen Teller in den Abfall, nie dieses an Übelkeit grenzende Gefühl, als bestünden meine Eingeweide aus quirlendem weißem Rauch, das ist wohl doch eher eine Magen-Darm-Geschichte. Von Jordan. Der halbe Kindergarten hat sie schon, wir sind uns einig, dass es bei Jordan angefangen hat.

»Bist du fertig?« Rhonda ist weiß im Gesicht, sie hält eine Hand vor ihren immer dicker werdenden Bauch, die Babys müssen doch jeden Moment kommen, sie hält den Bauch, als fiele er sonst runter.

»Was ist los?«, frage ich. »Sind es die Wehen?« Ich weiß alles über Geburten, ich habe sämtliche Bücher dazu gelesen.

Sie schlägt die Hand weg, die ich auf ihre legen wollte, und ruft Mara. Ihre Stimme klingt scharf, es ist nicht ihr gewohntes schläfriges Nuscheln, das ich manchmal nur schwer verstehe.

Durch ihren Ton verwirrt, bleibt Mara erst einmal sitzen, wo sie ist. Rhonda ruft immer lauter, da kommt Carol die Treppe herauf, der Konferenzraum befindet sich im Untergeschoss, aber Carol ist gar nicht Maras Kindergärtnerin, sie hätte bei dem Gespräch gar nicht dabei sein müssen.

»Rhonda«, sagt sie, »wir wollen doch nur das Beste. Ich wünschte, du könntest das sehen.«

»Mein Bestes oder euer Bestes?«, faucht Rhonda und schaut sich mit wildem Blick um, sie sieht garantiert nicht das, was Carol meint. Ich habe jetzt auch begriffen, Mara hochgehoben, Schuhe, Strümpfe eingepackt, wir haben keine Zeit, sie anzuziehen, hier ist der kleine Rucksack, die Lunchbox, wir können gehen.

Schweigend fahren wir nach Hause, Mara ist ungewöhnlich still in ihrem Kindersitz, ohne ein Wort trägt Rhonda sie die Treppe hinauf. In der Wohnung ist Bill gerade aufgewacht, Rhonda setzt das Mädchen zu ihm aufs Sofa, nimmt ihm die Fernbedienung aus der Hand und schaltet auf Trickfilm. Dann geht sie in die Küche, nimmt eine quadratische Schachtel aus dem Tiefkühlschrank und wendet sich endlich an mich: »Lass uns in deine Wohnung runtergehen.«

In der Schachtel ist eine kleine, gefrorene Schokoladentorte, von denen Rhonda immer einen Vorrat hat, »die geilste Sünde, die du für fünf Dollar kriegen kannst, verzeih mir die Wortwahl«, sagt sie.

Ich koche Kaffee, während sie mit einem scharfen Messer auf die Torte einhackt. Ich warte. Ich trinke den Kaffee zu schnell und verbrenne mir den Mund. Erst, als sie bereits die Hälfte der Torte verschlungen hat, sagt Rhonda: »Mara ist übersexualisiert.«

»Wie bitte?«

»Oder so was. Du weißt schon.« Sie zieht ein mehrfach gefaltetes Blatt Papier aus der Rocktasche und schiebt es über den Tisch.

»Hier. Schau dir das an.«

Ich falte das Blatt auseinander. Es ist eine Filzstiftzeichnung in kräftigen Farben. Ein gigantischer Penis, würde ich sagen, der aus einer Gewitterwolke hinaus diagonal ins Bild schießt und auf ein sehr kleines Wesen in der linken unteren Ecke zeigt. Mara zeichnet, wenigstens nach den Maßstäben meiner abgebrochenen Ausbildung, wie ein viel älteres Kind, mit dicken schwarzen Linien, die an Keith Haring erinnern. Nicht ein Fleck ist auf ihrem Bild leer geblieben, es ist bis zum Rand mit Menschen, Tieren, Häusern, Fabelwesen, Blumen, Mustern bedeckt. Ich drehe das Blatt nach allen Seiten und sehe immer nur den Penis.

Rhonda weint. »Immer ist irgendwas, hat man denn nie seine Ruhe, jetzt muss ich der Sache nachgehen, und natürlich muss ich Mara untersuchen lassen, das hat jetzt gerade noch gefehlt.«

Ich nicke. »Die Babys.« Sie können ja jeden Moment kommen.

»Genau, die Babys, die nehmen wirklich auf nichts mehr Rücksicht, hätten sie nicht warten können? Was bilden die sich ein, mich so fertig zu machen?«

Ich weiß, immer noch dank meiner Ausbildung, dass kein Lehrer eine solche Zeichnung unkommentiert lassen würde. Die anerkannten Anzeichen für sexuellen Missbrauch sind offensichtlich international.

»Was haben sie denn vorgeschlagen?«

Rhonda haut wieder in die Torte. »Ach, nichts. Ich soll sie untersuchen lassen, hier ist Fachliteratur, hier ist eine Telefonnummer, aber eigentlich ist es mein Problem, es geht sie nichts an, ich muss mich allein darum kümmern.«

Sie weint und isst, weint und isst. »Ich hab gesagt, vielleicht hat einer der Jungen sie erschreckt, du weißt ja, dass die Kinder im Garden sich an- und ausziehen dürfen, wie sie wollen, vielleicht hat ja das Ding eines Jungen sie erschreckt, schließlich sind wir zu Hause nur Mädchen.«

Bis auf Bill, denke ich, verscheuche den Gedanken aber gleich wieder.

»Aber so was passiert fast immer innerhalb der Familie, sagt Jordan. Was soll das heißen, hab ich gesagt, verdächtigt ihr etwa Bill? Bill ist ein Held, wisst ihr das nicht?«

Als ich in Maras Alter war, zeichnete ich auf Wunsch meiner Kindergärtnerin, die ich innig liebte, weil sie wie meine Lieblings-Barbie aussah, meine Familie als Tiere. Meine Familie waren immer nur meine Mutter und ich, sie zeichnete ich als Löwen, als männlichen Löwen mit strahlenförmiger Mähne, der das ganze Blatt ausfüllte, nur unter seinen Pfoten eine kleine Maus, das war ich. Fräulein Caduff bestellte meine Mutter zum ernsten Gespräch. Die war nicht nur als Gemeindeschwester und Mütterberaterin bei allen im Dorf bekannt und beliebt, sondern sie erinnerte sich auch, dass wir im Kindergarten gerade die Fabel vom Löwen und der Maus gehört hatten, in der die kleine Maus sich als Einzige getraut, den Löwen aus dem Fangnetz zu befreien, indem sie mit ihren kleinen Zähnen geduldig die Maschen durchnagt.

»Meine Liliane ist klein, aber zäh«, erklärte meine Mutter mit Tränen in den Augen, »sie wird es noch einmal weit bringen. Sie ist dazu geboren, zu helfen, zu retten, sie wird unsere Schweizer Mutter Teresa werden, denken Sie daran, Fräulein Caduff, wenn Sie erst alt und wacklig sind und in der Zeitung über sie lesen, dann denken Sie an diese Zeichnung zurück und sagen: Man hat es damals schon gesehen.«

Es ist schwer, meiner Mutter zu widersprechen, eigentlich unmöglich. Sie ist stark, sie brennt wie die Sonne, sie hat alles geschafft, allein und nur für mich. Es gibt einen Vater, ich habe ihn kennen gelernt, er war verheiratet, deshalb musste es heimlich bleiben, wenn ich ihn am Donnerstag manchmal treffen durfte. Am Donnerstag arbeitete ein Arzt nicht, dann nahm er mich manchmal mit in die Bäckerei-Konditorei Wehrli und kaufte mir ein Eis und schaute sich ständig um, ob ihn jemand erkannte. Außerdem sah ich ihn, wenn ich geimpft werden musste oder krank war, was ich möglichst vermied. Es gab nur einen Arzt im Dorf. Manchmal denke ich, dass meine Mutter ihn nur vorgeschoben hat, um meine ständigen Fragen abzublocken – dass sie mich in Wirklichkeit ganz allein gemacht hat, wie sie alles ganz allein macht. Sie braucht niemanden, sie hat nie jemanden gebraucht.

Ich wusste immer, dass ich nicht, wie sie glaubte, zu Größerem geboren war. Dass sie sich in mir täuschte. Heiraten war genau richtig für mich. Im Gegensatz zu ihr brauchte ich jemanden, sogar dringend. Ganz ist es mir nie gelungen, die Scham darüber abzulegen.

»Sieh mal«, ich drehe das Blatt um, »man könnte doch mit ein bisschen gutem Willen behaupten, das sei Humpty Dumpty, und das, was aussieht wie Adern ... «

»Blut, hat Jordan gesagt.«

»... seien in Wirklichkeit die Sprünge und Risse, die er sich bei seinem Sturz von der Mauer zugezogen hat, und Mara ist einfach dazu geboren ... «

»... Scherben aufzulesen?«

Rhonda lächelt. Von der Torte ist nichts übrig.

»Da ist noch etwas.« Sie knüllt das Blatt zusammen und wirft es zielsicher über die Schulter in die Mülltonne. »Du darfst es nicht weitersagen.«

»Versprochen.«

»Jordan ist als Junge von seinem Stiefvater missbraucht worden. Deshalb ist er den Erwachsenen gegenüber immer so misstrauisch. Ich wusste das, ich kenne ihn schon lange genug, deshalb hatte ich nie Probleme mit ihm. Aber er sagt, hier kann er nicht zuschauen. Er geht zur Polizei.« Sie schüttelt sich, zieht ein Lächeln auf. »Genug davon. Nicht flennen – stemmen ist mein Grundsatz.« Sie steht auf, umarmt mich. »Danke«, sagt sie.

»Keine Ursache.« Für einen Augenblick erinnert sie mich an meine Mutter, wie sie da steht, mit zusammengebissenen Zähnen, dicken Strängen am Hals, lächelnd, nicht unterzukriegen.

Stella

Frank schläft. Auf dem roten Teppich, auf dem Fußboden, halb bekleidet, neben ihm eine Frau in einer rosa Uniform, von oben bis unten aufgeknöpft, verschmiertes Make-up, rot und schwarz, eine hässliche Fratze, also wirklich. Ich schubse sie aus dem Weg, sie rollt quer durchs Zimmer bis zur Wand, ohne aufzuwachen. Zwei leere Champagnerflaschen liegen herum. Plastikbecher. Oh, Frank. Ich lege mich neben ihn, einen Arm und ein Bein um ihn geschlungen. So haben wir immer geschlafen, ich musste mich an ihm verankern, um im Schlaf nicht unterzugehen. »Frank«, sage ich, »Frank, du musst nach Hause.«

»Hmmmmmm.« Er stöhnt im Schlaf, er dreht sich um, doch es gelingt ihm nicht, mich abzuschütteln, wird ihm nie gelingen. Betty hat Recht, ich muss hier endlich mal durchgreifen. Sie will mir nicht sagen, warum sie hier ist und was aus all den nackten Kindern geworden ist, die sie auf ihrem Kleid trug, ich weiß nicht, ob es für sie andere Regeln gibt, ich bleibe jedenfalls immer in der Nähe dessen, was ich angerichtet habe: dieser kleinen Familie.

Dass Frank so schön sein muss. Und immer schöner wird, mit Linien im Gesicht und grauen Strähnen im Haar, und dieses Bubenhafte, dem niemand widerstehen kann, schon gar keine gelernte Kleinkinderbetreuerin. Ach, Frank. Er hat alles falsch verstanden, vor allem aber die Sache mit Gott. Ich wünschte, er könnte mich hören: »Frank«, sage ich, »das ist nicht Gott, der zu dir spricht, das ist dein Ego.«

Oder deine Mutter oder eine fehlgeleitete Radiowelle, die durch deine Hirnwindungen wabert.

Frank dreht sich hin und her, er kann nicht schlafen, wenn ich so nahe bin, das Gewissen plagt ihn. Das kann ja nicht bequem sein, auf dem Fußboden zu schlafen, auch nicht auf einem Teppichboden, Frank, du sollst nach Hause, da geht alles drunter und drüber. Frank, jetzt hab ich dir verdammt noch mal alles gegeben, was du dir gewünscht hast, eine normale Frau, die sich um dich kümmert, die sich um Leo kümmert, eine richtige Familie, kein Wahnsinn weit und breit – und was tust du? Was tust du, Frank?

»Frank möchte es allen recht machen«, erklärte Frau Doktor Samson, unsere Therapeutin, zu der wir fast ein Jahr lang pilgerten, jeden Mittwoch um halb sieben. Es war Franks Idee, ungefähr ein halbes Jahr nach Leos Geburt, als klar war, dass »es« nicht, wie alle immer wieder beteuerten, einfach vorbeigehen würde.

Was für ein außergewöhnlicher Mann, nicht nur sucht er dir eine Therapeutin, sondern er geht auch gleich noch mit. Hast du das überhaupt verdient? Natürlich nicht, ich bin ja nur ein Versehen.

Frau Doktor Samson schaute von ihm zu mir, einem gut aussehenden Jungen in sauberen, gut sitzenden Kleidern, die eine gewisse Kreativität und Respekt für die Natur (kein Kunststoff) verrieten, zu einer ausgelaugten, schon ein wenig älteren Frau in einem teuren, aber schlecht sitzenden Kostüm – links ein Fleck, und rechts fehlt ein Knopf, und überhaupt bin ich wieder zu spät gekommen, als ich außer Atem in die Praxis taumelte, saßen sie schon, in ein angeregtes Gespräch über meinen Vater vertieft. Doktor Samson schaut mitfühlend.

»Ich dachte, Frank holt mich zu Hause ab«, versuche ich zu erklären, »ich hab bis zwanzig nach gewartet, und dann hab ich mich verfahren, weil er Ihre Visitenkarte behalten hat und …« Ich merke selbst, wie lahm das klingt.

»Sehen Sie, wie Sie Ihrem Mann die Verantwortung für Ihr Leben aufbürden?« Frau Doktor Samson spricht sanft zu mir wie zu einem Kind. Ich nicke. Ja, das tue ich. Als hätte er nicht schon genug am Hals.

»In Wirklichkeit liegt das Problem viel tiefer. Es ist wohl in Ihrer Beziehung zu Ihrem Vater begründet, von dem Sie sich nicht geliebt fühlen konnten …«

Doch!!!!, will ich unterbrechen, doch, von meinem Vater als

Einzigem, wenn nicht von ihm, von wem dann sonst? Sie bringen das durcheinander, es war meine Mutter, die …

»Wie auch immer«, sagt Frau Samson, »daran lässt sich nun nichts mehr ändern. Ist es wirklich fair, dass Sie Frank mit seinem Leben dafür bezahlen lassen?« Schon muss ich nach der Kleenexschachtel greifen, die Tränen quillen einfach so aus mir heraus, ohne dass ich überhaupt traurig werde, es passiert einfach, als wäre das mein normaler Zustand, zu weinen. Frank greift nach meiner Hand. »Ich möchte, dass wir das festhalten: Er hat Ihre Hand genommen, Stella. Spüren Sie das?«

Wir gehen nach Hause. Wir kommen nächste Woche wieder.

Mit Frank hatte ich zum ersten Mal das Gefühl, ich hätte eine Berechtigung und mein Leben einen Sinn. Und schon ist es wieder fort, ich habe es verloren. Ich war nicht gut genug, das ist es, nicht gut genug. Er kann mich nicht mehr lieben. Kein Wunder, er hat Besseres verdient. Jemanden wie die Kleine, die fröhlich ist und stark.

»Wenn ich gewusst hätte, was du für eine dumme Kuh bist, wär ich gar nicht erst hergekommen«, sagt Betty. »Dir ist ja wirklich nicht zu helfen.«

Sie nimmt meinen Platz an Franks Seite ein und tritt ihn heftig in die Seite. Da, wo seine Leber sitzt. Mit einem scharfen Schmerz fährt er auf und fragt sich, ob er nicht seinen Alkoholkonsum einschränken sollte. Er schaut sich in dem beinahe leeren Raum um, sieht die Frau in der Ecke zusammengerollt, die leeren Flaschen, die Zahlen auf dem Digitalwecker. »Gottverdammte Scheiße«, sagt er.

»Hübsch«, sagt Betty. »Er muss ihm wirklich sehr nahestehen.«

»Wem?«

»Gott natürlich, Dummchen.«

Betty hat Recht, ich bin dumm. Die Liebe macht mich dumm. Betty versteht das nicht. Ich weiß es, und ich kann doch nichts dagegen tun. Ich sollte an meinen Jungen denken, nicht an Frank, das weiß ich schon seit einer Weile, wenn ich dem Jungen helfen will, wird Frank stürzen müssen. Es geht nicht anders, es ist nur so schwer, sich umzugewöhnen, ich habe diesen Mann so geliebt, und seit ich tot bin, liebe ich ihn noch mehr.

Lily

»Du wirst jeden Tag mehr wie Stella«, sagt Frank. Er kennt mich nicht mehr.

Ich kenne mich selbst nicht mehr. Bin ich das wirklich, die nach vollzogenem Akt vom Bett aufspringt und schreit: »Warum machst du es mir eigentlich nur noch von hinten, kannst du mein Gesicht nicht mehr sehen oder was? Denkst du vielleicht an jemand anderen dabei?« Nein, das bin nicht ich, die so was tut. Alles, was ich weiß, weiß ich schließlich von Frank. Vor ihm hatte ich ja nur mit Martin geschlafen, mit dem es einfach war, vielleicht unter dem Einfluss der biologisch-dynamischen Drogen oder weil wir so jung waren. Immer gleich und schön. Erst Frank zeigte mir, wie man es richtig macht, drehte mich nach allen Seiten, nach oben und unten und zeigte mir, dass es immer noch ein bisschen besser sein konnte.

Nicht unbedingt einfacher, aber besser. »Tatsächlich schließe ich die Augen«, sagt er kalt, »und stelle mir vor, es sei die alte Lily, mit der ich schlafe, die Lily, die ich kenne. In die ich mich verliebt habe.«

Leo steht in der Tür und fragt, was los ist, aus dem Schlaf gerissen, alarmiert, ich renne in die Dusche, drehe voll auf und fange an zu weinen. Ich bin nicht gut genug, nicht schön genug für Frank. Es reicht nicht mehr, einfach »nicht Stella« zu sein. Ich wasche mich grob ab, diesen Körper, der mich nur noch im Stich lässt. Ich hasse ihn. Blöder, nutzloser, unfruchtbarer Körper. Wenn ich Frank wäre, würde ich auch gar nicht mehr hinschauen.

Ich weine sonst nie. Ich bin nicht Stella.

»Nun hör schon auf«, sagt eine Stimme, »es liegt nicht an dir.« Ich drehe den Wasserhahn zu und trockne mich unsanft ab. Seltsam getröstet, obwohl es nichts Gutes bedeuten kann, wenn ich nun auch noch anfange, Stimmen zu hören. Ich verschwende keine Zeit mit Körperpflege, dieser Körper hat es nicht verdient, ich ziehe mich an. Mache Frühstück, fülle die Lunchbox, gieße Kaffee in den Thermosbecher. Im Radio läuft die Morgenshow, »Sara & Vinnie« unterhalten sich über Menschen im Büro, die gern miteinander ins Bett gehen würden und die ich Gott sei Dank alle nicht kenne. Frank nimmt den Becher mit traurigem Blick entgegen.

»Du weißt nicht, was es mich kostet, hier zu leben«, sagt er, »und auf diese Art. Auto fahren, Arbeiten, Auto fahren. Das ist nicht leicht für mich. Da werd ich schon mal ungeduldig.« Er streckt eine Hand aus und streicht über mein Haar, meine Wange. Ich werde klein. »Hoffentlich fühlst du dich besser, wenn ich nach Hause komme.«

»Bis du nach Hause kommst, schlafe ich längst.« Das wollte ich gar nicht sagen, es ist mir wieder mal so rausgerutscht, ich wollte doch wieder gut sein. Die richtige Lily. Er geht ohne ein weiteres Wort.

Es liegt nicht an dir, es liegt nicht an dir.

Ich gehe die Treppe rauf zu Rhonda – nicht flennen, stemmen – und klingle.

»Ich behalte Mara heute zu Hause«, sagt sie, »wir haben einen Termin beim Arzt, du weißt schon.« Ich nicke. »Viel Glück.«

Ich hole das Fahrrad aus der Garage. Die Sonne scheint, es ist beinahe hochsommerlich heiß, der Herbst ist hier der Sommer und umgekehrt, man hat mich gewarnt. Ich weiß nicht, warum ich so fröhlich bin, beinahe aufgekratzt, als würde gleich etwas Wunderbares passieren. Es muss etwas Wunderbares passieren. Meine Ehe ist im Eimer, und sie ist alles, was ich habe.

»Was, wenn er dich eines Tages nicht mehr will«, hat meine Mutter gefragt, »du hast keinen Beruf, keine Ausbildung, kein eigenes Geld, gar nichts.«

»Das wird nicht passieren«, habe ich gesagt, »das ist mein Platz, für immer.« Dreiundzwanzig war ich, als wir heirateten, ein schickliches Jahr nach Stellas Tod, aber geredet wurde natürlich schon vorher. Wir lebten zusammen, und das bewies, dass ich sie vertrieben, sie auf dem Gewissen hatte. Wenn wir erst verheiratet sind, dachte ich. Wenn ich erst eigene Kinder habe, dachte ich, aber das ist nie passiert. Also auswandern, neu anfangen; hingehen, wo uns niemand kennt, wo wir eine normale Familie sein können. Und jetzt, wo wir hier sind, bin ich nicht mehr gut genug. Frank arbeitet von früh bis spät und manchmal auch die ganze Nacht hindurch, doch wenn ich im Büro anrufe, ist er nie da, und seine Sekretärin kennt mich immer noch nicht. Er kommt nur noch nach Hause, um sich umzuziehen, seinen Taucheranzug zu holen, sein Brett aufs Autodach zu schnallen. Manchmal frühmorgens, manchmal abends. »Ich dachte, abends soll man nicht surfen«, hab ich mal gesagt, aber da habe ich etwas nicht richtig verstanden – Gott ist es, der Frank surfen schickt. Überhaupt die Sache mit Gott, der immer lauter auf ihn einredet, und immer häufiger, beinahe ununterbrochen. Neben Gottes Ansprüchen hat mein »Ich bin auch noch da« wenig Gewicht.

Nein, nichts ist so, wie es sein sollte. Nichts ist so, wie ich es mir vorgestellt hatte im Land der unbegrenzten Möglichkeiten. Etwas Wunderbares muss passieren, bald.

Ich fahre an Angelinas Café und Waschsalon vorbei, die Schlange reicht bis auf den Gehsteig hinaus, lauter Menschen, die auf dem Weg zur Arbeit ihre Kaffeebecher auffüllen, wenigstens das bleibt Frank erspart. Wenigstens das tue ich für ihn.

Autos stehen doppelt geparkt mit laufendem Motor, ich schlängle mich zwischen ihnen durch. Rhonda schwört, dass Robin Williams hier frühmorgens Kaffee holt. Ich habe ihn noch nie gesehen, aber ich schaue mir die Schlange immer ganz genau an. Ich fahre die California hinauf, auf dem Fahrradstreifen, ich bin schon lange genug hier, um Wege zu haben, die ich auswendig kenne, meine Wäscherei, mein Café. Am Blumenladen biege ich ab und fahre die Straße rauf zum Garden, heute muss ich nicht einmal absteigen und schieben. *Es liegt nicht an dir.*

Vor dem Garden parken zwei Streifenwagen mit blinkenden Lichtern. Maggie, noch grauer als sonst, steht auf den Stufen zur Eingangstür. Ein Polizist in Uniform rollt gelbes Band aus. Ein Krankenwagen fährt heran und von der anderen Seite die Feuerwehr. Die Sirenen klingen schrill wie im Fernsehen, auf jeden Notruf hin werden alle drei geschickt, Polizei, Feuerwehr und Ambulanz.

Ich springe vom Rad und stelle mich ein wenig abseits. Eine Bahre wird herausgetragen, ein Tuch bedeckt eine Gestalt, die ein toter Mensch sein muss, man kennt das aus dem Fernsehen, der Polizist mit seiner Rolle geht hinter Maggie durch und spannt gelbes Band vor die Eingangstür.

Jetzt fahren die ersten Mütter vor, die ihre Kinder bringen wollen, alle gleichzeitig, es kommt zu einem kleinen Auflauf. Maggie hat, wahrscheinlich aus Gewohnheit, die Hände vor der

Brust gefaltet. »Der Garden bleibt heute und morgen geschlossen«, sagt sie, immer wieder. »Es gab einen … Zwischenfall. Wir werden euch so bald wie möglich informieren. Es tut mir Leid. Der Garden bleibt …«

»Zurücktreten, bitte, zurücktreten«, sagt eine Polizistin.

»Lass uns abhauen.«

Ich drehe mich um. Simon, auf sein Rad gestützt, einen rostigen alten Renner. »In dreißig Sekunden wird den Leuten hier klar, dass sie heute keine Betreuung für ihre Kinder haben. Was glaubst du, was passiert, wenn sie dich sehen? Oder mich.«

Ich überlege gar nicht weiter, sondern springe aufs Rad und fahre einfach hinter Simon her, die ganze Arguello hinauf bis zum Park. Erst vor dem alten Gewächshaus hält er an und dreht sich um. Ob ich überhaupt noch da bin. Er lächelt, als er mich sieht, als hätte er es gewusst. Wir schließen unsere Räder aneinander und setzen uns ins Gras.

»Was ist denn eigentlich passiert?«, frage ich.

»Keine Ahnung. Wir werden es früh genug erfahren.«

»Bist du gar nicht neugierig?«

Simon schüttelt nachdrücklich den Kopf. »Nein, bestimmt nicht. Ich hatte in meinem früheren Leben genug Aufregung, genug Polizei und Feuerwehrsirenen, vielen Dank.«

Er packt seinen Lunch aus: ein Schinkenbrot, einen Apfel, ein alkoholfreies Bier. »Magst du?«

Es ist Viertel nach neun. »Nein, danke.« Ich lache. Wir beugen uns beide gleichzeitig vor, unsere Köpfe kommen sich sehr nahe, beinahe stoßen sie aneinander, und dann küssen wir uns. Wir rollen im Gras herum, bis ein Parkwächter uns wegschickt.

»Wie Kinder«, sagt Simon. »Kommst du mit zu mir?«

»Ich muss vor halb drei nicht zurück sein«, sage ich. Kinder?

Es bist nicht du, es bist nicht du.

Leo

Erst erlaubt Rhonda nicht, dass ich Mara mit zum Spielplatz nehme, »heute nicht, *honey*«, sagt sie. Die Kleine hält sich an meinen Beinen fest und bettelt *pleeeeeeaaaaaaase.* Wie sieht das denn aus, wenn ich ohne Grund auf dem Spielplatz auftauche, ich bin schließlich beinahe elf.

Bis ich mir überlegt habe, wie ich es angehen soll (ich komme von der anderen Seite, vom Geary Boulevard her, mit einer Papiertüte vom Purple Skunk in der Hand, als hätte ich nur eben neue Aufkleber für mein Brett gekauft und käme rein zufällig auf dem Heimweg hier vorbei), ist KinCee schon da. Ich springe vom Brett und fange es mit einer Hand auf. Ohne die Papiertüte loszulassen. KinCee steht am Zaun und redet mit ein paar älteren Typen, die Spielplatzverbot haben, weil sie immer die Geräte belegen und Abfall rumschmeißen. Sie stehen auf dem Gehsteig und rauchen und trinken Bier aus Büchsen. Einer lehnt sich an den Zaun, ein Dicker mit kurz geschorenem Haar und ein paar langen Strähnen drüber und Hosen, so weit, dass er sie mit einer Hand festhalten muss, und mit der anderen hält er Bierdose und Zigarette, alles total uncool, aber KinCee scheint das nicht zu bemerken. Sie reckt die Schultern, sodass ihr T-Shirt hochrutscht und man ihren Bauchnabel sieht, wie Alice, wenn sie mit den Surfern am Strand über eine Tüte Chips, eine Cola, einen Schluck aus der Bierflasche verhandelt. Ältere Typen müssen das so an sich haben. Dass die auf Bauchnabel stehen. Ich finde es unappetitlich. Ich frage mich, ob Alice an jenem Nachmittag allein zum Strand runtergegangen ist und ob das was mit ihrem Vater zu tun hat, vielleicht ist er ja Surfer. Surfen und Showbusiness schließen sich nicht aus, wie jeder weiß, dem Lily mal erzählt hat, wie sie Chris Isaak am Strand begegnet ist.

Ich stehe noch eine Weile rum, KinCee nickt mir kaum merklich zu und wendet sich dann ab, bevor ich ihr meine neuen Sticker zeigen und ihr eventuell einen davon abgeben kann. Ich hätte sie gern gefragt, ob ich es ihr nun beweisen soll, dass ich weiß, wie man küsst, und wenn ja, ob sie meine Freundin sein will, aber das kann ich mir wohl sparen.

Der Dicke, der mit KinCee redet, dreht sich plötzlich zu mir her, als hätte er mich eben erst entdeckt, er zieht ein Gesicht, als hätte er Taubendreck auf seinen blöden Turnschuhen, die aussehen wie Pferdehufe und noch nicht mal geschnürt sind. KinCee tut immer noch so, als würde sie mich nicht kennen, und dann steht die blonde Frau von ihrem Bänkchen auf, sie ist angezogen wie Pippi Langstrumpf, und ihre Zöpfe stehen waagrecht ab, darum erkenne ich sie erst gar nicht.

»Huhu«, ruft sie, »Leo, hi!!«

Es ist natürlich Marian. Sie winkt und winkt. Ich möchte am liebsten sterben, aber nicht so, also öffne ich das Tor und gehe zu ihr rüber. In meinem Rücken lacht jemand.

Sie fragt, wie es mir geht, und ich sage, ich habe nächste Woche Geburtstag. Nur, damit ich was gesagt habe.

»Ach, toll, wie alt wirst du? Elf? Zwölf? Ist heute nicht Alices Geburtstag? Was für ein Zufall, was?« Alices Geburtstag. Hab ich total vergessen. Papa hat letztes Jahr meinen Geburtstag vergessen. Lily feiert Geburtstage immer gleich nach dem Aufstehen, weil sie nicht warten kann, und dann muss man zum Frühstück Schokoladekuchen essen, aber es ist schon in Ordnung. Das Geschenk von Papa habe ich als Erstes ausgepackt, und ich wusste gleich, dass es nicht von ihm war. Dass sie es ausgesucht haben musste. Papa mag Lego nicht, »früher«, sagte er, »gab es nur rechteckige und schräge Klötze, da konnte man seine Phantasie walten lassen, aber heute ist es wie mit der Mode, alle sechs Monate eine neue Kollektion. Und die Klötze kann man nachher für nichts anderes mehr brauchen.«

»Stimmt doch gar nicht«, sagte ich, aber dann schaute er mich nur an: »Dann zeig es mir«, und natürlich waren in meinem Zimmer nur Legokonstruktionen, die ich nach Plan gebaut habe. Gott ist übrigens auch gegen modernes Lego, gegen jede Art von Plastikspielzeug, außerdem gegen Superhelden und Außerirdische, also wusste ich, dass die riesige Schachtel mit Star Wars Lego nicht von Papa sein konnte. Die Schrift auf der Karte stimmte auch nicht ganz. Papas Schrift ist schwer nachzumachen, ich habe es selber schon versucht.

So schnell fällt mir jetzt nichts anderes ein, als zu Purple Skunk zurückzugehen und ein Set Räder zu kaufen, auch wenn Alice ihr Rollbrett nur noch selten braucht und jetzt vielleicht gar nicht mehr, mit zwölf ist man quasi eine Frau, hat Marian gesagt, und ich hab sie in dem Glauben gelassen, dass ich nächsten Samstag auch zwölf werde. Dann hat sie mir lauter lustige Geschichten erzählt, wie Alice und ihr Sohn Brian, die zusammen in den Kindergarten gingen, sich immer auszogen im Sandkasten oder so was. Ich weiß nicht, warum Erwachsene einen immer so erniedrigen müssen, Brian saß mit seinen Schularbeiten gleich daneben und zählte leise bis hundert. Als mir klar wurde, dass er gar nicht viel jünger sein kann als ich, nur einfach zufällig eine Klasse unter mir ist, spielte ich noch eine halbe Stunde Basketball mit ihm.

Brian ist ganz in Ordnung.

Dann ging ich zu Purple Skunk und kaufte die Räder und gleich noch eine Karte, auf der stand »U RULE«, das heißt: Du sagst, wo's langgeht.

Das tut Alice ohnehin.

Zu Hause gibt mir Lily einen Muffin und eine Kerze und

schreibt schnell noch selber eine Karte. Sie hat eine ganze Schublade voller Geburtstagssachen, Bänder, Karten, Kerzen, Einwickelpapier und kleine Geschenke. Lily vergisst nie einen Geburtstag. Sie legt einen Zwanzigdollarschein in den Umschlag mit der Karte, und als sie meinen erstaunten und zugegeben neidischen Blick sieht, umarmt sie mich und steckt mir auch was zu. Ich warte, bis ich im Treppenhaus bin, bevor ich nachschaue: ein Zwanziger. Wenn ich den vorhin gehabt hätte, hätte ich KinCee ins Kino einladen können.

Lily ist nett in letzter Zeit, wieder mehr wie früher, vielleicht, weil sie nicht zur Arbeit muss. Der Kindergarten ist geschlossen, und mit Papa streitet sie auch nicht mehr, was allerdings nicht schwierig ist, er ist ja gar nie da.

Papa liebt Gott mehr als uns, das muss man akzeptieren. Früher fiel es mir schwerer. Bevor ich von dem Geheimnis wusste. Als Sohn eines so wichtigen Mannes hat man halt manchmal das Nachsehen. Ich wette, The Rock vergisst auch mal einen Geburtstag. Wenn der überhaupt Kinder hat.

Newton springt an mir hoch, von Alice keine Spur, im Vorbeigehen winke ich Dad zu, der auf dem Sofa sitzt. Vor ihrer Zimmertür bleibe ich stehen und klopfe an.

»Hau ab.«

»Wenn du nicht aufmachst, singe ich.«

Nichts.

»Happy Birthday to you, happy …« Sofort reißt sie die Tür auf. Sie fegt mir den kleinen Kuchen aus der Hand.

»Der Geburtstag fällt dieses Jahr aus, verstehst du, ich habe nicht vor, zwölf zu werden. Zwölf stinkt!!« Sie tritt die Kerze auf dem Fußboden aus und wirft die Tür wieder zu. Sie dreht den Schlüssel im Schloss. Ich lehne die Tüte mit den Rädern an die Tür, vorsichtig, und die Karte von Lily.

»Komm, Sohn.« Dad steht im Flur. »Ich weiß, was du jetzt brauchst.«

Wir gehen in den Hof runter, und Dad zeigt mir, wie man die Pistole auseinander nimmt und reinigt und wieder zusammensetzt und wie man sie lädt, und dann schießt er auf Dosensuppen, die über den ganzen ausbetonierten Innenhof spritzen, wenn er getroffen hat, und ich darf auch mal. Der Rückschlag wirft mich beinahe um, aber nur beinahe.

»Frauen«, sagt Dad, »Frauen sind nicht zu durchschauen. Also versuch es gar nicht erst. Man beachtet sie besser gar nicht.«

Das kann man leicht sagen. Wo die Welt voll ist von ihnen.

Stella

Bei den Anonymen Alkoholikern ist es fast wie im Fernsehen, verwirrende Geschichten laufen durcheinander, als hätte jemand einen Korb voller verschiedenfarbener Wollknäuel ausgeleert. Eine hübsche, ganz junge Frau steht auf und sagt, sie sei jetzt seit zwölf Jahren nüchtern, das kann doch nicht sein, denke ich, hat sie mit zehn angefangen und mit elf wieder aufgehört? Der Typ sitzt auch wieder da, Lilys Verehrer aus dem Kindergarten, er hat einen abwesenden Blick, der mir gar nicht gefällt, er hört auch nicht zu, er denkt an Lily, der Hund. Immerhin sitzt die Frau mit den orangefarbenen Fingernägeln wieder neben ihm, ich rücke ihre Stühle näher zusammen, die Frau verströmt einen eigenartigen Geruch, leicht säuerlich, und wenn niemand hinsieht, spielt sie mit ihren Fingernägeln, die nur aufgeklebt sind. Ich an seiner Stelle würde Lily auch vorziehen, jederzeit und ohne hinzuschauen, aber das geht nun mal nicht, tut mir Leid, der Herr, wir haben bereits andere Pläne, jetzt vor allem.

Jetzt, wo es endlich passiert ist.

Und ich hab wieder alles verpasst, tagelang bin ich selbst im Fernsehen ein und aus gegangen, in *Santa Barbara, Reich und Schön.* Ich küsse ihre Männer, leere ihre Gläser, verstecke ihre Testamente und lege ihre Liebesbriefe offen hin, Fernsehen ist noch besser, als einfach nur tot zu sein, dass ich so lange gebraucht habe, um das zu entdecken.

So hab ich alles verpasst, aber heute habe ich es gesehen, unverkennbar, einen winzigen, leuchtenden Glühwurm.

Hab ich's nicht gesagt, jetzt wird alles gut. In letzter Zeit hatte ich es zugegebenermaßen etwas vernachlässigt, aber davor war es jahrelang meine Hauptbeschäftigung. Das hinzukriegen. Gottes Wille, das ich nicht lache! Frank macht es sich sehr einfach mit Gott. Langsam verliere ich die Geduld mit ihm. Mit Frank, meine ich. Und ich scheine nicht die Einzige zu sein. Alle verlieren sie die Geduld, die ganze Familie, unter meinem unsichtbaren Einfluss – oder andersrum?

»Ich hab es immer ganz allein geschafft«, sagt das junge Ding. »Nichts für ungut, aber ich brauchte euch nicht, bis jetzt plötzlich, aus dem Nichts – diese Lust zu trinken, Lust zu trinken, ununterbrochen, so schlimm war es nicht mal ganz zu Anfang, ich weiß nicht mehr, was ich machen soll.«

Mitfühlende Laute, verständnisvolles Nicken, und dann sagt in der ersten Reihe jemand: »Hattest du kürzlich mit den Zähnen zu tun?«

»Ja!«, ruft die Frau, »eine Wurzelbehandlung, woher weißt du das?«

»Das ist sozusagen ein Klassiker«, sagt der Mann. »Eine typische Reaktion auf die Schmerzmittel, die sie dir geben. Tut mir Leid, aber in Zukunft musst du es ohne schaffen.«

»Das ist alles?« Vor Erleichterung bricht die junge Frau in Tränen aus. Gleich wird sie von zwei anderen, ebenso jungen, gestützt und abgeführt. Simons Freundin mit den Fingernägeln steht auf und beginnt sofort zu jammern, das bindungsunwillige Verhalten ihres Boyfriends werde sie demnächst in den Alkoholismus treiben.

»Hab ich's dir nicht gesagt«, höre ich die Stimme dieses Oberlehrers aus der anderen Welt, »die ist keine Alkoholikerin, sie ist nur wegen dem Mann hier.«

»Manche Frauen schrecken vor nichts zurück, um einen Mann zu kriegen«, pflichtet Betty ihm bei, und einen Augenblick lang bin ich sprachlos. Das fehlte gerade noch, dass die zwei sich zusammentun, Finch und Betty. Die Frau mit den Fingernägeln jammert weiter – nie ruft er sie an, Verabredungen vergisst er, und neulich hat er nicht mal die Tür geöffnet, als sie klingelte, obwohl sie Musik hören konnte, und es würde sie nicht wundern, wenn er wieder zu trinken begonnen hätte, aber würde er das auch zugeben? Nie!

Während sie spricht, schaut sie ihn direkt an, und ein paar Leute in den vorderen Reihen drehen sich jetzt nach ihm um. Er sitzt immer noch da, als ginge ihn das alles nichts an, die Arme auf die Schenkel gestützt, starrt er vor sich hin ins Leere und lächelt manchmal selig, das beunruhigt mich mehr als alles andere.

»Das ist doch die Höhe«, schnaubt Finch, »dieses Frauenzimmer benutzt das Treffen hier für ihren privaten Feldzug! Na, warte, dir werd ich's zeigen.«

Und schon fährt er sie an, so heftig, dass sie für einen Augenblick das Gleichgewicht verliert. Als sie sich entschuldigt, tut sie das in Finchs nicht besonders angenehmer Stimme, die der ihren aber ähnlich genug ist, um kein Aufsehen zu erregen, und zur allgemeinen Erleichterung verlässt sie das Treffen, von Finch vertrieben.

»Was für ein Mann«, seufzt Betty.

Ich wünschte, ich wäre wieder im Fernsehen.

»Dieser Simon, dieser alte Schwerenöter!« Ich drehe mich um. Gleich hinter mir sitzt dieser andere Kindergärtner, wie heißt er noch, der immer auf Lily rumhackt, Jordan. Stellen die in diesem Kindergarten eigentlich aus Prinzip nur Anonyme Alkoholiker ein, frage ich mich, als mir erst klar wird, dass er, wenn er mich anspricht, selbst tot sein muss.

»Wann ist das denn passiert?«, frage ich.

»Ach, vor ein paar Tagen.« Ich weiß nicht, was ich sagen soll. »Tut mir Leid« kommt mir nicht ganz passend vor, vielleicht ist er ja wie ich lieber tot als lebendig.

»Jaaaaa«, seufzt er tief, »was für eine Erleichterung! Dass das alles mal ein Ende hat. Wenn ich das gewusst hätte, hätte ich längst selbst Schluss gemacht. Aber Achtung! Das heißt nicht, dass sie ungestraft davonkommen soll.«

Ich weiß nicht, wovon er spricht.

»Deine Freundin!«

Er wird doch nicht, auch noch im Tod…

»Lily!« Er spuckt ihren Namen aus wie eine Fischgräte, die ihm im Halse stecken geblieben ist, und zwei Reihen weiter vorne schrickt Simon aus seinen Träumereien auf, als ihn der Name an der Schläfe trifft, Lily.

Leo

Dad hat Recht. Aus Frauen ist nicht schlau zu werden, ich meine, aus Mädchen. Am Montag in der Schule spricht KinCee wieder mit mir, als ob nichts wäre, nie etwas gewesen wäre.

»Mann, bin ich froh, dass der Freund von meiner Mutter wieder abgereist ist«, sagt sie. »wenn er da ist, muss immer alles nach seiner Birne gehen, nichts darf man, Kinder soll man sehen und nicht hören, da hätte sie ja gleich bei meinem Vater bleiben können, hab ich nicht Recht?«

Das kann ich nun nicht beurteilen, da ich weder ihren Vater noch sonst jemanden aus der Familie kenne, aber sie ist an meiner Antwort auch nicht wirklich interessiert. Sie zwirbelt eine Haarsträhne um die Finger und inspiziert die Spitzen, ihr Haar ist sehr hellblond, das stimmt.

»Oder bei meinem Stiefvater, dem Vater von Billy, genau derselbe Typ, sage ich dir. Ich hätte nichts dagegen, wenn man die Form wegschmeißen würde, aus der diese Typen gegossen sind.« Ihr Blick geht ständig über den Schulhof, hin und her, während sie das sagt, aber da ist kein Älterer, Größerer, Coolerer zu sehen.

»Na ja, wenn sie ihn heiratet, ziehen wir zurück nach Denver, da hab ich wenigstens meine Freundinnen.«

Irgendetwas muss ich jetzt sagen, etwas, das den Eindruck ausgleicht, den ich am Samstag gemacht habe. Doch dafür müsste sie erst einmal eine Sekunde lang still sein und zu mir rüberschauen. Sie könnte ebenso gut mit der Wand reden, wenn das nicht dumm aussehen würde. Nur deshalb stehe ich da, damit sie nicht dumm aussieht.

Dad hat Recht. Dad hat wie immer Recht. Und ich dreh mich um, sie ist mitten im Satz, ich dreh mich einfach um und geh die Treppe hoch.

»Hey!«, schreit sie auf, doch da geht auch schon die Glocke.

Nach der Schule steht plötzlich Alice neben mir, sie trägt ihr Brett unter dem Arm, und ich sehe, dass sie die neuen Räder angeschraubt hat.

»Ich brauche deine Hilfe«, sagt sie. »Das heißt, wenn du dich mal kurz von deiner Dulcinea losreißen kannst und wenn du nicht zu sehr damit beschäftigt bist, im Hinterhof rumzuballern und bestimmt bald einen Hund oder ein kleines Kind totzuschießen.«

Dad hat mich ja gewarnt.

»Erstens«, sage ich also, »hat er einen Waffenschein. Zweitens übt er ja gerade, damit er im Ernstfall das richtige Ziel trifft.«

Sie starrt mich einen Augenblick an, dann springt sie auf ihr Brett und saust ein paar Mal die Gehsteigkante rauf und runter. »Liest du auch mal Zeitung? Wie viele Kinder sterben, weil sie irgendwo eine geladene Knarre finden? Idioten wie Dad bringen ihre eigenen Kinder um, keine bösen Einbrecher und Räuber.«

»Dad bewahrt seine Waffe an einem Ort auf, wo ein kleines Kind sie nicht finden kann.«

»Ach ja, und wo denn?«

»In der Werkstatt.« Alice schaut skeptisch.

»In der obersten Schublade über der Werkbank, da kommt man schwer dran.«

»Geladen, was?«

»Natürlich nicht. Und die Munition ist in einer anderen Schublade im Pult…«

So, wie sie mich angrinst, wird mir klar, dass ich gerade Dads Geheimnis verraten, mein Versprechen gebrochen habe. Nur so, ohne was zu denken. Wenn ich nicht wirklich aufpasse, verrate ich auch noch Papas Geheimnis, das wäre eine echte Katastrophe. Doch dafür interessiert sich Alice Gott sei Dank nicht.

»Es ist das Recht jeden Amerikaners, sein Zuhause und seine Familie zu verteidigen«, sage ich schnell, damit sie gleich wieder vergisst, was sie gehört hat. »Und überhaupt, in der Schweiz hat jeder wehrpflichtige Mann ein Gewehr zu Hause, und es passiert nie was.« Dad war höchst beeindruckt gewesen, als ich das erzählte, es flößte ihm »großen Respekt für ein kleines Land« ein, und »wir könnten davon lernen«. Er fragte, ob mein Vater sein Gewehr nach Amerika mitgenommen habe, und ich sagte Nein. Ich sagte nicht, er hat gar keines. Weil es Gott nicht gefällt.

Alice ist nicht überzeugt. »Du bist ein solcher Idiot«, sagt sie, »ich weiß wirklich nicht, warum ich mich mit dir überhaupt noch abgebe.«

»Weil ich dein einziger Freund bin.« Kaum habe ich es gesagt, tut es mir Leid.

»Tut mir Leid«, rufe ich, doch sie saust schon wieder auf ihrem Brett davon, springt auf ein Mäuerchen und auf der anderen Seite wieder runter, sie ist viel besser als ich. Ich hätte das nicht sagen sollen, aber es stimmt, sie hat keine Freunde außer mir. Jedenfalls nicht an der Schule.

Natürlich stimmt es auch umgekehrt.

»Beweis es«, sagt sie. Sie schneidet mir den Weg ab und bremst knapp vor mir. »Komm heute um vier zu mir rauf und bring eine Ausrede.«

»Seit wann brauchst du eine Ausrede?«

Sie schneidet eine Grimasse. »Hausarrest. Seit dieser Sache im Kindergarten. Meine Mutter hängt neuerdings den ganzen Tag in der Wohnung rum.«

»Wo willst du denn hin, zum Strand runter?«

»Ich treff mich mit jemandem, der meinen Vater kennt. Um halb fünf in der Stadt.«

»Kann ich mitkommen?«

Sie überlegt ziemlich lange. Dann sagt sie o. k., als ob es keinen Unterschied machte. »Wir können den Achtunddreißiger Express nehmen.«

Sie deutet auf einen in zweiter Reihe geparkten Wagen, der ein bisschen weiter unten an der Straße steht. »Ich wette, das sind

Polizisten. Gestern waren sie bei uns, heute sind sie bestimmt bei euch. Lily arbeitet ja im Garden. So ein Zirkus. Wenn du mich fragst, den kriegen sie nicht.«

»Wen kriegen sie nicht?«

»Na, den, der Jordan umgebracht hat.«

»Ich dachte, er war krank?« So hat es Lily erzählt: Ein Kindergärtner ist gestorben. Er war schon länger krank. Der Kindergarten ist geschlossen. Ich muss nicht zur Arbeit.

»Irgendwas mit dem Magen, nicht?«

Sie klopft sich an die Stirn. »Hallo? Jemand zu Hause? Würde wegen einer Magenverstimmung die Polizei kommen?«

»Was weiß ich. Vielleicht ist bei den Nachbarn eingebrochen worden.«

»Und so was will Detektiv sein.« Sie seufzt tief. »Also um vier. Glaubst du, du kriegst das hin?«

Auf so was antworte ich schon gar nicht.

Dass ich es dann doch nicht schaffe, ist nicht meine Schuld.

Die Polizisten sind in unserer Wohnung, ein Mann und eine Frau. Sie fragen mich aus, bis es dunkel wird: Wie gefällt es mir hier, habe ich mich gut eingelebt, wie ist die Schule, wie heißen meine Freunde, was für eine Beziehung habe ich zu dem Mädchen im ersten Stock.

Alice, denke ich, sie bringt mich um, ich kann sie direkt hören: »Welchen Teil von ›vier Uhr‹ hast du nicht verstanden, Quadratschädel? Ich dachte, du kommst aus dem Land, wo sie die Uhr erfunden haben.«

»Nicht Alice«, sagt Officer Yen. »Ich meine die Kleine. Mara.«

Ich brauche mindestens eine Stunde. Um zu begreifen. Eine Stunde freundlichen Plauderns. Mit den netten Officers Yen und Wenger, zum Beispiel über dessen deutsche Abstammung – »Wenger klingt aber eher schweizerisch«, sage ich, und er lässt es mich mehrmals aussprechen, es klingt ganz anders, als wenn er es sagt.

»Dem muss ich mal nachgehen, vielleicht sind wir tatsächlich Schweizer. Das wäre cool, was?«

Über meinen Job im Garden unterhalten wir uns, »keine Angst, wir sind nicht wegen der Arbeitsbewilligung da«, gefällt es mir dort, komme ich mit den anderen zurecht, ist es wahr, dass meine Anwesenheit dort nicht nur auf Begeisterung gestoßen ist, hat es eine Sitzung gegeben meinetwegen, hatte ich nicht besonders mit Jordan Probleme?

»Er war einfach kein besonders freundlicher Mensch«, sage ich vorsichtig, Jordan ist tot, über die Toten soll man nicht schlecht reden. Und ich merke immer noch nicht, worauf sie hinauswollen.

»Er war schon länger krank, nicht?« Magengeschwür, hat es geheißen, durchgebrochen, oder gar Krebs, das würde seine schlechte Laune erklären, seine verkniffene Art. Jordan war eines Abends länger geblieben, um ein Modell der Stadt aufzubauen, ein Projekt für die älteren Kinder, die Vier- und Fünfjährigen, die eine Woche lang daran das Leben üben sollten: die Bank und die Bäckerei, das Krankenhaus und die Polizeiwache führen, den Verkehr regeln, den Abfall entsorgen. Das Modell besteht aus fünf Teilen und nimmt, einmal zusammengesetzt, beinahe den ganzen lila Raum ein. Es ist begehbar und mit Spielzeugautos, Bäumen, Straßenlampen und sogar zwei Hunden bestückt. Als Jordan es aufbaute, muss er zusammengebrochen sein, unter einer plötzlichen Schmerzattacke, zu heftig, als dass er es zum Telefon geschafft hätte. Maggie fand ihn am nächsten Morgen, mitten in den umgestürzten Häusern, in einem Meer von Erbrochenem, es muss ein qualvoller Tod gewesen sein.

»Wir gehen der Sache natürlich nach«, sagt der freundliche Wenger mit seinem Ohrring und seinem Zwirbelschnauz, »mehr können wir Ihnen zum jetzigen Zeitpunkt nicht sagen.«

Auf einmal ist er ganz förmlich, und erst da geht mir auf, warum sie hier sind.

»Sie glauben also, ich hätte Jordan … was, vergiftet? Rattengift in seinen Spezialdrink geschüttet? Weil er mich nicht im Garden haben wollte?« Sie wechseln einen Blick, und ich verstumme. Ich rede zu viel, Frank hat es mir oft genug vorgeworfen. Ich muss Frank anrufen.

»War es so?«, fragt Yen, und dann kommt Leo nach Hause, und bevor ich ihn warnen kann, haben sie ihn schon in ein Gespräch verwickelt. »Tolles Brett«, sagt Wenger, »ich selber habe ein Switchboard, kennst du die?«

Ich höre zu, wie Leo den neuen Grip beschreibt, den er sich kaufen will, sobald er wieder Taschengeld kriegt.

Ich will einen Anwalt. Der Satz geht mir nicht über die Lippen, sosehr ich es versuche – wir sind doch nicht beim Fernsehen. Ich höre zu, wie sie Leo ausfragen, der ja weder Jordan noch den Garden kennt, was wollen sie von ihm, sie fragen ihn über die Sheridans aus, über Mara, er verbringt wohl viel Zeit mit ihr, ach, er nimmt sie manchmal mit auf den Spielplatz, das ist aber nett, außergewöhnlich für einen Jungen in seinem Alter, sich so für kleine Mädchen zu interessieren, nicht?

Ich stehe auf. »Darf ich Ihnen einen Kaffee anbieten?«

Auch ein Satz aus dem Fernsehen.

»Gerne«, sagen die Polizisten, und ich koche einen Espresso, der so stark ist, dass sie husten müssen. Ich habe alles: fettfreie Milch, Sojamilch, zuckerlosen Zucker, und sogar einen Kakaostreuer stelle ich hin.

»Ich möchte meinen Mann anrufen.« Ganz die hilflose Hausfrau. »In Ordnung, aber bleiben Sie bitte in Sicht- und Hörweite.«

»Natürlich.«

Ich wähle die Nummer und höre, was ich immer höre: »Mr. Bauer ist nicht in seinem Büro. Möchten Sie vielleicht eine Nachricht hinterlassen?«

»Oh.«

Tränen schießen mir in die Augen, ich weiß nicht, warum mich das so aus der Fassung bringt, Frank war noch nie im Büro, wenn ich angerufen habe, und sagt er nicht selber, seine Sekretärin sei manchmal übertrieben um den Schutz seiner »kreativen Atmosphäre« besorgt?

»Hören Sie«, sage ich, »es handelt sich sozusagen um einen Notfall.«

»Ja, möchten Sie vielleicht Ihren Namen hinterlassen?«

Ich wende mich ab, kehre den Polizisten den Rücken zu. »Sie ganz blöde Kuh« – dass mir in so einem Moment kein schlimmeres Schimpfwort einfällt! – »Sie ganz blöde Kuh, ich bin seine Frau, als ob Sie das nicht wüssten, ich hab Ihnen meinen Namen oft genug buchstabiert, aber jetzt ist keine Zeit für solche Spielchen, also holen Sie ihn her, ja?«

Und, etwas leiser, dringlicher: »Es IST ein Notfall. Ich hab die Polizei hier.«

Die Sekretärin seufzt, übertrieben gelangweilt. »Ach, wissen Sie, die ganze Sache wird mir langsam zu dumm. Als Frank mich um diesen Gefallen bat, sagte er nichts davon, dass Sie alle fünf Minuten anrufen würden. Sie sind doch vollkommen blind für die Bedeutung dieser Sache, von Gottes Auftrag, blind und taub. Der Ärmste, es wird ihm nichts anderes übrig bleiben, als Sie zu verlassen, meinen Segen hat er, ein Mann in seiner Position braucht eine Frau, die ihn unterstützt. Und nun entschuldigen Sie mich bitte, ich hab auch noch einen richtigen Job.«

Ich lege den Hörer auf. Ich drehe mich um und lächle.

»Mein Mann ist bereits auf dem Weg nach Hause«, sage ich. »Er wird jeden Moment hier sein.«

»Wir wollten gerade gehen.« Sie stehen auf und streichen ihre Jacken glatt, unter denen sie ihre Waffen tragen, die ein bisschen ausbeulen, und verabschieden sich ganz freundlich.

»Bitte geben Sie uns Bescheid, falls Sie die Stadt verlassen sollten.«

»Ich hab nicht vor, die Stadt zu verlassen.«

Ich räume die Tassen ab. Den Kaffee haben sie kaum angerührt. War ihnen wohl zu stark.

Stella

»Betty«, sage ich, »jetzt ist nicht der richtige Moment, auf einen toten Oberlehrer zu fliegen.«

Ungern reißt sich Betty von Finch los.

»Wenn man in meinem Zustand nicht träumen darf, wann dann?«

»Betty, wir müssen etwas unternehmen.«

Sie wickelt sich um Finch wie ein warmes Tuch. »Er könnte helfen.«

Finch sieht nicht aus, als würde er uns helfen wollen. Außer den Vorgängen bei den Alkoholikertreffen interessiert ihn nichts. Nein, der Einzige, der jetzt noch helfen kann, ist Jordan. Der weiß so gut wie ich, dass Lily ihn nicht umgebracht hat. Er wird einen Weg finden müssen, den Verdacht von ihr zu lenken. So weit kann seine Verbitterung doch nicht gehen. Bis in den Tod. Nur wissen wir nicht mal, wo er ist.

Bei den Anonymen Alkoholikern jedenfalls nicht. Dafür ist Simon da und lässt sich ausschimpfen, weil er sich mit einer Kollegin eingelassen hat, einer Frau, die trinkt – »nur ein bisschen«, sagt er, »nur gelegentlich«. Aber er gibt zu, dass er ihr zu trinken gibt, um den Alkohol auf ihren Lippen zu schmecken.

»Was geht hier vor? Ich dachte, sie haben sich nur einmal getroffen?«

»Du hast nicht aufgepasst«, sagt Betty. »Während du vor dem Fernseher sitzt, geht draußen eine ganze Welt vorbei.«

Auch das noch.

»Simon, du weißt, dass du dir das nicht leisten kannst. Du brauchst jede Unterstützung, die du kriegen kannst. Du brauchst eine Frau, die selber im Programm ist.«

Die Rothaarige lächelt. So sicher ist sie ihrer Sache, dass sie ihre Fingernägel heute zu Hause gelassen hat.

Vor ein paar Tagen hätte mich das erleichtert. Zu wissen, dass er Lily in Ruhe lassen wird. Ich wünschte mir, ich hätte heute keine anderen Sorgen als Frank, seine Frau, seine Ehe, seinen Glühwurm.

»Ist das nicht unglaublich«, schimpft Finch schon wieder, »hier geht es überhaupt nicht mehr darum, einen Mann vom Teufel Alkohol fern zu halten, hier geht es nur noch darum, ihn unter die Haube zu kriegen. Ich nenne das Betrug.«

Er ist drauf und dran, diesmal Simon anzufahren, vielleicht ist es Betty, die ihn davon abhält, indem sie mit ihm verschmilzt.

»Finch«, sage ich, »was machst du denn bei den Anonymen Alkoholikern?«

Finch ist nicht wie ich hier, um seine Ruhe zu haben. Finch ist immer in der Nähe von dem, was er angerichtet hat. »Jeden Abend habe ich meiner Frau erzählt, ich käme hierher, stattdessen traf ich mich mit meinen Freunden gegenüber im Pig and Whistle. Hab mich langsam zu Tode getrunken, unter den Augen meiner Frau – die nichts gemerkt hat. Nichts merken wollte – vielleicht wollte sie mich sterben sehen. Nun, der hab ich's gezeigt. Frauen!«

»Du hast eben die Richtige noch nicht getroffen«, schnurrt Betty.

»Betty! Nicht jetzt!« Ich ziehe sie weg. Nun weiß ich, wo Jordan ist: im Kindergarten.

Die kleine Stadt, die er im Sterben umgerissen hat, ist konfisziert und untersucht worden, der lila Raum ist abgesperrt.

Jordan sitzt auf dem Fußboden und spielt mit den Bauernhoftieren. Er summt vor sich hin. Man sieht wieder, wie klein er mit fünf war.

Ich frage ihn: »Ich wüsste gerne, was du gegen meine Lily hast.«

»Sie ist nicht die Mutter«, sagt Jordan. »Sie passt nicht richtig auf die Kinder auf.«

Jordan fegt die Kühe zur Seite und greift sich die Gitarre. Und fängt mit kindlicher Stimme zu singen an, als wären wir nicht da.

»Ich weiß«, sagt Betty, und ich bin froh, denn ich verstehe gar nichts. »Die Mutter hat nicht aufgepasst, die Mutter hat nicht geholfen.«

»Sie taugen alle nichts«, singt Jordan zur Gitarre, »die Mütter taugen nichts, die Kindermädchen taugen nichts, niemand ist da, der aufpasst, niemand, der den Kindern hilft, nur Jordan.«

»Ich weiß«, sagt Betty, »All die kleinen Kinder. Mein Vater hat meine Mutter verprügelt und meine Mutter mich. Ich habe meine Kinder verprügelt und meine Tochter ihre.«

»Menga?« Betty nickt.

Jetzt verstehe ich. Meine Nachbarin auf dem Heimberg, Menga, die Künstlerin-Gastgeberin, die alles im Griff hatte, die wir alle bewunderten. Vier Kinder, großes Haus, wichtige Einladungen, intellektuelle Gespräche und auch noch langes Haar, wie macht sie das. Einmal, als ich zu ihr rüberrannte und sie um Hilfe bat – schließlich ist sie mit einem bekannten Psychiater verheiratet und hat bestimmt einen gut bestückten Medikamentenschrank – fand ich sie in Tränen vor und ihr Kind mit verbrannten Handflächen. Ohne eine Frage zu stellen, habe ich sie zum Arzt gefahren, froh, meine eigenen Probleme einen Augenblick lang zu vergessen.

»Was ist passiert?«, frage ich jetzt, gut zehn Jahre zu spät.

»Sie hat sich gestellt«, sagt Betty. »Nachdem sie dem Jüngsten den Arm gebrochen hat. Sie wird im Frauengefängnis behandelt, eine Stunde Therapie in der Woche. Nicht viel, aber besser als nichts. Vielleicht wird sie wegen guter Führung vorzeitig entlassen.«

»Und die Kinder?«

»Die Kinder sind bei der anderen Großmutter. Es gibt für mich keinen Grund mehr, dort rumzulungern.« Darum also ist Betty hier.

»Danke, dass du gekommen bist«, sage ich. »Und jetzt?«

Ich wünschte, jemand wüsste, was tun.

»Ich weiß«, sagt Jordan, legt die Gitarre weg und ist wieder zweiundvierzig. Zweiundvierzig und tot.

Als ich mir die Zähne putze, klopft es an die Scheibe. Ich öffne das Badezimmerfenster. Ein Hockeyschläger baumelt im Lüftungsschacht. »Psst!«

Ich schaue hoch. Alice streckt ihren krausen Kopf aus dem oberen Badezimmerfenster. Sie zieht den Schläger ein.

»Komm hinten rauf«, flüstert sie.

»Was?«

»Schschsch!!« Sie wedelt mit der Hand. »Komm durch die Hintertür rauf«, flüstert sie etwas lauter. Wenn sie normal spräche, würde sie vermutlich weniger Aufsehen erregen. Und außerdem kann uns doch keiner hören, der sich nicht auch in einem der beiden Badezimmer befindet.

»Warum?«, frage ich laut. Wenn Alice meint, sie könne mich einfach so rumkommandieren. Dad hat Recht, ich darf mich von ihr nicht so behandeln lassen.

»Es geht um Leben und Tod«, zischt sie. Ich muss lachen. Ihr Kopf verschwindet. Ich schließe das Fenster und putze meine Zähne mit der elektrischen Time Machine, sie putzt alle Zähne gleichzeitig, innen und außen, oben und unten, in nur sechzig Sekunden. Ich hab sie im Fernsehen gesehen, und Lily hat sie mir gekauft.

Aber jetzt hat Lily sich in ihrem Zimmer eingeschlossen. Sie sagt, sie braucht Ruhe, aber es klingt, als werfe sie Sachen um. Es ist nach neun. Ich wünschte, wir hätten einen Fernsehapparat. Ich wünschte, Papa wäre hier.

Ich gehe durch unsere Küche und die Hintertreppe rauf, Alice lässt mich in ihre Küche.

»Leise«, flüstert sie. »Mom und Dad sind noch wach.«

»Ist Dad nicht bei der Arbeit?« Dad ist nicht einmal nach seiner Heldentat zu Hause geblieben. Wenn er nicht zur Arbeit geht, muss es wichtig sein. Vielleicht überlegt er sich, wie er uns helfen soll. Vielleicht weiß er ja, was zu tun ist. Wenn jemand sich im Zimmer einschließt und mit Sachen wirft.

Alice zieht mich in den Raum hinter der Küche, wo die Waschmaschine und der Kühlschrank stehen, wir sind ganz still. Alice legt ein Ohr an die Wand. Sie winkt mich heran. Auf der anderen Seite der Wand ist das Elternschlafzimmer. Die Stimmen sind gut zu hören.

Rhonda: »Ich finde, du hättest selber mal mit dem Jungen reden sollen. Er bewundert dich so.«

Dad: »Ich hör wohl nicht recht, und was ist mit Mara? Sollte die nicht zuerst kommen?«

Rhonda: »Ich kann mir einfach nicht vorstellen, dass er es war. So ein lieber Junge.« (Ich verziehe das Gesicht.)

Dad: »Im Ernst, findest du das normal, wie er sich mit der Kleinen abgibt?«

Rhonda: »Nun … vielleicht mag er einfach kleine Kinder?«

Dad: »Kleine Mädchen, ja! Welcher richtige Junge in dem Alter spielt schon freiwillig Babysitter? Das ist doch nicht normal.«

Rhonda: »Du hast Recht. Ich meine nur, ich hätte erst mit Lily darüber reden sollen.«

Dad: »Lily? Ist sie etwa wichtiger als Mara? Nein, glaub mir, die Polizei weiß schon, was sie tut.«

Dann hören wir nichts mehr. Ich höre nichts mehr. In meinen Ohren rauscht es. Immer lauter. Ich halte mir die Ohren zu, mir wird schlecht. Ich falle um.

Es ist schwarz.

Alice schüttelt mich. »Steh auf, steh auf, wir müssen hier weg. Leo, steh auf.« Sie schüttelt mich so heftig, dass mein Kopf wieder und wieder gegen den Boden knallt. Als ich aufstehe, ist mir immer noch schwindlig. Ich weiß aber alles noch. Die Fragen der Polizisten, was Dad gesagt hat. Nur, was mit dem Mädchen ist, weiß ich nicht.

Was ich getan haben soll. Was es mit dem gestorbenen Kindergärtner zu tun hat.

»Geh runter«, sagt Alice, »pack ein paar Sachen. Hast du Geld?«

Ich habe den Zwanziger von Lily und ein Einmachglas voller Münzen, es ist ziemlich schwer, ich wollte es schon lange im Supermarkt in die Maschine werfen, die es zählt und dann einen Bon ausspuckt, den man gegen Papiergeld wechseln kann. Lily meint, es können gut dreißig oder vierzig Dollar drin sein.

»Wohin gehen wir?«, frage ich.

»Zu meinem Vater. Meinem richtigen Vater.«

Ich packe das Glas in meinen Rucksack, den Zwanziger, Pullover, Taschenlampe, Discman, Gameboy. Im allerletzten Moment lege ich noch einen Zettel auf den Küchentisch. Damit Papa sich nicht sorgt. Damit er bei seiner Aufgabe bleibt. Ich kann auf mich selber aufpassen. Einen Augenblick lang wünschte ich, er käme zur Tür herein und ich könnte ihm alles erzählen. Dann würde er die Treppe hochgehen, Dad aus dem Bett reißen und ihn verprügeln. Ich warte sogar noch eine Minute, wenn er jetzt kommt, erzähle ich ihm alles, aber heute geht nichts so, wie ich es mir wünsche.

Stattdessen klopft Alice an die Küchentür, ich nehme mein Brett, und wir gehen hinten raus, durch die Werkstatt und die Garage. Alice öffnet die Schublade über der Werkbank, ich öffne die im Pult, sie nimmt die Pistole heraus und ich die Munition.

»Wohin gehen wir?«, frage ich noch einmal.

Lily

»Las Vegas«, sagt Rhonda.

Frank ist nicht nach Hause gekommen. Ich habe all seine Sachen aus dem Schrank, seine Bücher von den Regalen gefegt, seine Bilder von der Wand gerissen. Und dann alles wieder aufgehoben, zusammengefaltet, zurückgelegt. Die halbe Nacht lang. Für den Fall, dass er doch noch kommt. Mittendrin muss ich eingeschlafen sein, angezogen, quer über dem Futon, mitten in seinen Hemden. Als ich aufwachte, war es halb neun.

Ich komm zu spät in den Garden, dachte ich, bevor mir alles andere wieder einfiel. Der Garden ist geschlossen. Jordan ist tot. Die Polizei verdächtigt mich. Simon hat nicht mehr angerufen. Wir wollten uns heute treffen. Ich muss ihm sagen, dass wir uns nicht mehr sehen können. Ich weiß nicht, was über mich gekommen ist. Ich bin schließlich verheiratet.

Aber Frank ist nicht da. Mein Mann ist nicht da.

Ich gehe zu Leo rüber, um ihn zu wecken, um ihm zu sagen, dass wir verschlafen haben, ich muss die Schule anrufen und ihn entschuldigen. Leos Bett ist unberührt. Ich laufe durch die Wohnung, offene Türen, kaum Möbel, er kann sich nirgends versteckt haben, trotzdem rufe ich: »Leo, Leo, wo bist du«, dabei weiß ich schon, dass er nicht da ist.

Ich gehe zum Telefon. Die Polizei anrufen. Nein. Die Polizei ist nicht mein Freund. Dann finde ich den Zettel.

Mach dir keine Sorgen, we just went to find Alices real Dad. Love Leo. Und ein kleines Herz. Er schreibt, wie er spricht, Englisch und Deutsch durcheinander.

Ich renne die Treppe hinauf, so wie ich bin, in T-Shirt und Unterhosen. »Rhonda«, rufe ich, »Rhonda.«

»Schsch«, sagt sie, »Bill schläft noch.«

Sie ist schon angezogen und geschminkt. Sie hält die Autoschlüssel in der Hand. Neben der Tür steht eine Tragetasche, aus der eine Wasserflasche und ein paar Spielsachen herausschauen. Etwas ist anders an Rhonda. Ich weiß nicht was.

Ich halte ihr den Zettel hin.

»Dacht ich's mir doch«, sagt sie nur.

»Was sollen wir jetzt tun?«

»Schsch!« Sie runzelt die Stirn. »Sei um Gottes willen still.« Sie nimmt mich an der Hand, zieht mich zur Küchentür hinaus und die Hintertreppe runter. Der Hund ist am Geländer angebunden und frisst aus einem großen Napf, damit er still ist. Er hebt nicht mal den Kopf, als wir an ihm vorbeigehen.

Vor der Garage ist Bills Werkstatt. Rhonda reißt sämtliche Schubladen auf, durchwühlt sie – »verdammt«, sagt sie, »Alice wird doch nicht …«

Sie geht in die Garage, ich folge ihr, sie wirft die Tasche hinten ins Auto zu mehreren anderen. Mara sitzt festgeschnallt in ihrem Kindersitz und saugt an einer Babyflasche, für die sie eigentlich längst zu groß ist.

»Steig ein.«

Ich schaue auf meine nackten Beine. »Ich muss mir erst was anziehen.«

»Keine Zeit. Steig ein.« Rhonda lässt den Motor an. Sie drückt den Knopf, der die Garagentür öffnet und fährt langsam auf die stark befahrene Avenue raus, wartet auf eine Lücke im Verkehr. Ich drehe mich um und sehe Bill aus der Werkstatt auf uns zu rennen.

»Rhonda!« ruft er, »Rhonda!«

»Wir sind spät dran«, zwitschert sie, »der Kindergarten!«

Sie tritt das Gaspedal durch und schießt auf die Straße hinaus. Ich kneife die Augen zu. Autos hupen links und rechts. Als ich die Augen wieder öffne, stehen wir am Rotlicht an der nächsten Kreuzung. Im Seitenspiegel sehe ich Bill, mit hängenden Armen steht er vor dem Haus und schaut uns nach. Das Licht wechselt, und wir fahren weiter. Rhonda hat nicht zurückgeschaut.

»Wohin fahren wir?«, frage ich.

»Las Vegas«, sagt Rhonda.

II

On the Road

Leo

Hinten im Bus sind ein paar Schlafsäcke und Decken. Ich lege mich hin und halte meinen Rucksack fest. Neben mir bewegt sich etwas, und ein Kopf taucht aus den Decken auf. Eine junge Frau mit silbernen Knöpfen in den Augenbrauen. Ihre Haare stehen nach allen Seiten ab.

»Was ist los?«, fragt sie verschlafen, »wo sind wir?«

»Unterwegs«, ruft von vorne Dude, der wirklich so heißt.

»Unterwegs, wohin?« Die Frau hat sich aufgesetzt. Sie trägt einen Badeanzug. Ich schaue weg.

»Las Vegas.« Dudes Stimme klingt nicht wie sonst, das liegt daran, dass Alice mit einer geladenen Pistole neben ihm sitzt, aber die Frau merkt nichts, sie sagt nur: »Aha.« Dann beugt sie sich zu mir rüber. Sie streckt die Hand aus: »Ich heiße Shania.«

»Leo«, sage ich und schaue gleich wieder weg. Aus den Augenwinkeln sehe ich, dass sie sich ein T-Shirt überzieht und dann noch einen Pullover.

Dude, der aus irgendeinem Grund wirklich so heißt und nicht nur ein Surfer-Dude ist, hat mich gleich erkannt.

»Hey, Junge! Was tust du denn hier?«

»Geh, red mit ihm«, zischte Alice.

»Ich … äh … wollte nur mal vorbeischauen.«

Das schien ihn nicht weiter zu erstaunen, jedenfalls sagte er nicht: »Um diese Zeit??« oder so was, sondern bot uns ein Bier an. Ich nahm es, aber Alice bohrte mir weiter die Pistole in die Seite, also sagte ich: »Um die Wahrheit zu sagen, wir brauchen einen kleinen Gefallen.«

»Warum fragst du nicht Gott?«, witzelte Dude, aber als er mein Gesicht sah, hörte er damit auf, oder vielleicht lag's an der Pistole.

Dude ist aus Hawaii hierher gekommen, um im kalten Wasser zu surfen. Was irgendwie besser ist. Letzte Woche hat er erwähnt, dass er bald von hier weg wolle, immer die gleichen Wellen, und Geld hat er auch fast keines mehr. Alice mag Dude, er hat sie letzte Woche in die Stadt gefahren, um diesen Mann zu treffen, der Alices Vater kannte.

Dude wollte allerdings überhaupt nicht nach Las Vegas, auch nicht, als Alice ihm davon vorschwärmte, wie er da das nötige Geld für die nächste Surfsaison zusammengambeln könnte. Las Vegas liegt ja nicht mal am Meer, sondern mitten in einer Wüste.

Darauf hat Alice die Pistole gezogen, und das hat ihn überzeugt.

Ich habe meine Arme um den Rucksack geschlungen wie früher um meinen Teddybär. Der war lange Zeit beinahe größer als ich. Ich hab ihn in der Schweiz gelassen. Ich mein, ich bin ja kein Baby mehr.

»Mann«, sagt Dude, »Mann, Mädchen, *chill out.*«

»Ich bin ganz ruhig«, sagt Alice. »Ich will nur zu meinem Vater.«

Ich hab mich wieder hingelegt, die Augen geschlossen, ich höre die Stimmen vorne, ohne wirklich zuzuhören. Ich liege hinten im Auto auf einer Decke, wir fahren nach Italien in die Sommerferien, ich habe die Augen geschlossen, schlafe halb und bin halb wach, während Papa und Lily sich vorne leise unterhalten. Auf ihren Stimmen surfe ich in den Schlaf hinein und wieder hinaus, ohne zu verstehen, was sie sagen.

Jedes Jahr fuhren wir an denselben Ort, in dasselbe Haus, zusammen mit Tante Isabelle, Papas Schwester, ihrem Mann und ihren Kindern, Stefan, Andrea und Kevin. Jedes Jahr wollte ich erst nicht hinfahren, und dann gefiel es mir doch. Das Haus war kühl und dunkel und um einen großen Pool herum gebaut. Wir spielten im Wasser, die Erwachsenen lagen im Schatten und lasen dicke Bücher oder tranken Wein unter Olivenbäumen. Lily lief hin und her mit Sonnencreme und Wasserspielen und Hüten. Im Dorf gab es ein aufblasbares Trampolin, auf dem man für fünftausend Lire eine halbe Stunde hopsen konnte. Jeden Nachmittag um sechs gingen wir alle dahin, wir hopsten, und die Erwachsenen tranken Bier und lasen Zeitung. Jedes Jahr versprachen die Erwachsenen, dass wir uns öfter sehen würden, aber stattdessen zogen wir nach Amerika. Plötzlich höre ich eine andere Stimme vorne, eine schrille, voller Tränen, ich verstehe nicht, was sie sagt, ich ziehe mir die Decke über den Kopf und halte mir die Ohren zu. Das ist nicht Lily, das weiß ich.

Lily

»Sind wir bald da?«

Es ist heiß im Wagen, stockender Verkehr auf dem Freeway 580 East, wir sind seit anderthalb Stunden unterwegs und immer noch in der Bay Area. Mara quengelt auf dem Rücksitz, Rhonda hält sich mit einer Hand den Bauch. Jetzt weiß ich, was anders ist: ihr Bauch.

Ist flach.

»Rhonda … die Babys …«

»Es gibt keine Babys«, sagt sie.

»Rhonda!«

Unwillkürlich schaue ich nach hinten, ob da, wo die ganzen Taschen liegen, irgendwo zwei Babys versteckt sind, in blutige Tücher gewickelt. Rhonda wirkt gefasst, wenn auch etwas blass.

Die Frauen in Kurdistan gebären auf dem Feld.

Wo hab ich das bloß her? Und arbeiten gleich weiter. Frank hat das gesagt. Jetzt erinnere ich mich, ganz zu Anfang. Als Stella noch lebte, im Bett lag und weinte.

Die Frauen in Kurdistan kennen keine postnatale Depression.

Darauf ließ sich wenig sagen.

»Rhonda«, fang ich an und hätte fast gefragt: Was ist passiert, was hast du mit den Babys gemacht? Aber dann sage ich nur: »Geht es?«, weil ich alles andere gar nicht wissen will. Nicht jetzt, wo wir die Kinder suchen.

»Ehrlich gesagt, nein.« Sie pfeilt vier Spuren nach rechts rüber, zwischen hupenden Wagen hindurch, ich schließe die Augen, und als ich sie wieder öffne, hat sie eine Ausfahrt genommen und den Wagen vor einen Burger King gestellt.

»Sei so lieb und hol uns ein Kidz Meal für Mara, ein Crispy Chicken Sandwich und vor allem eine große Cola.« Reicht mir eine Zehnernote. »Und was immer du willst.«

»Rhonda«, sage ich, »schau mich an.« Ich bin immer noch so, wie ich an ihrer Tür geklingelt habe, barfuß, in Unterhosen und Superman-T-Shirt. Blau mit langen Ärmeln, ich trage es im Bett, wenn Frank nicht da ist, Frank besteht darauf, dass wir nackt schlafen, wegen der Natürlichkeit und dem Energiehaushalt. Wie viele Nächte hintereinander ist Frank nicht nach Hause gekommen?

Rhonda wühlt in den Taschen und gräbt ein Paar Leggins aus, Schwangerschaftshosen mit verstellbarem Gummizug, schwarz.

Außerdem ein Paar Gummilatschen mit Plastikblume zwischen den Zehen. Sie sind zu klein, meine Fersen gehen auf Asphalt und meine Zehen auf Gummi. Ich sehe mich in der Glastür gespiegelt und erkenne mich nicht.

Drinnen hat sich bereits eine Schlange gebildet, obwohl noch lange nicht Mittag ist, aber Fastfood, hat Leo mir erklärt, kann man immer essen.

Leo, denke ich.

Leo geht es gut.

Wo das wieder herkommt. Stellas Stimme.

Ich stelle mich an und bereite meine Bestellung im Kopf so weit vor, dass ich die Schlange nicht aufhalte, wenn ich drankomme. »Nimm's nicht übel«, hat Leo gesagt, »aber im Bestellen von Fastfood bist du eine Null.«

Zum Kidz Meal kriege ich eine Pappkrone und Pokemon-Karten. Die heiße Luft schlägt mir ins Gesicht, als ich wieder ins Freie trete. Der Wagen steht noch da, aber Rhonda scheint verschwunden zu sein. Ich öffne die Tür auf der Beifahrerseite. Ich reiche das Essen nach hinten. Da liegt sie, auf dem Boden zusammengerollt.

»Ich fühle mich nicht gut«, sagt sie. »Du musst fahren.«

»Rhonda, ich kann doch nicht Auto fahren.« Ich stelle Rhondas Essen neben sie auf den Boden, sie greift nach dem eiskalten Becher mit Cola und hält ihn gegen das Gesicht.

»Du musst.«

Ich helfe Mara, die Karten auszupacken, die sie mehr interessieren als das Essen. Ich setze mich auf den Fahrersitz und schließe die Türen.

»Was jetzt?«

»Dreh den Zündschlüssel. Schalte auf D – Drive.«

Ich rolle um den Burger King herum, am Drive-thru-Schalter vorbei und auf die Straße. Der Verkehr scheint sich ein wenig beruhigt zu haben. Ich habe nicht das geringste Gefühl dafür, wie groß der Wagen ist und wie weit entfernt die anderen sind.

»Einfach Gas geben und raus«, sagt Rhonda, ohne hinzuschauen, und ohne hinzuschauen, tue ich genau das.

»Und jetzt?«

»Einfach fahren. Immer geradeaus, die nächsten fünf Stunden oder so. Der 580 mündet in den I-5, auf dem kannst du bleiben bis Bakersfield.«

Unser Wagen ist größer als die meisten, ich schaue auf die Straße runter, auf die Personenwagen. Ich wippe ein wenig im Sitz, ich gebe mehr Gas. Es gefällt mir. Wenn ich das gewusst hätte, hätte ich die Fahrprüfung längst gemacht.

Du bist ein Naturtalent, sagt die Stimme, an die ich mich langsam gewöhne, ich nenne sie Stella, aber ich weiß natürlich, dass ich es selbst bin, die mir gut zuredet. Und wenn schon. Mein Mann unterhält sich mit Gott. Gott sagt, ich sei nicht gut genug für ihn. Oder meinte das seine Sekretärin?

»Wann sind wir da?« Das Spiel mit den Pokemon-Karten hat Mara nicht lange abgelenkt. Im Handschuhfach sind Kassetten mit Kindergeschichten, aber ich traue mich nicht, die Hand vom Steuer zu nehmen. Stattdessen fange ich an zu singen, sämtliche Kinderlieder, die ich kenne, und alle auf Schweizerdeutsch. Meine Stimme ist wacklig und dünn, ich kann keine Note halten. Stella natürlich hatte eine schöne Stimme. Das Einzige an ihr, was er vermisst, sagt Frank. Ihre Stimme, bevor sie durchdrehte und schrill wurde. Sie hat für ihn gesungen, sagt er.

Ich singe »Roti Rösli« und »Schlaf, Chindli, schlaf« mit allen unanständigen Strophen, die Leo von der Schule heimgebracht hat, und, als mir gar nichts mehr einfällt, die »Tannigen Hosen«.

Jedes Mal, wenn Jordan vor dem Mittagessen mit den Kindern sang, hat er mich gebeten, »ein Lied aus meiner Heimat« vorzusingen. Spätestens nach dem ersten Mal im vollen Bewusstsein der Qual, der er mich aussetzte. »Die Kinder urteilen nicht«, pflegte er zu sagen, »für die Kinder zählt nur das Innere, die Absicht.« Und dabei schaute er mich an, als sei die bei mir zweifelhaft.

Es ist kühl im Wagen, die Klimaanlage läuft. Mein linkes Bein lehnt an der Tür, der rechte Fuß ist dabei, auf dem Gaspedal einzuschlafen. Ich fahre Auto.

Wenn Frank das wüsste.

Auto fahren ist schlecht für die Natur. Frank fährt nur, weil er muss. Und jetzt muss ich. Ich bin allein.

Ich darf nicht an Frank denken. Nur an Leo.

Hinten ist es still geworden, ich werfe einen vorsichtigen Blick über die Schulter, Mara ist im Kindersitz eingeschlafen, ihr Kopf hängt herunter. Ich habe nie gefragt, wie der Befund war. Vom Arzt. Während ich nach hinten schaue, schlingert der Bus zur Seite, wütendes Hupen, der Schweiß bricht mir aus, trotz Klimaanlage.

Nach vorne schauen. Lenkrad festhalten. O.k.

»Ich bin einfach gern schwanger«, sagt Rhonda plötzlich. »Seit dem ersten Mal. Die Leute behandeln dich ganz anders. Mit Respekt. Als ich Alice erwartete, war ich ja nur ein Teenager ohne Ausbildung, ohne Mann, von zu Hause weggelaufen, eigentlich der letzte Abschaum. Mit Bauch war ich plötzlich jemand. Jemand, auf den man aufpassen musste, der Arzttermine einhalten und Ernährungsregeln befolgen musste. Ich wurde plötzlich für voll genommen, wie eine Erwachsene behandelt, eine werdende Mutter. Das gefiel mir. Ohne die Schwangerschaft wäre ich wohl auf der Straße gelandet. So aber traute ich mich, zu Skips Eltern zu gehen und sie um Hilfe zu bitten. Es war ja nicht für mich, es war für das Kind. Sie boten mir Geld, aber ich sagte, ich will ein Haus, sie sollten mir ein Haus kaufen, ich war ja noch minderjährig. Als ich achtzehn war, haben sie's mir überschrieben. Seither hab ich sie nicht mehr gesehen, obwohl sie in der Stadt leben, obwohl Alice ihre einzige Enkelin ist. Egal – ich bin Hausbesitzerin. Das war schlau von mir, der Wert hat sich in den letzten dreizehn Jahren vervielfacht, und mit der Miete der unteren Wohnung hab ich immer ein Einkommen. Nicht schlecht ausgedacht für eine verlassene, schwangere Siebzehnjährige, was? Natürlich musste ich versprechen, Skip zu vergessen, seine Identität nicht preiszugeben, keine Ansprüche zu stellen, alles schriftlich und notariell beglaubigt am Tag, an dem sie mir den Besitz überschrieben haben.«

»Und wie hat Alice ihn ausfindig gemacht?«

»Ich habe keine Ahnung.«

»Aber du weißt ganz sicher, dass er in Las Vegas ist?«

»Er tritt den ganzen Monat in Las Vegas auf. Ich hab's in der Zeitung gesehen.«

Alices Vater ist im Showbusiness. Ich erinnere mich. Die Sonntagszeitung listet die Shows in Las Vegas und Reno auf, in Lake Tahoe und Monterey.

»Ich hab die Anzeige ausgeschnitten«, sagt Rhonda, und unwillkürlich schau ich wieder nach hinten.

»Pass auf!«, schreit jemand, Rhonda oder jemand in meinem Kopf, und ich reiße das Steuer wieder herum. Es wird gehupt, jemand zeigt mir den Finger, erst vor kurzem hat eine Frau auf dem Freeway eine andere erschossen, die sie zu knapp überholt hat, ihr nach der Arbeit den Weg nach Hause abgeschnitten hat. Anwaltssekretärin, vierundfünfzig, Föhnfrisur, Lippenstift, Pistole.

Das war nicht hier, das war in Florida. Schau geradeaus. Schau nach vorn. Das Auto fährt deinem Blick nach.

»Ich kann den Zeitungsausschnitt nicht finden«, sagt Rhonda, ohne meinen Fahrstil zu kommentieren. »Vielleicht hab ich ihn zu Hause gelassen. Ich hab eine ganze Zigarrenschachtel voll davon. Hab alles gesammelt, was ich über ihn finden konnte.«

»Eine Zigarrenschachtel voll?« Es fällt mir schwer, nach vorn zu schauen, immer nur auf die Straße zu schauen, die sich blendend hellgrau vor mir aufrollt. »Rhonda«, sage ich, »das ist es: Alice hat diese Zigarrenschachtel gefunden. Sie weiß genauso viel wie du.«

»Um Gottes willen!«

Wie immer, wenn jemand Gott erwähnt, beiße ich mir auf die Unterlippe. Gottes Namen dürfen nur die im Munde führen, die von ihm selber die Erlaubnis bekommen haben. Wie Frank. So oft habe ich das gehört, dass ich es automatisch wiederhole.

Frank. Wo bist du. Jeden Augenblick kann im Rückspiegel sein Wagen auftauchen. Er ist bestimmt unterwegs, uns zu suchen, Leo und mich, Leo und mich.

Du kannst doch ohne mich nicht leben, Frank.

»Ich habe sie so gut versteckt«, sagt Rhonda leise.

»Nicht gut genug.«

»Nicht gut genug für Alice. Ich hoffe nur … oh, mein Gott!«

Schon wieder. Ich beiße zu und schmecke Blut.

»Du glaubst doch nicht, Bill hat die Artikel auch gesehen? Mein Gott, mein Gott!«

»Rhonda!«

»Was?«

Ich schüttle den Kopf, nichts, das ist jetzt nicht wichtig, ich schaue in den Rückspiegel, diesmal nach Bill. Bill, dem Helden.

Dem Rhonda davongelaufen ist. Ich lecke einen Blutstropfen von meiner Unterlippe.

»Wäre das so schlimm?«

»Oh, er würde ausrasten. Total. Du kennst ihn nicht, er ist krankhaft eifersüchtig, und er hasst die… ich meine… das Showbusiness.«

Warum warst du dann so unvorsichtig, denke ich, und sie antwortet, ohne dass ich die Frage ausgesprochen hätte: »Ich konnte ihn nicht vergessen. Du weißt doch, was man über die erste Liebe sagt. Man kommt nicht über sie hinweg.«

Ich nicke. Ich denke an Stella. Stella und Frank. Ich bin die zweite Liebe, die zweitbeste.

Die Spuren werden weniger, erst drei, dann sind es nur noch zwei, die sich schnurgerade in der Sonne vor mir ausbreiten. »Das ist der I-5«, sagt Rhonda. »Von jetzt an geht es immer geradeaus.« Ich bleibe rechts hinter einem Lastwagen, der genau die erlaubten siebzig Meilen pro Stunde fährt. Das Land ist flach und verbrannt, in der Ferne gesäumt von Hügeln, rötlich und violett schimmernden, nackten Hügeln. Eine Landschaft, die ich kenne, aus Film und Fernsehen. Ich fahre ruhiger. Ich fühle mich sicher. Ich schaue in den Rückspiegel, ohne den Kopf zu bewegen, ich habe meine Lektion gelernt. Ich schaue nach einem schwarzen Saab, nach einem gelben Taxi.

»Mir ist heiß.«

»Ich hab Durst.«

»Sind wir bald da?«

»Finch lebt?« Ich kann nicht glauben, was Betty da erzählt.

»Er ist einer von denen«, sagt sie, »die das Auge haben.«

»Nein. Unmöglich. Ich hab doch selbst gesehen, wie er in diese Frau gefahren ist, Simons Freundin.«

»Das war nicht er. Wenn ich's dir doch sage: Er ist ein Lebender. Das heißt, er kann uns helfen.«

»Das wage ich zu bezweifeln.«

Wir liegen neben Leo in Dudes Lieferwagen, bis es Tag wird. Dann helfen wir Lily beim Autofahren. Ich liebe das Autofahren, nur darf ich mich nicht dazu hinreißen lassen, voll aufs Gas zu treten. Wie oft bin ich nachts ins Auto gestiegen, wenn ich nicht mehr konnte – nur weg, egal wohin –, und ganze Nächte lang durch die Schweiz gefahren, bis mir das Benzin ausging.

»Soll das heißen, du warst schon, bevor du das Kind hattest, nicht normal?«

Natürlich nicht. Nur sah das keiner. Meine Mutter war zu betrunken, mein Vater zu beschäftigt, um etwas zu merken, Männer, bei denen ich übernachtete, fanden es interessant, wenn ich plötzlich verschwand. Wo warst du – ach, nur mit dem Auto rumgefahren. Oft erinnerte ich mich nicht einmal, wo ich gewesen war, bis ich Belege und Quittungen fand, von Autobahnraststätten, Tankstellen, Heidiland, Glarnerland, Innerschweiz, vom Gotthard, einmal nach Frankreich und zurück, die Männer fanden das faszinierend. Ich war so unabhängig und darum begehrenswert.

Bei Frank funktionierte das nicht. Er war damals schon gegen das Autofahren, allerdings noch nicht so radikal wie heute, mein Tod hat ihn wohl darin bestärkt. Vielleicht auch Gott, oder wer immer ihm sein Benehmen diktiert. Auf jeden Fall gab ich mein eigenes Auto auf. Frank hatte einen Käfer, der aber nur in der Garage stand, für Notfälle und für Besuche bei den Eltern auf dem Land. Frank schraubte die Nummernschilder ab und bewahrte sie in einer abschließbaren Werkzeugkiste auf. Damit ich nicht in Versuchung käme.

Nur einmal, als wir uns noch nicht lange kannten, war ich ihm nachts davongefahren, in meinem eigenen Wagen, einem türkisfarbenen VW Karman mit hellem Dach, den ich von meiner Mutter übernommen hatte, nachdem ihr wegen Fahren im angetrunkenen Zustand der Führerschein entzogen worden war. Ein Modell, das in San Francisco sehr beliebt ist, sogar meine Farbe sieht man oft. Wenn ich so einen sehe, muss ich sehnsüchtig seufzen. Als ob wir Sehnsüchte hätten.

»Haha«, sagt Betty, »entschuldige, wenn ich lache.« Sie lacht aber nicht, sondern löst sich auf, schwebt zu Finch und wieder zurück zu mir, das dauert keine Sekunde.

Frank war außer sich, als ich im Morgengrauen zurückkam, außer sich vor Sorge, er fand mein Verhalten gar nicht faszinierend. »Weil ich dich wirklich liebe«, sagte er, »im Gegensatz zu den anderen. Was in dir vorging, war denen offenbar egal. Mir aber nicht«, sagte er, die Hände auf meinen Schultern, und sah mir in die Augen.

Das beeindruckte mich genug, um den Karman zu verkaufen, wer würde auch nicht ein Auto gegen die wahre Liebe eintauschen. Von dem Geld leisteten wir uns einen Workshop. Ich sollte lernen, mich meinen Gefühlen zu stellen.

Davonzulaufen, da waren sich alle Teilnehmer im »Venus und Mars«-Seminar einig, ist ganz schlecht. Und eigentlich etwas sehr Männliches. Das hörte ich da nicht zum ersten Mal, dass mein Verhalten männlich sei. Die Männer vor Frank hatten mich dafür gemocht. Die Frauen weniger. Mit Frauen hatte ich es immer eher schwierig. Ich mochte nicht über meine Gefühle sprechen, ich wollte sie nicht einmal fühlen, meine Gefühle, vielen Dank auch, deshalb hatte ich wenig Freundinnen, eigentlich gar keine.

So lernte ich, zu Hause zu bleiben und nachts im Bett zu weinen. Ein Verhalten, das niemand unweiblich nennen konnte.

»Das war nicht die wahre Liebe«, sagt Betty. »Kannst du mir erzählen, was du willst. Liebe ist, wenn du nicht weinen musst. Finch würde mich nie weinen lassen!«

»Du bist wohl über Nacht zur Expertin in diesen Dingen geworden, was?«

Statt nachts im Auto quer durch die Schweiz zu fahren, lag ich wach und ließ Frank meine Pupillen studieren. Er starrte in meine Augen, als könne er darin lesen, und redete auf mich ein: »Lass den Schmerz zu«, flüsterte er. »Lauf nicht weg.«

Das konnte ich auch gar nicht, weil er meine Hände festhielt, und nicht selten legte er sich plötzlich auf mich, wenn er genug in meinen Pupillen gelesen hatte. Ich vermisste meine nächtlichen Ausflüge, aber ich sagte nichts, ich wollte doch nicht meine eigene Entwicklung sabotieren.

Betty seufzte tief. »Ich war noch nie vorher verliebt. Nicht mal in meinen Mann. Ich hatte ja keine Ahnung. Verliebt sein ist besser als tot sein. Und das Beste ist: Finch liebt mich auch.«

»Weiß er denn, dass du tot bist?« Betty verflüchtigt sich, für einen Augenblick lösen sich ihre Grenzen auf, selbst für mich, ich nehme an, so sieht es aus, wenn ein Geist verlegen wird. In den sieben Jahren, die ich nun tot bin, hab ich so etwas noch nicht gesehen, aber wir haben auch nur selten Grund zu erröten. Wäre ja noch schöner, wenn man sich selbst im Tod noch genieren müsste.

»Ich hab es ihm nicht gesagt«, wispert Betty unter den Sitzen hervor, wo sie sich unter Fastfood-Resten, Einwickelpapieren und Plastikspielzeug versteckt.

»Betty!«

Es gibt natürlich Lebende, die Geister sehen, ohne sich dessen bewusst zu sein. Mehr, als man denken würde. Obwohl wir im Allgemeinen eher unauffällig sind und möglichst kein Aufsehen erregen. Wem fällt es schon auf, wenn zum Beispiel an einer Bushaltestelle ein paar Geister herumstehen? Selbst wenn manche von ihnen recht eigenartige Kleider tragen, nämlich die, in denen sie gestorben sind. Daran hält sich heute kaum mehr jemand auf. Wer wendet sich schon an einen anderen Passanten und fragt: »Sehen Sie hier auch sieben Menschen stehen? Oder bloß fünf?«

Es gibt auch Lebende, die wissen, dass sie Geister sehen. Meist versuchen sie sofort, irgendeinen Nutzen daraus zu ziehen, Profit daraus zu schlagen. Gespräche aus dem Jenseits, exklusiv für Sie aufgezeichnet, dreiundzwanzig Dollar fünfzig. Dabei haben wir höchst selten etwas von Bedeutung zu sagen, über das Persönliche hinaus. Dass sich aber ein Lebender in einen Geist verliebt, das hab ich noch nie gehört. Ich kann es mir nicht vorstellen. Körperlos zu sein ist ja in der Liebe nicht unbedingt ein Vorteil.

»Er glaubt, ich sei schüchtern.«

Ich muss lachen und vergesse fast das Lenkrad. Lily klammert sich mit feuchten Händen geradezu daran fest, ich lockere ihr die Finger, puste sie trocken und lenke sanft gegen sie an.

Die Liebe – ich kann nicht behaupten, dass sie mir fehlen würde.

»Nur weil du sie nie erlebt hast. So richtig, meine ich.«

Da muss ich noch mehr lachen und merke gar nicht, dass wir an der Ausfahrt Crow's Landing vorbeifahren, wo etwas abseits der Bus steht, mit rauchendem Motor und Leo hintendrin.

Leo

Als ich aufwache, ist es hell. Und heiß. Ich weiß nicht, wo ich bin, ich wühle mich aus den Decken, und als ich mich aufsetze, schlage ich mit dem Kopf ans Wagendach. Neben mir schläft eine junge Frau mit Silberknöpfen im Gesicht. Sie runzelt im Schlaf die Stirn. Jetzt weiß ich es wieder, Bus, Dude, Las Vegas. Ich klettere nach vorne, vorsichtig, damit ich die Silberknopffrau nicht aufwecke, und steige aus.

»Wo sind wir?«, frage ich.

»Crow's Landing«, sagt Dude. Er seufzt: »Du hast nicht zufällig ein schnurloses Telefon dabei? Nein, wohl nicht.«

»Was ist passiert?«

»Weiß nicht. Der Weinerliche Hexenmeister kann nicht mehr.«

Ich kann's nicht ausstehen, wenn Erwachsene komisch werden.

»Der Bus heißt so«, erklärt Alice. Stimmt, da steht *Whiny Wizard*, aufs Blech gesprayt. »Manche Typen geben ihren Autos Namen«, sagt sie, »und andere ihren …«

»Hey!«, unterbricht Dude. »Übertreib es mal nicht mit der taffen Attitüde, ja.«

Noch weniger kann ich es ausstehen, wenn Alice sich so aufführt. Sie glaubt wohl, sie sei im Fernsehen. Ich ignoriere sie erst mal und wende mich an Dude: »Was sollen wir denn jetzt tun?«

»Hol dein Rollbrett«, sagt Alice. Als ob sie mich so rumkommandieren könnte. Aber sie hält immer noch die Pistole in der Hand. Also hole ich das Rollbrett. Ich gehe langsam. Ich schaue mich um. Ob jemand stehen bleibt und hilft. Der Bus steht auf dem Randstreifen der Ausfahrt, und die Autos sausen auf der Hauptstrecke vorbei.

»Wir müssen ein Telefon finden«, sagt Alice. Sie tut grad so, als wäre sie hier der Boss, als wäre sie erwachsen und nicht Dude. Natürlich, wenn man eine Pistole hat. Ich schaue mich um, die Ausfahrt mündet in eine schmale Straße. So weit man sehen kann, nur Felder, flaches Land. Ich schubse das Brett mit dem Fuß an, sodass es zu Alice rüberrollt. Sie schubst es zurück.

»Geh ein Telefon finden«, sagt sie in einem Ton, der mir nicht gefällt.

»Geh doch selber«, sage ich.

Sie schaut die Pistole an, die sie nach unten baumeln lässt, gegen mich würde sie die nicht richten, das weiß sie selbst, die Waffengegnerin.

»Schon gut.« Sie nimmt mein Rollbrett. Sie befiehlt Dude, mitzukommen. Ich gehe zum Bus zurück. Es ist zu heiß, um drinnen zu warten. Ich setze mich neben den Wagen ins staubige Gras, das mich durch die Hosen hindurch sticht. Ich schaue auf die Autobahn runter, zähle die Wagen, die vorbeisausen. Ich schaue nach einem schwarzen Saab. Wenn nun Gott meinem Vater sagen würde, dass er mich suchen kommen soll? Aber Gott und mein Vater haben wichtigere Dinge vor. Ich kann selber auf mich aufpassen. Ich bin schließlich kein Baby mehr.

»Warum weinst du?«

Shania ist aus dem Bus geklettert, ich wende mich ab, ich will nicht vor einem Mädchen weinen, auch wenn sie quasi erwachsen ist. Sie trägt einen Pullover über ihrem Badeanzug und nichts an den Beinen. Ihr Haar ist wie ein Kissen, auf dem sie geschlafen hat.

Sie setzt sich neben mich. Sie legt einen Arm um mich. Ich weine noch mehr, ich presse das Gesicht an meine Knie, aber es nützt nichts.

»Ich bin auf der Straße, seit ich zwölf bin«, sagt Shania, »man gewöhnt sich dran. Sei froh, dass Dude sich um euch kümmert, er ist ein anständiger Kerl, nicht wie andere. Ein guter Freund. Seit zwei Jahren bin ich mit ihm unterwegs.«

Ich weine noch lauter, ausgerechnet ihn musste Alice mit einer Pistole bedrohen.

»Es ist nicht fair«, heule ich, »es ist nicht fair.« Etwas anderes fällt mir nicht ein.

»Ich weiß. Meine Mutter behauptete, ich wollte ihr den Typen abspenstig machen, kannst du dir das vorstellen? Diesen widerlichen alten Sack, dabei schlief ich ja nur noch mit einer Kommode vor der Tür. Ich würde meine Brüste zur Schau stellen, sagte sie – ach, ich war ihr einfach im Weg, also schmiss sie mich raus, am Abend vor meinem zwölften Geburtstag.«

Ich mag das nicht, wenn Frauen von ihren Brüsten reden. Gott sei Dank kann sie mein Gesicht nicht sehen.

»Sie hätte natürlich warten können bis nach meinem Geburtstag, aber sie wollte nicht noch die ganzen Ausgaben haben, verstehst du, für den Kuchen, die Karte. Hier.«

Ich schaue auf. Sie bietet mir eine Zigarette an. Ich nehme sie. Stecke sie mir zwischen die Lippen. Sie zündet sich erst selber eine an, hält die Hände schützend vor die Flamme, dann reicht sie mir das Feuerzeug rüber. Ich zünde die Zigarette an und ziehe den Rauch in die Lungen, als hätte ich nie etwas anderes getan.

»Alice ist letzte Woche zwölf geworden«, sage ich. »Sie hat nicht mal gefeiert. Sie will nicht zwölf werden, hat sie gesagt.«

»Zwölf stinkt«, sagt Shania, »stimmt schon. Mit zwölf ist es gelaufen. Wenigstens für ein Mädchen.«

»Ich bin erst elf«, sage ich, als wäre das was Besonderes.

»Elf ist gut. Elf ist perfekt.« Sie lehnt sich mit ihrer Schulter an mich. »Ich verrate dir ein Geheimnis, das weiß nicht einmal Dude.«

»O.k.«

Ihr Kopf kommt meinem ganz nahe, sie flüstert: »Ich heiße gar nicht wirklich Shania. Den Namen hab ich mir selbst gegeben. Ich heiße Karen. Aber das passt nicht zu mir. Eine Karen endet nicht auf der Straße. Eine Karen hat ein eigenes Haus mit einem grünen Rasen und einem weißen Zaun davor. Und eine Veranda mit einer Schaukel!«

Ihr Gesicht ist so nah an meinem. Ich kann den Rauch nicht ausatmen, ohne ihn ihr ins Gesicht zu blasen, ich behalte den Rauch im Mund, so lange ich kann, und plötzlich wird mir schlecht.

Ich springe auf und übergebe mich ins Gras. Karen tritt die Zigarette aus. Ich meine, Shania.

»Hier.«

Sie reicht mir ein Papiertaschentuch, eine Wasserflasche. Das Wasser ist lauwarm.

»Tut mir Leid«, sage ich. Ich bin ein Baby. Erst weinen, dann kotzen und beim Gedanken an die Schmach beinah noch einmal weinen. Ich möchte sterben.

»Ans Rauchen muss man sich erst gewöhnen«, sagt sie. »Ich mochte es anfangs auch nicht. Aber es ist besser als essen, verstehst du? Billiger und irgendwie sauberer.«

Wir setzen uns ein Stück weiter unten hin und reden nicht mehr, bis der gelbe Abschlepplaster die Ausfahrt hochkommt. Alice und Dude sitzen vorne in der Kabine, ich frage mich, ob Alice die Pistole rausgeholt hat.

»Ich glaube, ich bin ein Naturtalent«, sage ich, aber niemand antwortet. Mara döst, Rhonda hält die Augen geschlossen, vielleicht schläft sie, vielleicht tut sie auch nur so. Ich nehme die rechte Hand vom Lenkrad, die da beinah angewachsen ist, löse vorsichtig die Finger und schalte, ohne hinzuschauen, das Radio ein. Erst rauscht es nur, und ich kann nicht lange genug rüberschauen, geschweige denn rüberfassen, um eine andere Station zu suchen. Doch als ich schon wieder ausschalten will, kommt plötzlich Musik. Laut und klar und Country.

Baby, there's no getting over me.

Face it, there's no getting over me.

Würde mich nicht wundern, wenn das wieder Stella wäre. Frank hat sie nie ganz vergessen, sosehr er es auch versucht hat, das ganze Haus hat er ausgeräumt, alles, was an sie erinnerte, in Säcke gepackt und zur Müllverbrennung rausgefahren, ich konnte gerade noch ein paar Fotoalben retten.

»Der Junge braucht doch etwas, das an seine Mutter erinnert.«

»Ich nicht. Ich brauche etwas, um weiterzuleben.« Und griff nach mir und küsste mich hungrig, mich brauchte er, mich. Ich wollte ihm jetzt und sofort ein Kind schenken, ich wollte alles tun, damit er weiterleben, damit er vergessen konnte. Ganz hat es nie gereicht. Bei aller Mühe nicht, bei aller Mühe, die ich mir gegeben habe. Immerhin brauchte er mich, das wusste ich, ohne mich hätte er es nicht von einem Tag zum nächsten geschafft, nicht in den ersten Jahren. Doch je mehr Gott von ihm verlangte, desto weniger brauchte er mich noch.

Baby, there's no getting over me.

»Kannst du das mal ausschalten? Mir ist so schon schlecht.«

Ich schaue nach hinten. Ich kann den Kopf nicht gut drehen,

das Auto scheint jeder Bewegung zu folgen, aber aus dem Augenwinkel sehe ich, dass Rhonda sich aufgesetzt hat, dass sie grün im Gesicht ist. Ich fahre auf den Pannenstreifen. Ich steige aus. Ein heißer Wind reißt mich beinah auf die Straße. Lastwagen donnern an mir vorbei. Ich helfe Rhonda aus dem Wagen und stütze sie, während sie an den Straßenrand kotzt. Rhonda trägt eines ihrer weiten babyfarbenen Trägerkleider, und als der Wind hereinfährt, sieht sie für einen Augenblick wieder schwanger aus. Ich halte ihr den Colabecher hin. Sie schüttelt ihn. Das Eis ist geschmolzen. Sie nimmt einen Schluck, verzieht das Gesicht und wirft den Becher dann weg.

»Tausend Dollar Buße für Abfallentsorgung«, sage ich.

»Die Todesstrafe«, sagt sie.

Mara ist aufgewacht und will wissen, wie weit es noch ist. Wir steigen wieder ein, Rhonda setzt sich ans Steuer. Sie fährt ein ganzes Stück auf dem Pannenstreifen weiter, bis sich zwischen zwei Lastwagen eine Lücke auftut. Mit einer Hand nimmt sie eine Kassette mit Geschichten von Doctor Seuss und schiebt sie in den Rekorder. Scheppernd erklingt die Geschichte von den grünen Eiern mit Schinken – die mag ich nicht, die stinken –, die ich den Kindern im Garden oft vorgelesen habe.

»I don't like them, Sam-I-am«, kräht Mara fröhlich mit. Rhonda reicht Kekse nach hinten. Sie hält das Lenkrad mit einer Hand und manchmal mit den Knien. Ich bewege unauffällig meine Handgelenke, drehe sie nach innen und außen, sie tun mir vom Autofahren weh.

Ich schaue aus dem Fenster. Vorher hab ich nur auf die Straße geschaut, stur vor mich hin auf die Straße, in den Rückspiegel, auf die Straße. Schnurgerade führt der Interstate 5 durch ein weites Tal. Links und rechts Berge, rötliche Hügel, nackt und ausgedörrt. Ein Lastwagenrastplatz, ein MacDonald's.

»Wann sind wir da?«, ruft Mara wieder.

»Bald«, antwortet Rhonda automatisch, »bald.«

»Ich hab Hunger! Ich hab Durst!«

Rhonda seufzt. »O. k., bei der nächsten Ausfahrt geh ich raus.«

Überraschenderweise verstummt das Mädchen für die Dauer einer weiteren Geschichte von Doctor Seuss. Ich strecke eine Hand aus und lege sie auf Rhondas Arm.

»Geht es?«

Sie schaut kurz zu mir rüber. »Phantastisch«, sagt sie.

Ich möchte sie fragen, was mit den Babys ist, ich möchte sie fragen, ob Bill gefährlich ist. Ob sie weiß, was sie tut. Ich möchte sie fragen, was die Polizei von ihr wollte. Ich möchte sie fragen, was ich von dem Gespräch mit Franks Sekretärin halten soll. Ich kaue die Worte auf Deutsch und auf Englisch durch, aber ich habe den Mund zu voll genommen und frage nur: »Was kommt als Nächstes?«

Sie lässt das Lenkrad los und haut sich auf die Schenkel.

»Ha! Du bist vielleicht gut! Ich weiß nicht, was als Nächstes kommt, ich kann auch nur raten.«

»Ich meine, welche Ortschaft.«

»Oh …«

In dem Moment kommt die Ausfahrt: Newman.

Leo

Der Mann, der uns abschleppt, heißt Paul. Er trägt ein weißes T-Shirt auf dem steht: DON'T LET YOUR DRIVING INTERFERE WITH YOUR PHONECALL. Darunter hat er große Muskeln. Er fährt den Bus halb auf den Laster drauf und erlaubt Alice und mir, in den Bus zu klettern.

Alice gefällt das nicht. Wenn wir hinten sitzen, kann sie nicht mit der Pistole winken und weiß nicht, was die Erwachsenen besprechen, sie könnten uns zurück nach San Francisco karren, ohne dass wir es merken.

»Ich will nicht hinten sitzen«, mault sie wie ein kleines Kind.

Paul runzelt die Stirn. »Ich aber«, sage ich schnell, »ich finde es voll cool.« Er haut mich in die Handfläche, »give me five«, dann hilft er mir in den Bus. Alice quetscht sich vorne zwischen Dude und Shania. Ich setze mich hinter das Steuer und tue so, als würde ich den Bus fahren. Es gibt einen kleinen Ruck, als der Laster anfährt, wir rollen den Hügel runter zurück auf den Highway. Ich sitze höher als die meisten und schaue auf sie runter, wild drehe ich das Steuer nach rechts und links und werfe mich gegen die Türen des VW-Busses. Was, wenn die Tür plötzlich aufspringt – dann falle ich auf die Straße und werde vom nächsten Lastwagen erfasst, platt gefahren. Was, wenn ich im Krankenhaus liege, eingegipst von Kopf bis Fuß – ich wette, mein Papa steht schneller da, als man Notaufnahme buchstabieren könnte, ich wette, er macht einen Aufstand, dass das Zimmer nicht gut genug ist, der Arzt zu langsam, er bestellt einen Helikopter und lässt mich woandershin fliegen, vielleicht nach Los Angeles, das ist gleich neben Disneyland, da waren wir im Frühjahr mit Lily, einen ganzen Tag lang, und niemand wollte mit mir auf die wirklich scharfen Bahnen mitkommen, die Schlangen seien zu lang, sagte Papa, und Lily würde sofort schlecht. Nächstes Mal. Wenn wir erst hier wohnen, fahren wir zweimal pro Jahr nach Disneyland. Ha! Der Helikopterpilot sieht aus wie Dad, er nimmt seine Mütze ab und seine Kopfhörer, es ist Dad, und er beugt sich zu mir runter und sagt: »Sohn, ich habe dir Unrecht getan.«

»Ist schon gut«, flüstere ich, mein Gesicht ist ganz einbandagiert, ich kann die Lippen kaum bewegen, »ich versteh schon.«

Dad hebt mich von der Bahre und trägt mich auf seinen Armen zum Helikopter, und Papa klettert neben mich, und dann fliegen wir alle drei nach Los Angeles, gleich neben Disneyland. Ich lege mich in die Kurven und bilde mir ein, ich fliege.

Als der Wagen auf einmal hält, weiß ich erst nicht, wo ich bin. Paul öffnet die Tür.

»Endstation, junger Mann«, sagt er freundlich. Ich hoffe nur, er hat nicht gesehen, wie ich Flugzeug spiele. Womöglich hab ich ein Motorengeräusch nachgemacht. Brrrrrrrr. Spucke versprüht. Paul fasst mich unter den Armen und schwingt mich im weiten Bogen aus dem Bus.

»Wo sind wir?«, frage ich.

»Am Arsch der Welt«, sagt Alice.

»Junge Dame«, sagt Paul streng, und zu mir: »Newman, Kalifornien.«

Dude unterhält sich mit einem Automechaniker. Shania steht neben ihm. Sie hat sich angezogen, trägt grüne Militärhosen über ihrem Badeanzug und Gummilatschen. Sie tritt von einem Fuß auf den anderen. Paul schaut zu ihr rüber.

»Wie gehört ihr eigentlich alle zusammen?«, fragt er.

»Na, Mama, Papa, Kinder, was dachten Sie denn.«

»Deine Manieren gefallen mir nicht, *young lady*.« Paul kann ja nicht wissen, dass Alice eine Pistole hat.

»Nein, ernsthaft.« Ich will schon antworten, als Alice wieder dazwischenfährt. »Ihr Interesse ehrt uns, danke, nein, danke und guten Tag.«

Shania kommt zu uns rüber. »Mann, das kann dauern«, sagt sie. »Bis sie das Teil kriegen und so. Wenn wir Pech haben, hängen wir hier den ganzen Tag fest.«

»Habt ihr Hunger? Ich kenn ein gutes Restaurant, nicht weit von hier. Das beste in der Stadt.«

Alice und Dude bleiben in der Garage. Dude will ein Auge auf den Bus halten und Alice eines auf Dude. Ich geh mit. Ich hab Hunger.

Als wir die Straße runtergehen, hält ein dicker Mann auf dem Fahrrad neben uns an.

»Hey, Paul«, sagt er, »was gibt's Neues?«

»Hab heute auf dem Interstate vor dem Mittagessen schon drei gestrandete Familien aufgelesen. Das hier sind … hmm …«

»Shania«, stellt sich Shania vor.

»Leo«, sage ich.

»Jim Swartz«, stellt sich der Mann vor, »ein deutscher Name, nicht etwa jüdisch.« Er drückt Shanias Hand, bis sie sie wegzieht.

»Ich bin Jüdin«, sagt sie.

»Ich bin aus der Schweiz«, sage ich.

Paul geht weiter. Wir folgen ihm.

»See you around«, ruft der Mann uns nach, und Shania nickt, obwohl das eher unwahrscheinlich ist, wir sind ja auf dem Weg nach Las Vegas. Wir gehen die Hauptstraße entlang, die aussieht wie im Wilden Westen, auf beiden Seiten flache, einstöckige Häuser und in der Mitte Staub. Es ist kaum jemand auf der Straße, und man kann sich gut vorstellen, dass ein Pferd vor dem Laden angebunden ist. Die wenigen Leute, die wir treffen, sehen aber ganz normal aus, nicht wie Cowboys, sie kennen Paul und grüßen ihn, und er grüßt zurück, indem er einen Finger an seine Mütze legt. Eine Frau mit einem Kinderwagen bleibt stehen. Paul stellt uns vor: »Shania und Leo aus San Francisco, ihr Bus ist auf dem I-5 stecken geblieben. Ich hab sie zu Bigelows Garage gebracht, sie warten jetzt auf Ersatzteile.«

Die Frau mustert uns von oben bis unten, Shania länger als mich, ihr Blick bleibt an Shanias Bauchnabel hängen, der mit seinem Goldring über den Hosenrand schaut.

»Ich hab eben Mary und die Kinder getroffen.« Sie zeigt über die Schulter zum Gemischtwarenladen, vor dem kein Pferd angebunden steht. »Sydney ist ja schon bald eine junge Dame, was?«

Shania und Leo, hat Paul gesagt. Shania und Leo, als ob wir zusammengehörten. Ich frage mich, ob irgendjemand denkt, Shania sei meine Freundin. Nur für eine Sekunde.

Die Frau verabschiedet sich. »Deine Mama ist sehr hübsch«, sagt sie zu mir.

»Nett, sie kennen gelernt zu haben«, sagt Shania höflich. Sie ist immer und zu allen nett. Selbst wenn jemand sie anstarrt, wie die Frau eben. Sie ist nett, und sie ist hübsch. Ich frage mich, ob ich mal eine Freundin haben werde, die ist wie sie. Ich kenne niemanden wie sie. Ich frage mich, wie alt sie ist.

In Perrys Restaurant gibt es ein Buffet, *all you can eat* für fünf fünfundneunzig, »einen besseren Deal findest du in der ganzen Stadt nicht«, sagt Paul. Die Teller sind aus Plastik und groß, ich lade mir Pizza auf und Enchiladas und Lasagne und Chili mit geschmolzenem Käse und Tacos. Eine sehr dicke Frau, die zwei Schürzen nebeneinander trägt, füllt mir einen großen Becher mit Eiswürfeln und Cola. Wir setzen uns in eine Nische in der Ecke. Leute bleiben stehen und unterhalten sich mit Paul. Er stellt uns allen vor. Shania und Leo, Shania und Leo.

Shania hat nur ein bisschen Salat auf ihrem Teller und isst nicht mal den, als ich zum zweiten Mal zum Buffet gehe, hat sie immer noch nichts gegessen. Ich fülle meinen Teller noch einmal, und als ich zum Tisch zurückkomme, hat Paul den Platz gewechselt. Er sitzt neben Shania und hält ihre Hände. Sie schaut nicht auf, als ich mich auf die andere Seite setze, und ich sehe, dass sie weint, Tränen tropfen in den Salat.

Ich weiß nicht, was ich tun soll, also esse ich einfach, und als ich aufschaue, steht die dicke Kellnerin hinter uns, die Arme in die Seite gestützt. »So ist's recht«, sagt sie, »so ist's recht, Kindchen, lass es raus, lass alles raus.«

Lily

Von der Ausfahrt bis nach Newman sind es noch einmal beinahe zehn Meilen. Flaches Land und Felder, schnurgerade Straßen. Erst kommen die Einkaufszentren, Burger Kings und Longs Drugs, dann die Stadt. Zwei Reihen Häuser an der Hauptstraße, die staubig und beinahe ausgestorben in der Mittagshitze liegt. Hölzerne Gehsteige mit Geländer. Ein Gemischtwarenladen mit einer Flügeltür aus Holzlamellen.

»Scheiße«, sagt Rhonda, »das erinnert mich doch an was.«

Mich auch: an einen Western.

Rhonda fährt auf den großen Parkplatz hinter dem Gemischtwarenladen. Auf der anderen Seite befinden sich die Post und ein Waschsalon mit chemischer Reinigung, alles hinter Holzveranden. Wir steigen aus, sie nimmt Mara auf den Arm, die wieder eingeschlafen ist.

»In so einer Stadt bin ich aufgewachsen«, sagt Rhonda, »ehrlich, in genau so einer. Im Mittleren Westen zwar, aber die Kleinstädte in Amerika sind alle gleich. Hast du eine gesehen, hast du alle gesehen. Kennst du den Ausdruck *white trash*?«

»Ich glaub, ich hab ihn mal in einem Artikel über diese Schlittschuhläuferin gelesen, die ihrer Konkurrentin das Knie kaputtgehauen hat?«

Rhonda verzieht das Gesicht. »Genau. *White trash*, das bin ich.« Rhonda bleibt stehen und schaut sich nach einem Lokal um.

»Suchen die Damen etwas?« Der Mann stützt sich schwer auf sein Fahrrad.

»Ja, eine Toilette.« Rhonda blafft ihn an, als sei er schuld an allem. Dass wir hier sind, dass sie *white trash* ist.

»Ist Ihr Auto kaputt?«, fragt er weiter, als würde das ihren Ton erklären.

»Nein«, sage ich schnell, »wir sind nur auf der Durchfahrt und suchen ein nettes Restaurant.«

»Ziemlich weit weg von der Autobahn.« Er zeigt mit dem Daumen hinter sich. »Perry's«, sagt er, ich verstehe erst Paris. »Das beste Restaurant in der Stadt. Ich würde die Damen gern begleiten, aber ich hab leider kein Geld.«

Rhonda lässt ihn ohne ein weiteres Wort stehen, überquert die Straße und dreht sich nach mir um. »Kommst du oder was?«

Ich nicke dem Mann noch zu und sage »danke«, dann gehe ich ihr nach.

»Ich würde mich aber einladen lassen«, ruft er hinter uns her.

Vor dem Lokal befindet sich ein öffentliches Telefon, gleich neben der Tür.

»Geht schon mal ohne mich«, sage ich.

Ich wähle die vielen Nummern meiner Telefonkarte und dann die Nummer zu Hause. Niemand. Franks Büro versuche ich erst gar nicht mehr. Stattdessen rufe ich Simon an, der sich wenigstens freut, meine Stimme zu hören.

»Wo bist du«, fragt er, »wann kommst du zurück?«

»Simon, brauchst du mich?«

»Und ob ich dich brauche, Baby. Wir alle brauchen dich.«

Ich bitte ihn, es zu wiederholen – dass er mich braucht, meine ich. Er sagt es noch zweimal. Als ich an den Tisch komme, sitzt Mara außergewöhnlich brav da. Die Kellnerin hat ihr Papier und Ölkreide gebracht.

»Das Buffet kostet fünf fünfundneunzig, *all you can eat*«, sagt sie zu mir. »Sie können natürlich trotzdem die Karte sehen, wenn Sie wollen?«

»Ich nehm das Buffet.« Rhonda steht auf. »Ich sterbe vor Hunger.«

»Ich auch«, sage ich. Die Kellnerin schaut sich im halb leeren Lokal um und senkt die Stimme: »Für die Kleine brauchen Sie nicht extra zu bezahlen. Nehmen Sie einfach nur zwei Teller, und ich bring Ihnen dann Papierservietten.«

»Danke, das ist lieb.« Ich lese den Namen auf dem Anstecker an ihrer Schürze. »Danke, Rosie.«

Sie bringt uns Cola in großen Plastikbechern, bis zu Hälfte mit Eiswürfeln gefüllt, und eine Rolle Küchenpapier. Reißt ein Viereck ab, faltet es und legt es vor Mara hin. »So«, sagt sie.

Ich fülle meinen Teller mit Lasagne, die unter einer Heizlampe schmort. Rhonda holt sich ein bisschen von allem, Chili und geschmolzenen Käse, Chips und drei Scheiben Pizza übereinander. Sie legt eine Scheibe Pizza auf Maras Papierquadrat. Wir essen schweigend, ich gehe noch einmal zum Buffet und hole mir mehr.

»Ist Ihr Auto kaputt?«, fragt eine junge Frau, die sich Salat auf den Teller häuft.

»Sie sind nun schon die zweite, die das fragt. Gehen hier viele Autos kaputt?«

»Heute schon. Drüben bei Bigelows kommen sie nicht nach mit Reparieren. Ein ganzer Bus voller Juden aus Schweden ist auf dem I-5 liegen geblieben. Mein Exschwager hat sie abgeschleppt.«

»Das ist nett.«

»Ich hoffe nur, die bleiben nicht hier. Bei den Leuten weiß man nie. Wo sind Sie her?«

»Afghanistan.« Ich lasse sie stehen und gehe zum Tisch zurück.

»Rhonda«, flüstere ich, »Rhonda, was ist los mit den Leuten hier?«

Rhonda hat sich in der Bank zurückgelehnt, die Augen geschlossen, eine Hand auf dem Bauch. »Kümmere dich nicht um sie«, sagt sie. »Diese Hinterwäldler können fies sein. Versuch mal, in so einer Stadt siebzehn und schwanger zu sein.« Unter ihrer Hand ist kein Bauch mehr.

»Rhonda«, sage ich, was ist mit den Babys, will ich sagen, doch plötzlich weiß ich es, natürlich, sie muss die Schwangerschaft vorgetäuscht haben.

»Rhonda?« Sie öffnet die Augen und nickt. »Ein Kissen.« Mit einem Blick auf Mara erklärt sie: »Ich dachte erst, ich sei … aber das war Fehlalarm. Und danach konnte ich irgendwie nicht mehr zurück.«

»Wohin zurück?«, fragt Mara, die aufgehört hat zu kauen.

»Ach nichts, *honey*. Iss deinen Teller leer.« Und zu mir: »Später.«

Ich stehe auf und gehe aufs Klo. Ich wasche mir Gesicht und Hände, lasse das Wasser über meine Arme laufen. Ich schaue in den Spiegel. Ich kenne mich nicht mehr. Schmutziges T-Shirt, struppiges Haar. Bissige Bemerkungen zu vollkommen Fremden. Ich sehe nicht aus wie ich, und ich benehme mich nicht wie ich. Plötzlich wird mir schwindlig, der Raum verschwimmt, ich muss mich am Waschbecken festhalten.

Ich will nach Hause, denke ich. Ich will nach Hause.

Zu Hause ist 24th Avenue, San Francisco.

Der Raum kommt zurück, das Schwarz verzieht sich, ich atme ein paar Mal durch. Wasche mein Gesicht noch einmal. Neben dem Handtrockner hängt ein Metallkasten, aus dem man einzelne Tampons ziehen kann, fünfundzwanzig Cents das Stück. Meine Periode. Die habe ich ganz vergessen. Zum ersten Mal seit Jahren habe ich vergessen, auf Veränderungen zu achten, auf Anzeichen einer Schwangerschaft. An den Fingern zähle ich ab, dass ich vier Tage überfällig bin.

Als ich ins Restaurant zurückgehe, starren mich die anderen Gäste an, jedes einzelne Gesicht im Raum wendet sich mir zu. Der Tisch, an dem wir gesessen haben, ist leer.

»Oh, *honey*!« Rosie bewegt sich überraschend schnell auf mich zu, die weichen Arme weit ausgebreitet. »Sie haben deine Freundin mitgenommen! Und das süße kleine Mädchen!« Die Arme schließen sich um mich wie eine Steppdecke, ich lasse mich hineinsinken und schließe die Augen.

Sie hilft mir auf die plastikbezogene Bank an unserem Tisch, der noch nicht abgeräumt ist. Reicht mir einen Becher Eiswasser. Die anderen Gäste scharen sich um uns. Ich wünschte, ich wäre vorhin freundlicher gewesen.

»Was ist passiert?«

»Verhaftet hat man sie. Mitten vom Essen weg. Nicht mal Nachtisch hatten sie.«

Leo

Auf dem Weg zurück zur Garage gehen sie ganz eng nebeneinander. Ihre Hände berühren sich im Rücken. Sie denken wohl, ich sehe das nicht. Wir gehen die ganze lange Straße entlang und treffen keinen Menschen, niemand hält uns auf, niemand fragt Paul nach Mary und den Kindern. Die Stadt ist plötzlich wie ausgestorben. Vielleicht haben die Außerirdischen alle abgeholt, während wir beim Mittagessen saßen. Wir sind die einzigen

Überlebenden, die Einzigen, die übrig sind, wir und die anderen, die zufällig in Perry's Restaurant gegessen haben. Wir bilden die neue Bevölkerung der Stadt und verteidigen sie gegen weitere Angriffe aus dem All. Eine Zeit lang dachte ich, meine Mutter sei da draußen. Als Geist. Da war ich noch jünger. Bevor das alles passierte. Ich bildete mir ein, sie schaut mir über die Schulter, passt auf mich auf.

Gratuliere, Mutter. Gut gemacht!

Ich bleibe vor einem Schaufenster stehen, Werkzeug, Waffen und Angelruten. Mal sehen, wie lange es dauert, bis sie merken, dass ich nicht mehr da bin. Bis irgendjemand merkt, dass ich nicht mehr da bin. Mr. Sandman nicht, der ist es gewohnt, dass die halbe Klasse morgens zu spät oder gar nicht auftaucht. KinCee auch nicht, die mit ihrem Boyfriend, der ein Homeboy ist. Homeboy-Boyfriend. Homeboyfriend. Nicht einmal Lily sucht mich. Lily müsste eigentlich längst hier sein. Vielleicht hat sie meinen Zettel nicht gesehen. Vielleicht wartet sie, bis mein Vater nach Hause kommt. Sie ist ja schließlich nicht mit mir verwandt. Aber mein Vater wird nicht kommen. Er hat Wichtigeres zu tun. Ich kann nicht sagen, was es ist. Es ist ein Geheimnis.

So haben mein Vater und Lily sich an den Händen gehalten, so hinter dem Rücken verschränkt, auch noch, nachdem sie verheiratet waren, als könnte ich es so nicht sehen, als sollte ich es nicht sehen. Ich weiß nicht, warum Erwachsene immer meinen, Kinder seien dumm. Nicht nur dumm, auch blind und taub. Wo es in Wirklichkeit die Erwachsenen selber sind.

Ich stoße die Tür auf, eine schrille Glocke erklingt, im Laden ist es kühl und dunkel. Ich gehe zwischen Regenmänteln und Anglerstiefeln hindurch, zwischen Regalen voller Rohrteilen, Schrauben, Schläuchen, Glühbirnen und Steckdosen.

»Was willst du?«

Ich drehe mich um und stehe vor einem dicken alten Mann in einem blauen Overall. Auf der Tasche steht sein Name: Bill, in Schreibschrift gestickt. Allein schon weil er Bill heißt, mag ich ihn nicht. Bill, der Verräter. Der sucht mich bestimmt nicht.

»Ich will die Pistolen sehen«, sage ich. Ich sage es lauter, als ich eigentlich wollte. Es klingt frech. Dabei bin ich doch so ein guter Junge. Oder etwa nicht.

Der Mann verschränkt die Hände vor seinem dicken Bauch. »Warum?«

Damit ich dich in den Bauch schießen kann. Damit ich Alice zeigen kann, wo es langgeht. Weil einem sonst ja keiner zuhört. Damit ich den Homeboyfriend aus dem Weg schießen kann. Damit ich es ihnen allen zeigen kann.

Ich zucke mit den Schultern. »Nur so.«

Die Türglocke schrillt wieder. »Hier bist du!« Shania kommt auf uns zu. »Wir haben dich überall gesucht.«

Schon gut.

»Sie sollten besser auf Ihren Lümmel aufpassen«, sagt Bill, »in dem Alter haben sie nichts als Flausen im Kopf.«

Shania kann höchstens zehn oder zwölf Jahre älter sein als ich, und sie ist überhaupt nicht erwachsen angezogen, eher wie die Mädchen in meiner Klasse, wie KinCee. Warum nimmt jeder sofort an, sie sei meine Mutter? Weil sie nicht meine Freundin sein kann. Ich seh nicht aus wie jemand, der eine Freundin hat. Ich bin ein Mama-Kind, die Leute hängen mir eine Mutter nach der anderen an.

»*I'm sorry*«, sagt Shania, obwohl es gar keinen Grund gibt, sich zu entschuldigen, höchstens bei mir, ich war haarscharf dran, die Waffen zu sehen, zu berühren. Shania entschuldigt sich ständig, das ist mir schon aufgefallen. Das kommt davon, weil sie nett ist. Nett und doch irgendwie cool. Und hübsch. Als wir aus dem

Laden auf die Straße treten, nimmt sie meine Hand. Meine. Ich halte sie ganz still und hoffe, dass sie nicht schwitzig wird. Sie versteckt sie nicht auf dem Rücken, sondern schwingt sie fröhlich zwischen uns, ein Knäuel ineinander verstrickter Finger.

»Shania«, sage ich. Glaubst du, will ich sagen, ich könnte eine Freundin haben, sei ehrlich. Aber sie unterbricht mich:

»Karen. Ich heiße wieder Karen.«

Scheiße. Eine Karen kann man so etwas nicht fragen.

An der Ecke vor Bigelows Garage lässt sie meine Hand los. Ich halte sie ein bisschen abgespreizt, damit ich sie nicht aus Versehen an meiner Hose abwische, Shania abwische.

»Karen!« Paul winkt uns von der anderen Straßenseite zu. Uns? Ihr. Sie läuft schneller und direkt zu ihm über die Straße, sie lässt mich zurück, wenn ich in diesem Moment überfahren werde, kümmert es sie nicht. Ich wische meine Hand ab. Ich überquere die Straße und gehe auf die beiden zu, sie stehen ganz eng nebeneinander, wenn ich die Augen zusammenkneife, sieht es aus wie eine Person. Lieber würde ich an ihnen vorbeigehen, als würde ich sie nicht kennen, aber das kann ich mir nicht leisten. Ich bin noch nicht ganz elf, mein Rucksack ist im Bus, jemand anderes hat eine Pistole, nicht ich – ich könnte noch alles Mögliche aufzählen, aber der Schluss ist immer derselbe: Ich habe keine Wahl.

»Geh schon mal dort rein«, sagt Paul und zeigt auf die Tür zum Büro. »Da haben sie einen Getränkeautomaten und ein paar Stühle und so. Warte da auf uns.« Er reicht mir ein paar Scheine, zwei oder drei Dollar.

»Warum?« Ich frage nur aus Gewohnheit, ohne eine Antwort zu erwarten. Setze mich in Bewegung, bin schon unterwegs. Was soll ich sonst schon machen.

»Hi, Sweetie«, ruft es hinter einem Schreibtisch hervor. Ich schaue mich um und sehe niemanden. Ich antworte nicht, ich hasse es, Sweetie genannt zu werden. Ich bin schließlich kein Kuscheltier.

»Deine Freundin ist schon hier«, ruft es wieder. Ich drehe mich um, und da sitzt Alice. Auf einem wackligen Plastikstuhl, unter den sie unsere Rucksäcke und Rollbretter geschoben hat. Auf den Knien balanciert sie eine Coladose. Auf dem kleinen Tisch neben ihr stehen ein paar leere. Auf der anderen Seite sitzt eine alte Frau, sie hat den Kopf zurückgelehnt und die Augen geschlossen, ein langer Zopf aus weißem Haar liegt auf ihrer Schulter. Vielleicht eine Indianerin. So lange bin ich schon in Amerika und habe nie einen echten Indianer gesehen, ich glaube bald, es gibt gar keine mehr. Ich starre die Frau an, als könnte ich sie zwingen, aufzuwachen und mit mir zu reden.

»Na, hast du gut gespeist?«

Ich antworte nicht. Ich mag Alice nicht, wenn sie mir so kommt. Ich weiß nicht, ob ich sie überhaupt noch mag. Die Indianerin schläft immer noch. Ich drehe mich wieder um. Hinter dem Schreibtisch ist nun ein Kopf aufgetaucht.

»Hier hab ich was für dich!«

Ein Kind kommt auf dem Bürostuhl auf uns zugerollt, nein, kein Kind, eine sehr kleine Frau, eine winzige Frau, sie ist so klein, dass ihre Knie nicht bis zur Stuhlkante kommen, ihre Beine sind nach vorne ausgestreckt und stoßen an den anderen Tischen an. Ihr Gesicht ist aber schon ziemlich runzlig, sie ist bestimmt über dreißig. Rosa Lippen, rosa Haar.

»Du bist bestimmt ganz verhungert!« Sie reißt eine Packung mit kleinen zuckrigen Donuts auf und bietet sie erst Alice und dann mir an, bevor sie die Schachtel der alten Frau hinstreckt. Die wendet den Kopf ab, ohne die Augen zu öffnen.

»Sie sitzt seit drei Tagen hier und wartet«, flüstert die kleine

Person. »Der Wagen ist fertig, aber ihre Familie hat sich aus dem Staub gemacht, einer nach dem anderen ist über die Straße Kaffee holen gegangen und nicht zurückgekommen. Und jetzt gibt's keinen, der die Reparatur bezahlt.«

»Interessant«, sagt Alice und sprüht Puderzucker in alle Richtungen.

»Ich bin Eloise«, stellt sich die kleine Person vor. Ich schüttle ihre winzige, etwas klebrige Hand. »Eloise Bigelow, dritte Generation Autowerkstatt.« Sie nickt zur Garage hinüber. »Und vermutlich letzte. Mein Bruder ist gestorben, Drogen, wisst ihr, die halbe Stadt hier lebt von der Metamphetaminherstellung, das geht alles nach San Francisco rauf, zu den Computerfritzen da. Jedes zweite Haus hat ein Labor im Keller. Wir sind für Drogen, was das Napa Valley für Wein ist. Mein Bruder war ein guter Mechaniker, aber Drogen bringen mehr, rein finanziell. Mein Vater kommt nicht drüber weg. Deshalb arbeitet er so viel. Als müsste jedes Auto noch repariert werden, bevor er stirbt und das Geschäft wohl eingeht. Es sieht ja nicht so aus, als würde ich noch mal heiraten, einen Automechaniker heiraten, meine ich, ich würde es tun, meinem Vater zuliebe, aber es gibt keine. Mein Vater nimmt einfach zu viele Sachen an, schaut mal, der ganze Hinterhof ist voll kaputter Autos, die darauf warten, hergerichtet zu werden, und die Kunden sitzen hier herum, wenn ich nicht wäre, wäre schon mancher durchgedreht und Amok gelaufen, das kann ich euch sagen!«

»Whatever«, sagt Alice. »Wir müssen jedenfalls heute noch nach Las Vegas.«

»Hm.« Eloise zieht die Brauen hoch, das glaubt sie nicht, dass wir heute noch irgendwohin fahren. »Ich geh mal nachfragen, Hübsche, was hältst du davon?«

»Nennen Sie mich nicht Hübsche!!«

Eloise rollt zu ihrem Schreibtisch zurück. »Deine Freundin hat ganz schön Temperament!«, ruft sie mir über die Schulter zu, und dann kreischt sie so ohrenbetäubend hoch und schrill, dass selbst die Indianerin die Augen aufreißt. Ich brauche einen Augenblick, um zu merken, dass sie lacht, Eloise, nicht die alte Frau. Sie hört so überraschend wieder auf, wie sie angefangen hat, und die alte Frau sinkt seufzend in den Stuhl zurück.

»Das ist nicht meine ...« Freundin, will ich sagen. Immerhin glaubt überhaupt jemand, dass ich eine Freundin haben könnte. Sogar eine, die älter ist als ich und, wenn ihre Haare trocken sind, auch größer.

»Wie war's beim Mittagessen?«

Ich zucke mit den Schultern. »Langweilig. Erwachsenenkram.«

»Hättest mir ruhig was mitbringen können.«

»Hab ich ja.«

Ich ziehe ein Stück Pizza aus der Hosentasche, das ich in Papierservietten gewickelt habe. Die Serviette ist fettgetränkt, und als ich sie aufschlage, klebt der ganze Käse dran.

»Nein, danke.« Alice schaut weg. Ich schmeiße die Pizza in den Papierkorb.

»Tut mir Leid«, sage ich. Als ob es meine Schuld wäre. Sie hätte ja mit uns kommen können. Ich klinge schon wie Shania. Ich meine, Karen.

Ich stehe auf und gehe aufs Klo, wasche mir die Hände. Als ich zurückkomme, hält Alice eine Zigarrenschachtel auf den Knien.

»Was hast du da?«

Die Schachtel ist voller Zeitungsausschnitte, so weit ich sehen kann. Sie wühlt darin und gibt mir ein Foto. »Das ist mein Vater«, sagt sie. Ich nehme es vorsichtig. Ich bin froh, dass ich mir die Hände gewaschen habe. Er steht auf der Bühne, um einen Mikrofonständer gekrümmt, in glänzenden, engen, metallblauen Hosen und Schnürstiefeln, drei Nietengürtel baumeln um seine Hüften, das Haar ist blau und schwarz und zu einem buschigen Irokesen hochgetürmt, die Augen sind geschminkt.

»Cool«, sage ich.

»Er sieht aus wie Boy George, nicht?«

Ich nicke, obwohl ich nicht genau weiß, wer Boy George ist. Jedenfalls ist es eine völlig andere Art von Vater als Dad. Oder als mein Vater oder sonst irgendeiner, den ich kenne. Ich kann gut verstehen, dass Alice ihn finden will. Er sieht aus, als könnte er fliegen. »Meine Mutter hat das Zeug die ganze Zeit gesammelt. Kannst du dir das vorstellen? Mir erzählt sie, mein Vater sei verschwunden, keine Spur von ihm, sie kennt nicht mal seinen richtigen Namen, vielleicht lebt er nicht mal mehr, man weiß ja, dass diese Leute es nicht so genau nehmen. Und die ganze Zeit verfolgt sie ihn quer durch die Nation. Schau mal, da sind Zeitungsausschnitte aus Nashville, Austin, New York … sie muss einen Pressedienst beauftragt haben. Oder einen Detektiv. Die ganze Zeit hat sie gewusst, wo mein Vater ist, und hat mir nichts gesagt.« Sie wühlt wieder in der Kiste. »Hier«, sagt sie. »Da steht es, in der Zeitung vom letzten Sonntag: Er tritt die ganze Woche in Vegas auf. Meinst du, sie hätte mir einen Ton gesagt?«

Als ich den Zeitungsausschnitt in die Hand nehme, knallt die Tür auf, und Eloise rollt herein. Alice springt auf. Die Indianerin öffnet ein Auge.

»Ist der Bus fertig?« Eloise nickt, aber sie schaut uns nicht an.

»O. k.« Alice reißt mir die Zeitungsseite aus der Hand, steckt die Zigarrenschachtel in den Rucksack, greift nach ihrem Brett. »Los, gehen wir.«

Eloise versperrt ihr den Weg zur Tür.

»Ach, Süße, es tut mir ja so Leid, aber eure Freunde sind ohne euch losgefahren.«

»Was?« Alice schubst sie zur Seite und rennt zur Tür.

»Sie haben bar bezahlt. Das ist eigentlich nicht üblich. Ich muss wirklich mit meinem Vater reden … oje, was machen wir nun? Was machen wir nun mit euch?«

Draußen schmeißt Alice ihr Brett auf den Boden, ich höre es krachen, sie flucht. Die Indianerin öffnet beide Augen und schaut mich an. Sie lächelt.

»Willkommen auf Bigelows Abstellgleis«, sagt sie.

Stella

»Warum hast du mir nicht gesagt, dass Finch bei der Polizei ist?«

Betty sagt nichts, aber ihr ganzes samtgrünes Wesen grinst. Natürlich hätte ich es wissen können. Ich habe mich ja lange genug bei den Anonymen Alkoholikern rumgetrieben, bei welchen Finch langjähriges und musterhaftes Mitglied ist. Einer, der regelmäßig aufsteht und von sich erzählt, von seiner Nüchternheit und auch von seiner Arbeit. Sonst gibt es da nicht viel zu erzählen. Er ist seit einundzwanzig Jahren und vier Monaten trocken und nicht tot. Aber leicht mit einem von uns zu verwechseln, das gibt Betty als Erste zu: »Er hat nie geliebt und deshalb nicht gelebt.«

Betty macht mich krank. Ehrlich.

Finch hat seiner Frau nie verziehen, dass sie einfach zuschaute, wie er sich zu Tode trank. Sie selbst blieb nüchtern und sagte nichts, schaute nur zu. Eine Drohung seines Vorgesetzten war nötig, um Finch herauszureißen, der damals ein einfacher Fußpolizist war. Er liebte seinen Job, er liebte seine Frau, wenigstens eines von beiden wollte er behalten.

Als Finch aufhörte zu trinken, verließ ihn seine Frau. Sie starb ein Jahr später bei einem Autounfall, unter nie ganz geklärten Umständen – hier weicht Betty aus: »Wir haben alle unsere schwarzen Flecken, nicht?« Finch stürzte sich in die Arbeit, machte eine großartige Polizeikarriere, aber bei all der Arbeit und all den Alkoholikertreffen hat er in den letzten zwanzig Jahren so wenig Sonne und frische Luft gesehen, dass man ihn leicht mit einem Geist verwechseln kann.

Oder konnte. So wie er jetzt in die Verhörzelle stürmt und »Ich übernehm das« bellt, ist er sehr lebendig, sehr laut. Sehr körperlich. Betty fließt an der Wand herunter wie ein rohes Ei. Die Polizisten weichen zurück, die beiden, die Rhonda bis nach Newman gefolgt sind und sie dort verhaftet haben. Die sie zurückbefördert, rumgeschubst und geplagt haben. Es sind Yen und Wenger, der falsche Schweizer, dieselben, die Lily und Leo gepiesackt haben.

»Mrs. Sheridan«, sagt er und streckt eine Hand aus, »Finch.« Ganz freundlich stellt er sich vor, er ist immer noch ein Oberlehrer, aber ein freundlicher. Einer, dem man vertraut. Nicht der alte Griesgram, den ich kannte. »Die Liebe«, säuselt Betty, »die Liebe!«

»Pass auf!«, rufe ich Rhonda zu. »Pass auf!« Doch sie hört mich nicht, hört nicht auf mich, schlägt groß die Augen auf und gibt sich ganz in seine Hände.

»Bitte, Mr. Finch, wo ist mein kleines Mädchen?«

Finch hebt fragend die Brauen. Die beiden Polizisten treten hastig vor wie ertappte Schüler.

»Wir haben veranlasst, dass jemand vom Jugend- und Sozialamt vorbeikommt und sich das Mädchen anschaut, Sir.«

»Was?« Rhonda springt auf.

»Es schien uns das Beste, Sir, angesichts der Umstände.«

Finch hebt eine Hand, mir ist nie aufgefallen, wie groß seine Hände sind, wie hölzerne Schneidebretter, er hebt die Hand, und es wird sofort still.

»Bringt das Mädchen her«, befiehlt er. »Mrs. Sheridan ist als Zeugin hier. Nicht als Verdächtige.«

»Aber...« Die stramme Polizistin Yen beendet ihren Satz nicht. »Sie ist vermutlich noch irgendwo hier«, sagt sie stattdessen. »In irgendeinem Büro...«

»Ich sagte: Bring sie her!!«

»*Yes, Sir.*«

Sie verlässt den Raum auf der Suche nach Rhondas Tochter. Ich hätte an ihrer Stelle dasselbe getan. Wenger bleibt.

»Bei Ihrem Mann ist die Lage anders«, sagt Finch zu Rhonda. »Ich will offen sein: Wir verdächtigen Ihren Mann, das Mädchen missbraucht zu haben. Und nicht nur Ihre Tochter. Wir haben Kinderpornos bei ihm gefunden, sein Computer ist voll davon. Das Mädchen, das er in Alcatraz aufgelesen hat? Der Arzt, der es nach dem Zwischenfall untersucht hat, hat sexuellen Missbrauch festgestellt. Das Blut auf seinem Kleidchen...«

Er stockt und blickt auf seine Hände, die er auf dem Tisch ausgebreitet hat. Ein phantastischer Schauspieler, dieser Finch. Betty hat sich auf seinem Schoß zusammengerollt wie eine Katze. Es wundert mich, dass sie ihr Schnurren nicht hören, die Lebenden. Ich stehe hinter Rhonda und streichle ihre Schultern.

»Die Ermittlungen galten natürlich zuerst den Eltern, es sah nicht gut aus für sie, sie hatten die Öffentlichkeit schon gegen sich, weil sie das Mädchen verloren hatten, aber dann hat der psychologische Experte die Zeichnungen gedeutet...«

»Zeichnungen!«

Finch nickt. »Ja. So war es auch bei Ihrer Tochter, nicht?« Er blättert in den Unterlagen nach ihrem Namen: »Bei Mara. Schöner Name, irisch? So kam die Sache jedenfalls ins Rollen. Mr. McMullen, der Kindergärtner, der die Untersuchung in Gang gesetzt hat, ist als Kind selbst missbraucht worden. Er hätte nicht lockergelassen. Ihr Mann musste etwas unternehmen. Jeder wusste, wo McMullen sein spezielles Diätpulver aufbewahrte. Ihr Mann war im Kindergartenkomitee. Er konnte das Rattengift jederzeit reingeschüttet haben, bei jeder Sitzung, vielleicht vor Wochen. Es scheint, dass McMullen sich seit längerem unwohl fühlte …«

Rhonda sitzt ganz gerade. Ich halte sie aufrecht. Sie schaut Finch geradewegs in die Augen.

»Ich bringe ihn um«, sagt sie.

Finch hebt beide Hände. »He! Langsam! Sagen Sie doch so etwas nicht, wenn zwei Polizisten zuhören und ein Band läuft!«

Wengers Kiefer mahlen, er möchte schon lange etwas sagen und traut sich nicht, er beißt die Zähne zusammen, so lange er kann, dann bricht es aus ihm hervor: »Aber sie! Hat auch! Geholfen!«

Finch ignoriert ihn. »Ich gebe zu, es sieht nicht gut aus für Sie. Sie sind zusammen mit ihrem Mann verschwunden, nachdem wir den Computer beschlagnahmt hatten. Sie wussten, was wir finden würden. Sie müssen uns nun sagen, wo er ist.«

»Nein! Ich wusste nichts! Ich war gar nicht da, als sie den Computer mitgenommen haben. Bill sagte, Sie würden Leo verdächtigen, den Jungen aus dem Erdgeschoss!«

Finch schaut nur zu Wenger rüber, und schon wird der rot. »Das war ein … Umweg. Nun gut, ein Fehler. Ein Denkfehler.«

»Ein Fehler?« Rhonda wird lauter. Ich helfe ein bisschen nach, packe sie unter den Armen und schüttle sie. So ist's recht, wehr dich. Wir sind auf deiner Seite. »Dieser Junge und meine Tochter sind von zu Hause weggelaufen, wegen diesem Denkfehler!

Sie sind erst elf und zwölf. Und ganz allein. Kein Mensch weiß, wo sie jetzt sind!«

Finch lächelt milde: »Ich glaube, Sie wissen es sehr wohl, Mrs. Sheridan.«

Er schaltet das Band aus. »Wenger, geh Kaffee holen. Milch und Zucker für mich und …?«

»Einen doppelten Latte mit Sojamilch«, bestellt Rhonda, wohl wissend, dass die Kaffeemaschine in der Kantine so etwas nicht hergibt.

»Aber«, sagt Wenger noch, bevor ihn Finch unterbricht: »Du hast die Dame gehört, Wenger. Geh halt zu Starbucks rüber, nein, besser noch zu dem kleinen Café an der Ecke, wir wollen nicht, dass es morgen in der Presse heißt, die Polizei unterstützt die unabhängigen Quartierläden nicht!«

Wenger geht. Finch beugt sich vor. Betty ist überall, in ihm und auf ihm, freundlich und beruhigend.

»Nun mal unter uns, Mrs. Sheridan.«

»Nennen Sie mich ruhig Rhonda.«

»Finch«, sagt Finch erneut, denn er hat keinen Vornamen. »Ganz unter uns, wir haben versagt. Ich scheue mich nicht, das auszusprechen: Wir haben die Sache versiebt. Kindesmissbrauch, wissen Sie, das erregt die Gemüter, da schießt man schon mal übers Ziel hinaus. Wenn Sie die Websites gesehen hätten, auf die Ihr Mann abonniert ist … Bedenken Sie, unsere Männer – und Frauen – sind diesen Widerlichkeiten ununterbrochen ausgesetzt. Da kann es schon mal vorkommen, dass jemandem die Sicherungen durchbrennen und er nicht mehr richtig klar denkt.«

»Ich kann kein Mitgefühl für Ihre Männer – und Frauen – aufbringen, solange meine Tochter auf der Straße ist. Und der liebe Junge von unten. Gott weiß, wo sie jetzt sind.«

»Gott und Sie, Rhonda. Vielleicht sagen Sie es uns?«

Sie antwortet nicht.

»Je schneller wir hier fertig sind, desto eher können wir uns um die Suche kümmern«, lockt Finch. »Aber ich muss Ihnen leider auch sagen, dass Sie mit drinhängen.«

»Ich wusste doch nicht…«

»Das sagen sie alle.«

»Bill war… er hatte seine… Vorlieben. Sie wissen schon.«

Finch nickt, als wüsste er. »Nachdem ich schwanger war, ließ er mich in Ruhe. Ich hätte mir denken können… ich dachte doch nicht… Um die Kinder hat er sich nie gekümmert. Er mochte sie nicht mal, die Mädchen. Er wünschte sich einen Sohn. Und er hoffte so, wenigstens eins der Babys würde ein Junge.«

»Eins der Babys?«

Rhonda schaut an sich herunter. Das hat sie doch glatt vergessen. Dass sie das Kissen rausgenommen hat.

»Nein, ich… O Gott, was müssen Sie nur von mir denken. Nein, ich war nicht schwanger. Ich hab nur so getan. Ich hab es so genossen, schwanger zu sein… Ach, das verstehen Sie nicht. Das können Sie nicht verstehen. Ich möchte mit einer Frau reden!«

Rhonda beginnt zu weinen. »Nicht doch«, sagt Finch, »ich kann Ihnen versichern, dass ich Sie sehr viel besser verstehe als zum Beispiel Officer Yen. Und das ist die einzige Frau, die hier heute Dienst hat. Hören Sie, das Band läuft noch nicht. Warum erzählen Sie mir nicht einfach alles?«

»Ich bin einfach gern schwanger«, flüstert Rhonda mit gesenktem Kopf. Ich hebe ihr Kinn ein wenig an. »Erst glaubte ich wirklich, es hätte mich erwischt, ich werde sehr schnell schwanger, aber Bills Vorlieben… Nun. Ja.

Die Schwangerschaft gibt mir einen Platz, wissen Sie. In der Familie, draußen, in der Gesellschaft, überall. Als der Test negativ war, und selbst als ich meine Periode bekam, redete ich mir noch ein, das hätte nichts zu bedeuten. Ich wollte es nicht wahrhaben. Wollte Bill nicht enttäuschen. Er freute sich so, er behandelte mich viel besser, richtig rücksichtsvoll, ich konnte doch nicht ahnen, dass er das Mädchen ...« Sie beginnt wieder zu weinen.

»Haben Sie den Kindern denn gar nichts angemerkt?«

»Hören Sie, meine Älteste ist zwölf, die macht mir schon mehr Ärger, als ich aushalten kann. Ich bin einfach froh, wenn die Kleine ruhig vor dem Fernseher sitzt, ja? Ich weiß, das klingt furchtbar, aber was wollen Sie machen, mich erschießen?«

Finch schaut über den Tisch, als überlege er sich das ernsthaft, aber das dauert nur einen Augenblick, bevor ihn Betty wieder auf den sanften Weg schubst.

»Der Arzt sagt, es sei vermutlich erst in allerletzter Zeit passiert und nicht mehr als ein- oder zweimal«, sagt Finch beschwichtigend. »Aber natürlich ist einmal schon einmal zu viel.«

»Ich weiß.«

»Nun.« Finch schaltet das Aufnahmegerät ein und sagt noch einmal alles, was er vorhin schon gesagt hat, wie spät es ist und wer sich im Raum befindet. Betty und mich erwähnt er nicht, dafür sagt er, dass Officer Wenger den Raum verlassen hat, um Kaffee zu holen. Er räuspert sich, um Rhonda zu verstehen zu geben, dass nun wieder zählt, was sie aussagt.

»Wo ist Ihr Mann, Mrs. Sheridan?«

»Ich weiß es wirklich nicht.«

»Wann haben Sie ihn zuletzt gesehen, unter welchen Umständen?«

»Gestern früh, um acht, halb neun. Als ich merkte, dass Alice nicht da ist. Da schlief er noch auf der Couch, ich wollte ihn schon wecken, als meine Nachbarin an der Tür klingelte, Leos Mutter. Ihr Junge war auch weggelaufen, aber er hatte wenigstens einen Zettel hinterlassen. Alice schert sich ja keinen Dreck um meine Gefühle. «

»Haben Sie den Zettel noch?«

Sie wühlt in ihrer Tasche und gibt ihn Finch. Der studiert ihn.

»Was heißt das?«

»Ein Teil davon ist deutsch. Es heißt, dass sie Alices Vater suchen gegangen sind – wenigstens wussten wir da, dass sie zusammen sind, und wir wussten, wohin sie wollten. Ich sammle ja alle Zeitungsartikel, die ich über Alices Vater finden kann, er ist im Showbusiness, wissen Sie, und im letzten Artikel stand, dass er diese Woche in Las Vegas auftritt. Ich wusste, dass Bill mir nicht erlauben würde zu fahren, er ist wahnsinnig eifersüchtig, deshalb sagte ich ihm nichts, ich wollte einfach nur weg, ich ließ Lily nicht einmal mehr Zeit, sich anzuziehen, und dann, als wir losfahren wollten, kam Bill hinter uns hergerannt, bis auf die Straße hinaus, er schrie hinter uns her, und das ist das letzte Mal, dass ich ihn gesehen habe, ich schwör's.«

»Und Sie haben keine Ahnung, wo Ihr Mann jetzt sein könnte?«

Rhonda flüstert etwas, das Finch nicht versteht, und sie wiederholt es auch nicht, aber ich habe es gehört: »Er ist nicht mein Mann«, hat sie gesagt. »Skip ist mein Mann.«

»Denken Sie nach«, sagt Finch, und dann kommt Wenger mit den Kaffeebechern und einer Tüte voller Muffins.

»Alles hausgemacht, diese hier sind fettarm, und der hier ist vegan«, sagt er. Finch ignoriert ihn.

Rhonda isst zwei Muffins und trinkt den halben Kaffee aus, bevor sie wieder etwas sagt. »Einer seiner Kollegen hat einen Wohnwagen in der Sierra. Sie sind ein paar Mal zusammen dorthin rausgefahren, übers Wochenende.« Finch notiert sich den Namen des Kollegen und den der Taxifirma.

Dann schaltet er das Band aus und ruft Yen an. Sie soll das kleine Mädchen herbringen. Er droht Rhonda mit dem Finger: »Sie können nach Hause, aber Sie rühren sich nicht vom Fleck, verstanden? Sie stehen uns Tag und Nacht zur Verfügung, ja?«

»Ich verspreche es«, flüstert Rhonda.

Dann brüllt Finch plötzlich.

»Ihr Hornochsen!«, brüllt er Wenger an. »Wo ist denn die andere Frau geblieben? Die Mutter des Jungen? Habt ihr die unterwegs verloren?«

»Da war keine andere Frau.«

»Sie war gerade auf der Toilette«, sagt Rhonda böse. »Und jetzt sitzt sie in der Pampa fest, ohne Geld und ohne Papiere.«

Finch beruhigt sich sofort wieder. »Nun, dann werden wir sie ja schnell aufgreifen.«

»Selbstverständlich, Sir«, beeilt sich Wenger zu sagen. »Wir greifen sie auf.«

Niemand im Raum nimmt ihm das ab, nicht einmal Betty. Sie ist ganz mit Finch verschmolzen, der selig lächelnd am Schreibtisch sitzt und seinen Fall im Traum löst.

Ich bedeute ihr, dass ich nun gehe. Wenn jemand Lily aufgreift, dann ich.

Leo

Ich schaue von der Indianerin zu Eloise, die aufmunternd nickt.

»Ja, bleib ruhig erst einmal hier sitzen. Das ist schon in Ordnung.« Sie rollt zu ihrem Pult zurück und wühlt herum, bis sie eine Keksdose findet: »Iss was, mein Junge.« Ich schaue von einer zur anderen, sie lächeln und lecken sich die Lippen, als wollten sie mich auffressen, Hexen, denke ich, das muss es sein, mit einem Satz bin ich bei der Tür. Werfe mich dagegen, kriege sie nicht auf, rüttle am Türknopf, drehe nach rechts und links. In meinem Rücken lacht die alte Frau. Gleich werden sie mich packen, schnüren, in den Ofen schubsen. Wieder werfe ich mich gegen die Tür, die im selben Moment von außen geöffnet wird. Der Schwung reißt mich mit, hinaus und im hohen Bogen aufs Pflaster. »Au!«

»Hoppla.«

Er fängt mich auf, Paul mit den Muskeln, er packt mich unter den Armen und zieht mich hoch, es tut weh, gleich fang ich an zu heulen wie ein Mädchen.

»Geht es?«

Ich nicke. Paul haut mir auf die Schulter, es tut noch einmal weh.

»Nun, Junge, die Lage ist die.«

»Alles wird gut«, sagt Shania gleichzeitig, ich meine Karen, »macht euch keine Sorgen.«

»Das Arschloch ist abgehauen.« Alice.

»Junge Dame!«

»Ist doch wahr.«

»Dude ist weg?«

»Oder siehst du ihn irgendwo?« Alice dreht sich mit ausgebreiteten Armen einmal im Kreis. Alle möglichen Autos stehen da, auch zwei oder drei Kleinbusse, aber nicht der *Whiny Wizard*.

»Wir hatten eine Auseinandersetzung.« Shania schaut auf ihre Schuhspitzen runter, die schmutzig sind und abgewetzt. Karen, Karen, Karen – da, jetzt hab ich es umprogrammiert. Paul legt einen Arm um sie und zieht sie näher.

»Karen hat sich entschieden, bei mir zu bleiben. Ich fürchte, Dude hat die Neuigkeit nicht besonders gut aufgenommen.«

»Dabei war er nicht mal mein Boyfriend, ehrlich! Wir haben nicht mal miteinander geschlafen.«

»Pfft!« Alice wendet sich angewidert ab. Ich kann sie verstehen. Die Erwachsenen müssen immer alles verderben.

»Und was machen wir jetzt?«, frage ich sie. Alice. Sie hebt die Schultern und lässt sie wieder fallen.

»Warum kommt ihr nicht mit zu Paul?«, fragt Karen, die niemand um ihre Meinung gebeten hat. »Erst einmal für heute Nacht, ja, Sweetie? Paul hat selber drei Kinder. Das wird bestimmt lustig!«

Alice tut, als hätte sie nichts gehört. »Wir müssen immer noch nach Vegas. Und zwar so schnell wie möglich. Bevor die Polizei uns aufgreift.«

»Die Polizei?« Das hatte ich ganz vergessen. Die Polizei.

»Die Polizei?«, mischt Paul sich ein. »Warum die Polizei?«

Alice zeigt auf mich. »Weil sie meinen, der da hat meine kleine Schwester missbraucht.«

Missbraucht? Ich verstehe nicht. Karen reißt den Mund auf wie ein Fisch. Kein Ton kommt heraus. So sieht eine Karen aus. Missbraucht.

»Natürlich hat er nicht!«, ruft Alice. »Herrgott, ihr glaubt doch nicht im Ernst, er würde so was tun? Schaut ihn euch doch an.«

Karen hat ihren Mund wieder geschlossen. Mir wird plötzlich schlecht. Die Pizza und die zuckrigen Donuts und alles kommt mir hoch, ich muss würgen. Dann drehe ich mich um und renne. Renne um das Gebäude herum, an den kaputten Autos vorbei und auf die Straße hinaus. Es ist heiß, ich kann nichts sehen, die Sonne scheint mir direkt entgegen, aber ich renne so schnell ich kann, schneller als ich in meinem Leben je gerannt bin.

Ich höre sie rufen, hinter mir herrufen, von ganz weit weg, ein Auto fährt an mir vorbei, heiße Luft trifft mich von der Seite und trägt mich ein Stück weiter. Ich renne so schnell, dass ich nichts sehe, so schnell wie der Gepard in der Autowerbung durch die Savanne, ich renne und renne, und von hinten kommt ein Auto, es ist schneller als ich, es hupt, die Reifen quietschen und dann nichts.

Ich bin mit meiner Mutter im Auto, ich meine, mit meiner richtigen Mutter, ich sitze hinter ihr in einem Kindersitz festgeschnallt. Ich sehe ihr lustiges Haar über der Nackenstütze, schwarz und lockig wie meines, zu einem Springbrunnen hochgebunden und mit Bleistiften verziert, ich strecke eine Hand aus, um die Bleistifte zu berühren, aber ich reiche nicht so weit.

»Mama«, sage ich, »wohin fahren wir?«

Lily

Das Einzige, was ich habe, ist meine Telefonkarte beziehungsweise die Nummer: 1-800-Call-ATT und dann meine Telefonnummer und dann der Code, das ist mein Geburtsdatum. Ich rufe zu Hause an. Nichts. Ich rufe noch einmal bei Simon an:

»Simon, ich bin's.«

»Baby! Wo bist du?«

»Immer noch in Newman. Simon, könntest du mich nicht abholen?«

San Francisco ist nur knapp zwei Stunden entfernt. Ich würde mich zu Rosie setzen und warten. Vielleicht würde sie mir eine Coke einschenken, obwohl ich schon das Mittagessen nicht bezahlen konnte. Am anderen Ende ist es so lange still, dass ich schon glaube, er hat aufgelegt.

»Simon? Bist du noch dran?«

Er seufzt: »Sweetie, ich hab doch keinen Führerschein mehr.«

»Oh.«

Zu Hause ist immer noch niemand. Ich könnte ins Restaurant zurückgehen und Rosie um Geld bitten. Vielleicht gibt es einen Bus in die Stadt. Stattdessen stelle ich mich an die Straße. Früher haben wir das oft so gemacht, Martin und ich, wenn wir zu einem Konzert fuhren, das Geld für den Zug sparen wollten, den letzten Zug verpasst hatten, einmal dauerte es achtzehn Stunden, bis wir endlich bei diesem Festival in der Westschweiz angekommen waren, in fünf verschiedenen Wagen, mit drei Umwegen und einem längeren Stopp in einer Autobahnraststätte, wo uns der Mann, der uns mitgenommen hatte, jedes Detail seiner Arbeit auf dem Sozialamt beschrieben hat, jeden Punkt in seinem Pflichtenheft. Das Konzert war fast zu Ende, als wir endlich ankamen, nur gerade noch den letzten Song der Honeymoon Killers erwischten wir. Als die Leute zu den Ausgängen stürmten, entschieden wir uns zu bleiben, wir nahmen ein Zimmer in einem billigen Hotel am Bahnhof, das war meine erste Nacht in einem Hotelzimmer, ich meine, mit einem Mann, und ich kam mir sehr erwachsen vor, sehr verworfen.

Später lasen wir in der Zeitung, dass der Mann, der uns mitgenommen hatte, sieben seiner Kollegen auf dem Sozialamt umgelegt hatte. Er muss die Knarre im Wagen gehabt haben. Wer hätte schon gedacht, dass auf dem Amt am Freitagabend noch einer arbeitet.

Auf dieser Straße fährt kaum je ein Auto vorbei, aber das allererste hält, ein bunt besprayter VW-Bus mit drei Surfbrettern auf dem Dach.

»Wohin?«, fragt der junge Mann mit dem Schlafhaar. Nicht besonders freundlich.

»San Francisco.«

Ebenso gut hätte ich Las Vegas sagen können. Er nickt. »Eine Bedingung: Ich will nichts über dein Leben erfahren, o.k.? Was du hier machst, warum, wieso, o.k.?«

»Keine Sorge. Es gibt nichts zu erzählen.«

»O.k. Steig ein.«

Ich steige ein. Im Radio läuft The Cake.

Let me go she said
let me go she said
let me go she said and I will love you more.
Let me go she said
let me go she said
let me go she said and I will want you more.

»Ha!«, schnaubt der Junge bitter. Er zieht die Nase hoch und schnieft. Ich glaube fast, er weint. Ich lasse mir Zeit mit dem Sicherheitsgurt. Schaue nicht zu ihm rüber.

»Das sagen sie alle, lass mir Zeit, ich habe Probleme mit der Sexualität, mein Onkel, verstehst du, mein Stiefvater, blablabla, und du nimmst Rücksicht und bist lieb und bist verständnisvoll, du wartest, ja, du denkst, deine Geduld wird eines Tages belohnt werden, du stellst dir vor, wie es sein wird, du nimmst dir jetzt schon vor, sanft zu sein.... und dann haut sie mit dem erstbesten Redneck ab, der ihr über den Weg läuft, mit dem ersten Macho-Affen, der sie schnappt, der nicht nach ihren Problemen fragt, aber weißt du was? Plötzlich hat sie gar keine Probleme mehr. Mit der Sexualität nicht und auch sonst keine, nein, ehrlich, ist doch wahr.«

Nicht, dass ich gefragt hätte. Nicht, dass ich es wirklich wissen wollte. Ich lehne mich ans Fenster und schließe die Augen. Der Junge dreht den Knopf am Radio und sucht einen anderen

Sender. Nach einer Weile wirft er einen Pullover über mich. Ich drehe mich ab und fasse unauffällig zwischen meine Beine. Kein Blut. Nichts.

Gottes Wille, denke ich, Frank hatte Recht.

Plötzlich macht es nichts mehr aus, wo er ist und wo er gestern war. Wichtig ist, dass ich so schnell wie möglich nach Hause komme. Zu ihm.

Frank wird wissen, was zu tun ist. Frank wird Leo finden. Und Alice natürlich auch. Von mir aus mit Gottes Hilfe. Ich werde mich nicht mehr beklagen. Alles wird gut, denke ich, alles wird gut, wieder und wieder und wieder, bis ich es beinah selber glaube.

Ich wache auf, als der Wagen hält.

»Wo sind wir?«

»Kurz vor der Brücke. Ich muss tanken. Brauchst du was?«

Er deutet auf die Mall im Hintergrund: 24-Stunden-Supermarkt, Drugstore, Liquors und Chemische Reinigung.

»Ich hab kein Geld dabei.« Aber ich muss es wissen. Ich muss es jetzt wissen. »Hör zu, ich kann's zurückzahlen, sobald wir in der Stadt sind.«

»Ist schon in Ordnung. Was brauchst du?«

»Einen Schwangerschaftstest.«

Er hebt beide Hände. »Ich will's nicht wissen, o nein, ich will es gar nicht wissen!« Aus seiner Hosentasche wühlt er ein paar grüne Scheine und reicht sie mir, ich zähle fünfzehn Dollar. Gut geschätzt, denke ich, ist wohl nicht das erste Mal.

Ich steige aus. Es ist immer noch warm, aber im Laden schlägt mir eiskalt die klimatisierte Luft entgegen. Ich kaufe den Test, den ich schon kenne, immer noch als Sonderangebot, zwei Streifen zum Preis von einem. Ich bezahle, dann gehe ich an der Kasse vorbei auf die Kundentoilette. Ich muss es jetzt einfach wissen, auch wenn der Junge unterdessen ohne mich abfährt, ich könnte es ihm nicht verdenken. Ich halte den Streifen in den Urin. Einfach, sicher … positiv. Den zweiten: positiv.

Er wartet beim Bus auf mich, mit verschränkten Armen. »Und?«, fragt er, nur um dann gleich abzuwinken: »Nein, nein, sag bitte nichts, ich will es doch gar nicht wissen.« Aber mein Gesicht muss mich verraten, meine Haut platzt auf, die Zähne fallen mir aus dem Mund, meine Augen leuchten bis zur Brücke.

»Ach, Scheiße, Mann«, sagt er und dann schließt er mich überraschend in die Arme und hält mich ganz fest, wie die Amerikaner das machen, eine Bärenumarmung nennen sie es, ich kann mich nicht daran gewöhnen, zum Abschluss klopft man sich gegenseitig auf die Schultern, erst rechts, dann links.

Für den Rest der Fahrt bin ich hellwach, sitze kerzengerade, starre geradeaus, als könnte ich die Straße kürzer zwingen, den Bus schneller. Ich will nach Hause. Ich will nach Hause.

»Also los«, sagt er, »spuck's aus. Hast du einen Mann? Denkst du, er wird sich freuen? Gib mir die ganze Geschichte.«

»Ich bin verheiratet!« Ich lache über sein erstauntes Gesicht. »Ich bin nicht so jung, wie ich aussehe. Und ja, ich weiß, dass mein Mann sich freut. Es ist Gottes Wille, verstehst du!«

»O nein, bitte nicht! Sag nicht, du gehörst zu diesen Jesus-Freaks! Wie dieser Verrückte, der neulich seinen Sohn den Wellen übergeben hat, um Gottes Willen unter Beweis zu stellen, echt, der Junge wär beinah ertrunken.«

»Wie bitte?« Ich hab schon verstanden. Ich hab schon richtig gehört. Aber ich frage noch einmal: »Was erzählst du da?«

»Am Strand unten gibt es so einen Prediger, der predigt speziell für uns Surfer, über Gott und die Wellen, Gott ist in den Wellen, sagt er, und dass wir alle ins Meer zurückwollen und so was. Klingt echt gut, ich hab ihm gern zugehört, aber die Sache mit dem Jungen, das ging mir zu weit. Ich mein, das Meer ist groß und unberechenbar. Wir mögen den Ozean ja lieben, aber er liebt uns nicht wider. Wir bedeuten ihm gar nichts. Damit spielt man nicht. Eigentlich müsste es ja die Ozean heißen, die Meer, das klingt doch ganz nach einer Frau, nimm's mir nicht übel.«

Ein Prediger für die Surfer. Ich hätte es wissen müssen. Deshalb ist er nie zu Hause.

»Und der predigt euch jeden Tag?«

»Jeden Morgen, früh um sechs, halb sieben. Komische Szene da unten, sag ich dir. Ganz außen bei den Dünen versammeln sich diese Managersurfer, fahren in ihren Geländewagen ganz ans Meer ran, über den Sand, haben den Anzug schon auf dem Bügel hängen, das weiße Hemd, die Krawatte. Die senden immer ein kurzes Gebet zur Börse, bevor sie ins Wasser steigen. Und auf der anderen Seite hast du diesen Prediger. Und die ganzen Dudes in Klumpen, wie Schafe – ich meine, Surfen ist ein einsamer Sport, ja? Nicht als Gruppenerfahrung gedacht.« Er schüttelt den Kopf. »Nein, echt, für mich ist es Zeit. Ich muss hier weg.«

Er setzt mich vor der Haustür ab. Nein, das macht keine Umstände, es liegt sozusagen am Weg, er wollte sowieso ans Meer. Ich steige aus. Schaue zu den Fenstern hoch. In der oberen Wohnung ist es dunkel, aber bei uns brennt Licht.

»Das Geld«, sage ich, »ich hole es gleich.« Er zuckt mit den Schultern.

»Nicht nötig.« Er zögert. »Viel Glück, dann mal.«

Ich klopfe freundlich auf das Dach des Busses, und er fährt los. Und da fällt es mir ein: »Der Junge!«, schreie ich hinter ihm her, »du kennst den Jungen? Wann hast du den Jungen zuletzt gesehen?«

Reichlich spät ist mir das eingefallen. Zu spät.

Also, überall gleichzeitig kann ich auch nicht sein, mit einer Hand das Kind von der Straße reißen und sanft ins Gras legen, und schon habe ich verpasst, dass Lily nach Hause gekommen ist. Finch hat Rhonda entlassen. Er will ihr ein Taxi rufen, aber sie sagt Nein, sie will kein Taxi, schon gar kein gelbes.

»Verstehe«, sagt Finch erstaunlich einfühlsam und bietet an, sie selber nach Hause zu fahren. Doch das gefällt nun wieder Betty nicht. Ich wünschte, ich könnte ein bisschen im Fernsehen spielen gehen. Muss ich mich eigentlich um alles kümmern? Schließlich wird eine Streife abkommandiert, nicht Wenger und Yen, sondern zwei gemütliche, mittelalterliche Schnurrbärte, die sich als Rodriguez und Cruz vorstellen. Sie kleben Mara einen »echten« Sheriffstern aufs T-Shirt, sie tragen Rhondas Tasche, an dieser Front ist also alles in Ordnung. Am Schreibtisch schnurrt Finch mit geschlossenen Augen vor sich hin, ein seliges Lächeln auf den Lippen, Betty kann ich von hier aus nicht sehen, und ich möchte auch gar nicht wissen, was sie macht. Nun gut. Dann geh ich mal nach Hause und sehe nach Frank.

»Komm mit mir«, sagt Rhonda. »Ich erzähl dir den Rest der Geschichte.« Eine Sehende! Das hat ja gerade noch gefehlt. Die ganze Zeit...?

»Ja«, sagt Rhonda lächelnd. »Ich hab schon gemerkt, dass es dir bei uns gefällt. Zweiundsiebzig Fernsehprogramme sind eben nicht zu überbieten.«

»Wohin fahren wir?«, frage ich, aber das Auto bewegt sich gar nicht, es steht in der Garage, der Motor läuft, und Mama weint. Sie legt den Kopf aufs Lenkrad, mit der Stirn auf die Hupe. Die Hupe ist laut und tut mir in den Ohren weh, jetzt fange ich auch an zu weinen. Was soll ich denn sonst tun. Dann plötzlich öffnet jemand die Tür, greift nach mir, nimmt mich aus dem Sitz und trägt mich weg. Ins Helle. Warme.

»Mama?«

»Alles wird gut«, sagt sie, und dann ist sie weg.

Als ich die Augen aufmache, tut mir alles weh. Vor allem der Kopf. Das Licht ist zu hell. Ich mache die Augen wieder zu. Mein Kopf liegt weich.

»Alles wird gut«, sagt eine Stimme, aber eine andere. Ich werde vorsichtig geschaukelt, aufgehoben, weggetragen, vielleicht auf einem Kamel, jedenfalls ist mir ein bisschen schlecht.

»Halt die Tür auf«, sagt jemand, und dann ist es plötzlich eiskalt und riecht nach Putzmittel, aber das ist schon o. k., die Übelkeit vergeht, und ich werde wieder heruntergelassen, auf etwas Weiches gelegt. Es hat keinen Zweck, ich muss die Augen auftun.

DON'T LET YOUR DRIVING INTERFERE WITH YOUR PHONECALL.

Die roten Buchstaben direkt vor meinem Gesicht, das ist Pauls T-Shirt. Karens Gesicht, Alices Haar.

»Er lebt«, sagt Alice. »Dann können wir ja weiter.«

Das sagt sie so, aber sie ist selber ganz weiß im Gesicht, jede einzelne Sommersprosse sieht aus wie aufgemalt.

»Was ist passiert?«, frage ich, aber dann fällt es mir wieder ein, ich war im Auto meiner richtigen Mutter, aber das Auto fuhr nirgendwohin. »Wo bin ich?«

»He-he-he«, scheppert es aus einer Ecke, »wo du bist? In Bigelows Endstation, mein Junge!«

»Schschsch!«, wird sie von allen Seiten niedergezischt.

Doch sie meckert weiter, »he-he-he«, und ich setze mich auf, um zu schauen, ob da wirklich eine sprechende Ziege sitzt oder ob ich eine ernsthafte Kopfverletzung habe, den Verstand verloren, das Gedächtnis – nein, das Gedächtnis wohl nicht. Ich weiß ja, wem all die Gesichter gehören. Aber als ich mich aufsetze, schwillt der Schmerz in meinem Kopf wie ein Ballon. »Aaaaahhhh«, mache ich und lege mich wieder hin.

Ansonsten bin ich wohl in Ordnung, denn ich habe sofort erkannt, wo ich bin, in Eloises Büro, Bigelows Autogarage, Newman, Kalifornien. Und die Ziege in der Ecke ist in Wirklichkeit die alte Indianerin, die immer noch drauf wartet, dass jemand mit dem Geld zurückkommt und sie auslöst.

»Lieg ganz still, Junge«, sagt Shania und legt eine Hand auf meine Stirn. Ich schließe die Augen, das fühlt sich gut an. Bis sie anfängt zu singen. Ein Kinderlied. Bin ich etwa ein Kind? Ich schüttle die Hand ab, da kommt Eloise mit einer Tasse Kaffee angerollt, und alle schreien durcheinander. »Aber Eloise, doch nicht Kaffee, bring dem Jungen ein Glas Wasser.«

»Kaffee«, sagt Eloise, »das bringt den Kopf wieder in Ordnung, ich kenne nichts Besseres.«

Ich setzte mich wieder auf, langsam diesmal, es geht ein bisschen besser, ich nehme Eloise die Tasse aus der Hand und setze sie an die Lippen. Mit Papa hab ich schließlich auch Kaffee getrunken. Papa hat gesagt, ich sei jetzt ein Mann. Der Kaffee ist nicht mal schlecht, heiß und süß, nur den Nachgeschmack mag ich nicht. Das ist wohl so wie mit dem Biertrinken und Rauchen: Gewöhnungssache. Wie fast alles Erwachsene. Nach drei Schlucken gebe ich auf.

»Und?«

»Besser. Was ist passiert?«

»Du bist mitten auf der Straße hingeknallt, auf den Hinterkopf. Erinnerst du dich nicht? Direkt vor einen Lieferwagen, Gott sei Dank konnten die noch bremsen.«

Ich erinnere mich. Meine Mutter war da.

»Hey, Leo, ich möchte ja nicht herzlos wirken, aber ich wäre froh, wenn wir heute noch weiterkönnten.«

»Nichts da«, sagt Paul, »ihr geht heute nirgends mehr hin, ihr kommt heute zu mir. Das ist abgemacht. Morgen sehen wir dann weiter.«

»Bei Paul ist es schön«, sagt Karen, »er hat richtige Betten mit echten Quilts, genug Betten für jeden, keiner muss auf dem Fußboden schlafen, das wird euch gefallen. Und zum Frühstück mach ich euch Pfannkuchen.«

»Mit Schokochips?«, frage ich, schon beinah überredet. Alice verdreht die Augen. Sie drückt ihre Zigarrenschachtel an sich.

»Pfannkuchen«, äfft sie mich nach. »Mit Schokochips.« Schüttelt angewidert den Kopf, wendet sich ab. Ich weiß schon, was sie meint, eigentlich hat sie Recht. Aber ich bin so müde, und mein Kopf tut weh. Mein Kopf, den Shania sanft streichelt. Karen, meine ich.

»Tu, was du tun musst«, sagt Alice. »Aber ich muss weiter.«

Die Tür geht auf, und vier sehr große Menschen in engen Glitzerkostümen und Plateausohlen und rosa Sonnenbrillen und bunten Krausfrisuren treten ein. Einen Augenblick lang sind alle still.

Alice zuckt mit den Schultern. »Ich jedenfalls will heute noch nach Las Vegas«, sagt sie in die Stille hinein.

»Stell dich hinten an, Süße!«, kreischt eine der Figuren.

Und dann ist es wieder sehr laut, und alle reden durcheinander, und ich höre immer nur Bus und Las Vegas, bis Eloise mit ihrer Quietschstimme »Ruhe!« schreit und: »Einer nach dem anderen, bitte.«

»Sweetie«, der mit dem dunkelblauen Glitzeranzug und dem orangefarbenen Afro, beugt sich vertraulich vor: »Vielleicht erkennst du uns nicht, die Beleuchtung ist hier drinnen nicht besonders, aber wir sind die Sinister Sisters, unterwegs nach Las Vegas zu einem einwöchigen Gig, und was glaubst du, unser Tourbus bricht in diesem gottverlassenen Kaff zusammen.«

»Die Sinister Sisters?«, flüstert Alice. Sie sperrt den Mund auf, als hätte sie noch nie MTV geschaut, die Zigarrenkiste fällt ihr runter, und die Zeitungsartikel flattern in Zeitlupe zu Boden.

»Papa?«

Das kann doch nicht sein, dass dieses Haar echt ist? Er dreht sich um, er nimmt die sternförmige Glitzerbrille ab, er reißt den Mund auf, jetzt seh ich's auch, die Ähnlichkeit ist unverkennbar.

»Alice?«

So geht es noch ein paar Mal hin und her, »Papa?« und »Alice?« und »Alice?« und »Papa?«, sie stehen so rum, bis die anderen das Interesse verlieren und wieder anfangen zu reden und Kaffee einzuschenken und mein Haar zu kraulen (Shania). Und dann geht die Tür wieder auf, und zwei dicke Männer mit schmutzigen T-Shirts und langen Haaren kommen herein, und langsam wird's hier drin eng.

»Na, ihr habt euch aber Zeit gelassen!« Die Indianerin springt auf und haut jedem erst mal eine runter, rechts-links, dann packt sie ihr Zeug zusammen. Die beiden Männer, die bestimmt auch echte Indianer sind, bezahlen bei Eloise, die alte Frau stupst sie und flüstert etwas, und der eine wendet sich an uns: »Wir fahren Richtung Vegas – will jemand mitkommen?«

Eine große Aufregung entsteht, Hin und Her und Diskussionen, schließlich fahren drei von den Sinister Sisters mit, während Paul anbietet, den Rest von uns nach San Francisco zu bringen.

»Dich auch, Karen«, sagt er, »wenn du willst.« Aber sie schüttelt den Kopf und sagt, sie wird hier auf ihn warten. Dann küssen sie sich zirka zehn Minuten lang auf den Mund, bis Eloise auf ihrem Stuhl heranrollt und einen Hustenanfall vortäuscht.

»Was ist mit dir, Leo?«, fragt Karen. »Willst du mit mir hier bleiben? Bis du dich besser fühlst?«

»Wir sollten einen Arzt rufen«, sagt Eloise.

»Nein!« Ich mache mich los, ich stehe auf. Es geht. Ich fall nicht wieder hin. »Ich geh nach Hause.«

Ich will zu meinem Papa. Er ist der Einzige, der mir helfen kann.

Stella

Ich hätte besser Betty mitgeschickt, die ist für Liebesgeschichten etwas empfänglicher als ich.

»Ach, tu nicht so, du hast den Frank doch auch nie vergessen.«

Es ist schon mühsam mit diesen Sehenden, die alles hören, was wir denken, genau wie wir. Cruz sitzt hinten und spielt Incy Wincy Spider mit Mara, Rhonda sitzt vorne neben Rodriguez und erklärt ihm den Weg, dann lehnt sie sich zurück und schließt die Augen, und die ganze Zeit unterhält sie sich auch mit mir. Die ich auf Rodriguez' Schoß sitze und ihm beim Fahren helfe – man sollte es nicht glauben, wie schlecht dieser Polizist Auto fährt, absolut kein Gefühl für Raum und Distanz.

»Skip war meine erste Liebe«, erzählt sie, »er spielte mit seiner Band in dem Kaff, aus dem ich herkomme, in der Scheunendisco, das war damals der letzte Schrei, erinnerst du dich?«

»Ja«, sage ich, »so was hatten wir in der Schweiz auch.«

»Jedenfalls, die kamen nicht besonders gut an mit ihrem Glamour-Rock. Männer mit Make-up, das ist im Mittleren Westen nicht gefragt. Aber Skip und ich, wir fanden uns, ich kann es nicht anders erklären, als ob wir uns die ganze Zeit gesucht hätten. Ich hol dich hier raus, sagte er. Doch erst musste er natürlich seine Tournee beenden, drei Monate, vierzehn Staaten, jeden Abend ein Konzert, am Sonntag zwei. Und natürlich konnte ich ihn nicht erreichen, das war noch vor der Handyzeit, verstehst du.«

Sie atmet tief ein für das, was jetzt kommt: »Ich war schwanger. Kannst du dir das vorstellen? Beim ersten Mal überhaupt hat es mich gleich erwischt. Ich weiß nicht, wie ich das finde. Fair bestimmt nicht. Also, ich war schwanger, und ich konnte Skip nicht finden. Mit Sicherheit wusste ich nur eins – dass seine letzte Station San Francisco war. Also fuhr ich da hin, mit dem Bus, dauerte drei Tage, ich mit meinem kleinen Koffer und fünfhundert Dollar in der Tasche, die mir meine Mutter zugesteckt hatte. Den Bauch sah man noch nicht, aber das Gerede im Dorf hatte bereits angefangen, meine Mutter musste mir das Geld heimlich geben, ohne dass mein Vater etwas mitbekam, ihr ganzes Erspartes. *Anyway*. Ich komme also nach San Francisco und suche Skip und finde ihn in einem Restaurant, wo Männer in Frauenkleidern servieren. Skip auch. Ich konnte es nicht ertragen. Ich war eben immer noch in Kansas. Ich bin nie aus Kansas rausgekommen. Verstehst du?«

Sie öfffnet die Augen und wendet sich an Rodriguez: »Ich weiß, dass es quasi illegal ist, Officer, aber hätten Sie vielleicht eine Zigarette für mich?«

»Ich nicht. Cruz?«

Cruz klopft seine Uniform ab und reicht eine zerdrückte Packung nach vorn. »In Ihrer Situation, Ma'm, bedienen Sie sich ruhig.« Rodriguez vorne öffnet beide Fenster weit, und Rhonda raucht.

»Er war nicht begeistert, er wollte es schaffen, weißt du, sich ganz auf seine Karriere konzentrieren, er wollte nicht Familie spielen. Wir haben es trotzdem eine Zeit lang versucht. Wir liebten uns, ich glaube, wir liebten uns wirklich, aber irgendwie, ach, ich weiß nicht. Wir waren zu jung, wir dachten, da kommt noch was Besseres. Ich konnte die Frauenkleider nicht akzeptieren, die Schminke, für mich hieß das, der Mann ist schwul, da konnten wir noch so wunderbare Liebesnächte haben.« Sie wirft die Zigarette aus dem offenen Fenster. »Wunderbare Liebesnächte.«

»Ich hab ihm ein Ultimatum nach dem anderen gestellt, hab von ihm verlangt, das alles aufzugeben und sich einen anständigen Job zu suchen, wie ich's von zu Hause kannte. Wenn ein Mädchen schwanger wurde, schmiss der Junge die Schule hin und suchte sich einen Job. Egal was für einen. Was anderes kannte ich nicht, und je dicker ich wurde, desto weniger erinnerte ich mich daran, dass ich nicht mehr in Kansas war.

Ich liebe dich, sagte er, aber ich kann nicht. Ich ging zu seinen Eltern, die sehr, sehr reich sind, und erpresste das Haus von ihnen. Ihre Bedingung war, dass ich Skip nicht mehr sehen würde. Damals dachte ich, das würde mir nicht schwerfallen.«

An der Ecke Masonic und Geary geraten wir in einen Stau. Ich erwäge schon, ein paar Autos zur Seite zu schieben, als Mara einen Blick aus dem Fenster wirft: »Toys 'R' Us!«, schreit sie aufgeregt und laut, »Toys 'R' Us, Toys 'R' Us!« Rhonda reagiert nicht, sie hält die Augen geschlossen.

»Ma'm«, sagt Cruz von hinten, »Ma'm, würde es Ihnen was

ausmachen, wenn ich mit der Kleinen ganz kurz zu Toys 'R' Us reingehen würde? Auf meine Kosten natürlich.«

»Cruz? Spinnst du? Wir sollen so schnell wie möglich zurück sein, hast du das vergessen?«

»Bei dem Verkehr?« Cruz zeigt aus dem Fenster. »Nun komm schon, die Kleine hatte einen harten Tag.«

Rodriguez seufzt, der Verkehr stockt, schon biegt er auf den Parkplatz ein. Cruz steigt aus, nimmt die Kleine an der Hand und geht hinein. Rodriguez steigt auch aus und macht neben dem Wagen ein paar langsame Turnübungen. Sieht aus wie Tai Chi. Wenn er das Bein anhebt, schneidet der Pistolengurt in seinen Bauch.

»Ich vermisse ihn jeden Tag. Bin einfach nie über ihn weggekommen. Natürlich hätte ich das nie zugegeben. Bis gestern nicht, als mir klar wurde, dass Alice die Zigarrenschachtel gefunden hat – ich hab ja die ganzen Jahre hindurch seine Karriere verfolgt, mit Hilfe eines Pressedienstes. Aber ich hab mir eingeredet, ich tu's für Alice.

Phillip, mein zweiter Mann, war äußerlich das absolute Gegenteil von Skip. Groß, stämmig, dunkel, Schnurrbart. Arbeitete für eine Sicherheitsfirma, trug Uniform, also ein richtiger Macho, sehr attraktiv. Er nannte mich seine kleine Frau. Nicht der Typ, der normalerweise bereit ist, bei der Geburt seines Kindes dabei zu sein. Ich hätte wissen müssen, dass da was nicht stimmt. Nun, wie sich später herausstellte, hatte Phillip sich in meinen Gynäkologen verliebt, schon beim ersten Ultraschalltermin. *Only in San Francisco*, wie die Leute sagen. Er verließ mich kurz nach Maras Geburt. Zog mit dem Arzt nach Los Angeles, sie sind immer noch ein Paar, Mara besucht sie in den Sommerferien. O.k., inzwischen glaubte ich natürlich, ich sei ein Schwulenmagnet oder, noch schlimmer, ich MACHE sie schwul. Ja, ich weiß, ich weiß«, winkt sie ungeduldig ab, »Skip ist nicht schwul, aber ich DACHTE … ach, ist schon gut, ich weiß. Ich war einfach dumm. Dumm, dumm, dumm.

Deshalb, verstehst du: Bill. Ein Kriegsveteran, ein richtiger Redneck, intolerant, beschränkt, manchmal aufbrausend – aber jedenfalls bestimmt nicht schwul. Er hasst die Schwulen.«

»Das heißt gar nichts«, sage ich, ich kann's nicht lassen. »Eher im Gegenteil.«

»In seinem Fall … ach, Bill ist auf seine Art in Ordnung. O Gott, das sollte ich wohl nicht sagen – ich wusste doch nicht – ich hätte doch nie geglaubt – ach, es ist so furchtbar.«

Ich rutsche vom Fahrersitz zu ihr rüber, ich halte sie fest.

»Er hat es nicht getan«, sage ich. »Er ist ein Arschloch, meiner Meinung nach, aber das hat er nicht getan.«

Rhonda schaut auf. Wischt sich mit dem Handrücken übers Gesicht. »Nicht?«

»Nein. Er wurde reingelegt.«

»Reingelegt? Aber von wem? Wer würde so etwas tun?«

Cruz hat Mara einen Plüsch-Pokemon gekauft und für Rhonda eine Dose Cola.

»Hier, Ma'm.«

»Danke«, schnieft sie. Dann reißt sie sich zusammen: »Sag danke, Mara.«

Manchmal, ehrlich.

Paul hat sein Zivilfahrzeug, wie er es nennt, aus der Garage geholt. Der Abschlepplaster gehört der Firma, den darf er für private Fahrten nicht benutzen. Pauls Auto ist ein langer schwarzer Cadillac, fast wie eine Friedhofslimousine oder wie man das nennt. Rote Sitzbänke, silberne Knöpfe. Ich sitze vorne neben ihm und spiele mit den Knöpfen. Fenster rauf und runter. Zack, eine Halterung springt vor, in die ich meine Coladose stelle. Stereoanlage. Sitz rauf, runter, vor, zurück, ich kippe nach hinten, bis ich beinahe liege. Alice murrt, weil ich ihre Knie einklemme. Aber ich bin schließlich verletzt.

Alice sitzt hinten neben ihrem Vater. Er ist wie auf dem Bild, das sie mir gezeigt hat, dünn und nicht besonders groß, in einem glänzenden Anzug und silberner Schminke, ein bisschen wie ein Außerirdischer. Extrem cool. Einen Popstar als Vater zu haben. Natürlich ist es nicht so wichtig, was mein Vater macht, aber irgendwie schon cooler.

Die Haare sind allerdings nicht echt, ich hab ihn gefragt.

»O nein, das ist eine Perücke.«

Er zieht sie ab, darunter trägt er ein hautfarbenes Käppi. Als er das auch abnimmt, kommt ein normaler Bürstenschnitt zum Vorschein, der nicht recht zu seinem Kostüm passt. Ich hätte besser meinen Mund gehalten.

»In meinem Job musst du flexibel sein, weißt du. Ich zieh mich ja schon dreimal pro Show um. Da muss die Frisur immer passen. Aber als ich jung war, hatte ich genau dasselbe Haar wie Alice.«

Er wuschelt durch ihre Locken. »Krause Haare, krauser Sinn, pfui, da steckt der Teufel drin! Hat mein Vater immer gesagt. Ich musste sie immer ganz kurz schneiden und mit Pomade nach hinten kleistern.« Er verzieht das Gesicht. »Ich kann das Zeug bis heute nicht riechen. Puh!«

»Wo sind Sie denn aufgewachsen?«, fragt Paul.

»San Francisco. Sea Cliff, um genau zu sein.«

Paul sagt das nichts, aber ich weiß, wo das ist, oben am Baker Beach, wo die reichen Leute wohnen, die Filmstars und so. Bill hat mir ihre Häuser gezeigt.

»Cool«, sage ich.

»Na ja, es geht. Besonders lustig war es nicht.«

»Ich war noch nie irgendwo anders als in Newman«, sagt Paul. »Nicht mal auf'm College. Früh geheiratet, zwei Kinder, meine erste Frau ist gestorben, wieder geheiratet, noch ein Kind, Scheidung. Meine zweite Frau ist drogensüchtig, Newman ist ja voll von dem Zeug. Die Kinder sind bei mir, meine Mutter hilft, beim Abschleppdienst hab ich immerhin flexible Arbeitszeiten. Aber auf einen grünen Zweig kommt man da nicht.«

»Dafür leben Sie mit Ihren Kindern zusammen«, sagt Skip, »das ist auch etwas.«

Nun müsste Alice eigentlich einwerfen: »Genau, Papa, wie kommt es, dass ich dich erst mit zwölf kennen lerne, und auch noch durch Zufall?« Ich warte. Alice ist ungewöhnlich still.

Ich drehe weiter an den Knöpfen, bis Paul mich bittet, damit aufzuhören. »Werden Sie Shania heiraten?«, frage ich. Als ob mich das was anginge. Als ob es mich interessierte.

»Shania? Du meinst Karen? Ja, wenn sie mich will.«

»Gratuliere«, sage ich.

»Apropos«, sagt Skip, »wie geht es der schönen Rhonda? Lebt sie allein, hat sie jemanden?«

Da fängt Alice auf dem Rücksitz an zu weinen, richtig laut zu heulen wie ein Kind: »Ich hab Scheiße gebaut«, heult sie, »furchtbar Scheiße gebaut, was mach ich bloß, du musst mir helfen, Papa, du musst mir helfen.«

»Ist ja gut«, sagt er, »ist ja gut, Baby, ich bin ja da«, immer wieder, und dann kommt die ganze Geschichte aus ihr raus: Dass sie dem Kindergärtner Rattengift in den Drink getan hat, als sie dahinter kam, dass er sich an Mara vergriffen hatte, damals beim Flohmarkt hat sie sich in die Küche geschlichen, es war einfach, sie kennt sich ja aus. Und dass sie die Sache dann auf Bill geschoben hat, den Rest des Rattengifts in seinem Werkzeugschrank versteckt, Porno-Sites auf seinen Computer geladen, Schmuddelplakate von Aushängen gerissen und zwischen seine guten Hemden gelegt hat, die er nie trägt.

»Heilige Scheiße«, sagt Paul und fährt an den Straßenrand. »Mädchen, du bist ja eine Gefahr für die Allgemeinheit!«

»Ich weiß!«, schluchzt sie. »Ich weiß doch. Und auch noch ganz und gar umsonst, denn jetzt verdächtigen sie Leo, und alles ist noch schlimmer!«

Mein Vater schreibt die Bibel neu. Es ist nämlich alles in der Bibel falsch, das heißt, falsch interpretiert. Gott erklärt meinem Vater Abschnitt für Abschnitt, wie er es wirklich gemeint hat. Das ist eine unglaublich große Arbeit. Kein Mensch weiß, wann er damit fertig sein wird. Hinter dieser Aufgabe müssen wir alle zurückstehen, das ist ja hoffentlich klar.

Das ist das Geheimnis.

Ich bin froh, dass ich sonst keins habe.

»Und wie«, fragt Skip, »hast du rausgekriegt, dass er das mit Mara gemacht hat?«

»Das hätte jeder merken können: Sie wollte nicht mehr in den Kindergarten, weinte nachts und kam zu mir ins Bett gekrochen, und dann, eines Nachts, fragte sie mich, ob ich auch ein Schatzkästchen habe.«

»Sweetie, schau mich an: Sag mir die Wahrheit. Hat er dich auch missbraucht, damals?«

»Das halt ich nicht aus«, sagt Paul wieder und steigt aus dem Auto, steht auf dem Pannenstreifen und wedelt mit den Armen wie eine Windmühle. »Heilige Scheiße«, höre ich ihn sagen, mehrmals hintereinander, ich bin nur froh, dass mein Papa nicht da ist. Das würde ihm nicht gefallen.

Alice schnieft und nickt. Sie fährt sich mit dem T-Shirt-Ärmel über das Gesicht und verschmiert sich mit Tränen und Rotz. Sie schaut ihren Vater an, als wüsste der als Einziger, was als Nächstes kommt.

»Entschuldigt mich einen Augenblick«, sagt er höflich, dann steigt er aus und tritt ein paar Mal gegen die Leitplanke und flucht dazu viel schlimmer als Paul. Schließlich packt Paul ihn an den Schultern und führt ihn wieder zum Auto, und sie steigen ein, Paul vorn, Skip hinten. Skip legt seinen Arm um Alice und sagt: »Alles wird gut. Ich versprech es.«

Das haben wir doch schon mal gehört.

Lily

»Wo warst du?« Frank sitzt am Esstisch, er trägt ein graues T-Shirt, trinkt ein Bier aus der Flasche. Er hat sich eine Zigarette angezündet. Er runzelt die Stirn: »Wie siehst du denn aus?«

Ich schaue an mir runter, Superman-T-Shirt, Schwangerschaftsleggins, Gummilatschen, und muss lachen.

»Frank!« Vor Erleichterung wird mir beinahe schlecht. Ich werfe mich in seine Arme, ich klettere auf seinen Schoß, ich presse mein Gesicht an seine Brust, die Amulette unter dem T-Shirt drücken sich in meine Haut.

Er hält mich nicht, hat das Bier in der einen, die Zigarette in der anderen Hand, hat keine frei, um mich festzuhalten.

»Ich komm nach Hause, und keiner ist da. Kannst du dir vorstellen, wie ich mich fühle?«

»Ja.« Das kann ich mir schon vorstellen. Geht mir selber oft genug so, eigentlich beinah jeden Tag. Doch diesmal kann ich die Sätze noch zurückhalten. Es macht keinen Unterschied mehr, denke ich. Jetzt nicht mehr.

»Hast du überhaupt eine Ahnung, wie hart ich arbeite? Wie sehr ich zu Hause meine Ruhe brauche? Meine Routine? Mein Abendessen? Dich?«

»Es tut mir Leid, Frank«, sage ich, aber er hört nicht zu.

»Weißt du, das Letzte, was ich jetzt brauche, ist das: nach Hause zu kommen, und keiner ist da.«

»Es war ein Notfall. Ich kann es dir erklären.«

Er atmet tief ein und aus. Die Amulette heben und senken sich unter seinem T-Shirt. Das Grau steht ihm verdammt gut, denke ich.

»Ist schon gut. Vorbei ist vorbei und vorüber.« Endlich drückt er wenigstens die Zigarette aus und hält mich mit einem Arm fest. Er riecht nach Schweiß und ganz leicht auch nach Salz, nach Sand, nach Meer.

»Frank«, sage ich, »du hattest von Anfang an Recht: Gott weiß, was er tut.«

»Wovon redest du?«

»Ich bin schwanger, Frank.«

»Schwanger?«

»Ja – ich hab eben den Test gemacht, hier.« Und aus dem Hosenbund ziehe ich die beiden Streifen und wedle damit vor seinem Gesicht herum. Er zeigt keine Reaktion. »Ist das nicht verrückt?«, plappere ich weiter. »So lange haben wir es vergebens versucht, und jetzt, hier in Amerika, klappt es plötzlich, das muss Schicksal sein, oh Frank, es tut mir Leid, dass ich so ungeduldig war, du hattest ja die ganze Zeit Recht.«

»Schwanger, ja?« Frank haut das Bier auf den Tisch, dass es überschwappt. »Schwanger?« Er springt auf, schleudert mich von sich, ich knalle mit dem Rücken gegen die Tischkante, ein scharfer Schmerz, ich schreie auf und rutsche zu Boden.

»Schwanger, ja?« Er tigert auf und ab. Ich rapple mich auf. Strecke eine Hand nach ihm aus.

»Freust du dich nicht?« Das hätte ich nun wirklich nicht sagen sollen. Wirklich nicht.

»Freuen? Dass du mich betrügst? Und Gott zur Rechtfertigung heranziehst? Nein, Lily, das freut mich nicht.«

»Aber, Frank, ich ...«

»Gottes Wille, ja? Gottes Wille? Gott hat damit gar nichts zu tun. Das war jemand anderes.«

»Es gibt niemand anderen«, rufe ich laut, um mich selbst damit zu überzeugen.

»Ach ja? Wirklich?« Er bleibt vor mir stehen. Ich habe seine glänzenden Schuhe direkt vor dem Gesicht. »Ich war's jedenfalls nicht. Ich habe mich nämlich kurz nach Leos Geburt sterilisieren lassen.«

Stella

Lily liegt in ihrem schmutzigen T-Shirt auf dem Fußboden, eine gebrochene Superheldin, halb unter dem Tisch, Scherben überall, ihre Hände bluten. Frank ist schon wieder fertig angezogen, Anzug, Krawatte, Aktenkoffer, sein Haar ist feucht von der Dusche, den Autoschlüssel hat er auch schon in der Hand.

Dass der Mann so gut aussehen muss. Sogar jetzt.

»Papa!«, ruft Leo und rennt ihm entgegen, bevor ich etwas unternehmen kann. Stattdessen lege ich mich neben Lily, fege die Scherben aus dem Weg, kitzle sie hoch. Wenn man sitzt, fühlt man sich schon stärker. Ich weiß, wovon ich rede.

Frank zieht Leo an sich. »Den Jungen«, sagt er zu Lily, »den Jungen kriegst du nicht. Der bleibt bei mir. Du hast keine Chance. Nichts die geringste.«

Ach, Frank. Bei aller Liebe, aber das nicht. Leo löst sich aus Franks Umarmung und tritt einen Schritt zurück. »Ich erinnere mich«, sagt er. »Ich bin mit meiner Mutter im Auto, ich meine, mit meiner richtigen Mutter, ich sitze hinter ihr in einem Kindersitz festgeschnallt. Ich sehe ihr lustiges Haar über der Nackenstütze, schwarz und lockig wie meines, zu einem Springbrunnen hochgebunden und mit Bleistiften verziert, ich strecke eine Hand aus, um die Bleistifte zu berühren, aber ich reiche nicht so weit.

›Mama‹, sage ich, ›wohin fahren wir?‹

Sie gibt keine Antwort. Ich glaube, sie weint.

›Wohin fahren wir?‹, frage ich, aber das Auto bewegt sich gar nicht, es steht in der Garage, ich mag die Garage nicht, es riecht schlecht da drin.

Der Motor läuft, und Mama weint. Sie lässt den Kopf nach vorn fallen, aufs Steuerrad, mit der Stirn auf die Hupe. Die Hupe ist laut und tut mir in den Ohren weh, jetzt fange ich auch an zu weinen. Was soll ich denn sonst tun. Da macht plötzlich jemand die Tür auf, nimmt mich aus dem Sitz und trägt mich fort. Ins Helle. Warme.

›Mama?‹, sage ich, und dann kommt Papa.

›Alles wird gut‹, sagt Papa. Er trägt mich hinein, ins Helle, ins Warme.«

Frank lässt seine Aktentasche fallen. »Das weißt du noch? Du erinnerst dich?«

»Ja«, sagt Leo, »jetzt erinnere ich mich«, er lächelt, ganz eifrig, »ich erinnere mich genau: Du hast mich aus dem Kindersitz gehoben und ins Haus getragen, ich hatte einen Pyjama an – weiß mit Feuerwehrautos, stimmt's?«

III

Home

Lily

Das Klingeln des Telefons reißt mich aus dem Traum. Jede Nacht dasselbe: Frank hat Leo überfahren, auf einer kurvigen Straße mitten im Wald. Ein Schweizer Wald, Nadelbäume. Es regnet, es ist kalt, ich muss durch den Regen schreien. »Was hast du getan«, schreie ich ihn an, doch er zuckt nur mit den Schultern. »Nichts«, sagt er, und: »Reg dich nicht so auf.« Leo liegt unter dem Auto, ich kann nur seine Beine sehen, mir graut davor, ihn unter dem Auto hervorzuziehen, vor seinem Anblick, dem Blut, doch ich weiß, ich muss.

Das Telefon weckt mich in dem Augenblick, in dem ich mich bücke, jede Nacht. Ich schrecke auf, greife mir an den Hals, der wund ist vom Schreien im Traum. »Hallo?« Jede Nacht zur selben Zeit klingelt das Telefon, und niemand ist dran. »Hallo?« Vier Uhr früh und nicht einmal ein Rauschen. Danach kann ich nicht mehr einschlafen. Wenigstens muss ich den Traum nicht mehr zu Ende träumen, Leo nicht unter dem Auto hervorziehen. Ich warte einfach, bis es sieben wird und der Wecker klingelt.

Draußen wird es gerade erst hell. Der Wind rüttelt an den Fensterrahmen, zieht durch die Ritzen. Auf einen Wintereinbruch bin ich nicht gefasst. Wir sind schließlich in Kalifornien hier. Ich stehe auf, der Fußboden ist kalt, ich mache Frühstück, packe Leos Lunch. Ich halte mich zurück mit Schokoladeherzen und anderen Zeichen der Zuneigung. Den Jungen ganz normal behandeln. Das ist das Beste. Ich weiß nicht, ob ihm bewusst ist, was er gesagt hat, an was er sich erinnert hat. Was das heißt.

Es ist kalt, es regnet heftig, seit Tagen. Stürme fegen durch die Bay. Sicher schlagen am Ocean Beach die Wellen hoch, überschwemmen die Straße und die Parkplätze. In den letzten Tagen war ich mehrmals dort. Nachdem ich Leos ganze Geschichte gehört hatte, wollte ich Dude finden, mit ihm reden, mich bedanken, auch das Geld für den Schwangerschaftstest zurückzahlen. Bis nach Fort Funston hinunter bin ich gegangen, habe mich mit den Surfern unterhalten, mich nach Dude erkundigt, aber niemand wusste etwas. Jedes Mal war ich nahe daran, nach dem Surfprediger zu fragen – was sie von ihm hielten, und ob sie gesehen hätten, wie er den Jungen in die Wellen rausgeschickt hatte. Ich lehnte mich an die Promenadenmauer und schaute auf den Strand hinaus, als könnte ich das Bild heraufbeschwören – Frank in einem Kreis von Gläubigen. Der Junge mit dem Brett, das zu groß ist für ihn. Dann kam der Regen.

Mit Radfahren ist auch nichts mehr. Morgens nehme ich den Bus zum Garden, mit Mara, in Regenpelerinen gehüllt stehen wir an der Ecke vor Kragens Autobedarf. Manchmal kommt der Bus um halb neun, manchmal nicht. Immer ist er voll. Ich schicke Mara vor, damit sie einen Sitzplatz ergattert, kleine Kinder kriegen immer einen. Sie weint, weil ihre neue rosa Barbie-Lunchbox ganz nass geworden ist. Ein Geschäftsmann in Anzug, Windjacke und mit Kopfhörern reicht ihr wortlos ein Papiertaschentuch.

Nachdem ich dreimal hintereinander zu spät zum Garden gekommen bin, habe ich mich zur Fahrprüfung angemeldet, bin aber schon bei der theoretischen zweimal durchgefallen. Wenn es nicht regnet, übt Rhonda mit mir. Es geht überhaupt nicht. Ich bin nervös, der Verkehr macht mich wahnsinnig, die viel zu großen Autos – jeder fährt hier einen Kleinbus, einen Laster, einen Jeep –, die Fußgänger, die aus dem Nichts auftauchen, bei Rot die Straße überqueren, und niemand benutzt je einen Blinker. »Warum soll ich mir die Verkehrsregeln überhaupt merken, wenn sie doch niemand einhält?«

Rhonda lacht und sagt: »Sei nicht so schweizerisch.«

Wenn ich daran denke, wie ich damals die halbe Strecke bis nach Newman gebrettert bin – ich kann es mir nicht mehr vorstellen.

»Allein ist es halt schwieriger«, sagt Rhonda. Keine Ahnung, was sie damit meint. Sie ist doch bei mir, ich bin nicht allein.

Rhonda ist glücklich. Skip ist bei ihr eingezogen. Da sie ihre heimliche Ehe nie legal aufgelöst haben, muss sie sich nicht mal von Bill scheiden lassen. Vielleicht könnte sie wegen Bigamie angeklagt werden, doch Bill macht ihr keine Schwierigkeiten. Er weiß nicht, dass die Anklage wegen Verbreitung von Kinderpornografie gegen ihn fallen gelassen wurde, und ist so weit von hier weggezogen, wie er nur konnte, ohne auf der anderen Seite ins Meer zu fallen.

Skip hat die Band aufgegeben. Für das Tourneeleben sei er zu alt, sagt er, immer auf der Straße, das könne er nicht mehr durchziehen, er brauche jetzt ein richtiges Zuhause. Er arbeitet in einem Restaurant in der Innenstadt, wo die Kellner in Frauenkleidern servieren und pro Schicht zweimal auf die Bar klettern und singen. Zu Hause hält er sich zurück. Dafür kauft er Kleider für Rhonda, die plötzlich richtig gut aussieht. Geradezu unerträglich gut. Täglich zwitschert sie mir die Ohren voll, wie glücklich sie ist, ihre erste Liebe wieder gefunden zu haben, endlich zu leben, was ihr dreizehn Jahre lang verwehrt war – sie zwitschert, bis mir übel wird und ich aufstehen und das Zimmer verlassen muss, nur für eine Minute.

»Entschuldige«, sagt sie dann, »wie dumm von mir«, und legt einen Arm um mich, den ich sofort abschüttle. Ich will kein Mitleid. Ich brauch auch keines. Einmal im Monat gehe ich Frank besuchen, wir unterhalten uns über Belanglosigkeiten – über Dinge, die ich ihm bringen soll, das Essen, die anderen Leute dort. Wir sprechen nicht über Stella und nicht darüber, was Leo gesagt hat. Und wenn ihm mein wachsender Bauch auffällt, so erwähnt er den ebenfalls nicht. Er ist ein Fremder. Derselbe wie immer, aber fremd. Weil ich jetzt alles weiß. Ich kann es selbst kaum mehr glauben, dass wir verheiratet sind. Dass wir zehn Jahre zusammengelebt haben. In verschiedenen Welten allerdings. Ich habe die Scheidung eingereicht und sie gleich wieder zurückgezogen. »Ich bin noch nicht so weit«, hab ich zu der Anwältin gesagt, und sie: *»Of course, honey.«*

Vielleicht liegt es an den Hormonen, aber die Leute gehen mir langsam auf die Nerven mit ihrer Nettigkeit, ihrer Besorgnis, ihrem Honey dies und Sweetie das. Rhonda und Skip mit ihrer ewigen Küsserei. Ich halte mich an Simon mit seinen bösen englischen Witzen. Ihn sehe ich jeden Tag, seit ich im Garden fest angestellt bin – die Elternkooperative hat mich für die Stelle vorgeschlagen, die mit Jordans Tod frei geworden ist. Ich verdiene nicht eben viel, aber da ich Rhonda nur noch einen symbolischen Dollar Miete zahle, komme ich zurecht.

»Wie geht's dem Basketball heute«, begrüßt mich Simon, »nein, warte: dem Medizinball?«

Ich hab ihm nichts von dem Baby gesagt. Ich wollte es tun, gleich als ich aus Newman zurück war, habe ich ihn angerufen, kam aber nicht weit.

»Ich muss dir was sagen.«

»Ja, ich auch.«

»Du zuerst.«

»Nein du.«

»Also gut.«

Die Anonymen Alkoholiker haben ihm von einer Beziehung mit mir abgeraten. Er brauche Stabilität und jemanden, der sich um ihn kümmert, jemand wie diese Sandy oder Stacy, die selber auch im Programm ist.

Aber ich kann mich doch um dich kümmern, hätte ich beinahe gesagt, einfach aus Gewohnheit. Ich konnte gerade noch an mich halten. »Ich kenne dich doch nicht einmal«, sagte ich stattdessen.

Seither ist er ungeheuer nett zu mir, wie eigentlich zu allen Frauen, mit denen er eine Affäre hatte. Das ist schon mal die Hälfte der Garden-Mütter, Rhonda eingeschlossen, und Marian natürlich. Mehr als ich gedacht hätte. Ich könnte gut leben ohne die Ellbogenpuffe, das Augenzwinkern, das »Willkommen im Klub«. Zum Glück lenkt Rhonda mit ihrer Wiedervereinigung einen Teil der Aufmerksamkeit auf sich.

Jordans Tod wird nicht weiter untersucht. Offiziell ist der Fall noch nicht abgeschlossen, aber ich weiß, dass er ganz unten auf der Prioritätenliste steht. Ich weiß es von Rhonda, und die weiß es von Hauptkommissar Finch, der sozusagen bei ihr eingezogen ist und Großvater spielt. Der Garden ist auch nicht daran interessiert, dass die Sache weiter im Gespräch bleibt.

Natürlich wurden die Kinder aus Jordans Gruppe im Auge behalten. Mara geht in eine Spieltherapie, und auch Alice muss zweimal in der Woche zum Psychologen. Das geniert sie unendlich – Leo hat sie erzählt, sie geht zum Zahnarzt. Immerhin sind die Kinder wieder Freunde, das ist das Beste an der Sache.

Wenn es mir zu Hause zu gemütlich wird, gehe ich mit

Marian aus. Marian versorgt mich mit billigen Schwangerschaftskostümen und einem endlosen Vorrat an gemeinen Geschichten. Die ich genieße. Die Hormone, wie gesagt.

Manchmal bringt sie ihre Freundin mit, die Zeichenlehrerin Mia Kabukori, und die bringt manchmal Leos Lehrer mit, Mr. Sandman. Marcus. Immer in Anzug und Krawatte. Manchmal mit Blume im Knopfloch. Er hält mir die Tür auf, rückt mir den Barhocker zurecht, holt mir Orangensaft mit Eis und ohne Wodka, schaut mich durch seine dicken Brillengläser an. Wenn ich es nicht besser wüsste, würde ich mir etwas dabei denken.

Marcus spielt in einer Band. Am nächsten Sonntag treten sie im Café du Nord auf.

»Komm doch«, sagt er, »ich würde mich freuen, ehrlich.«

Er schiebt sein Glas näher an meines. Dann folgt er dem Glas, schleicht die Tischkante entlang, bis er neben mir steht und unsere Schultern sich berühren.

»Hast du denn eigentlich keinen Freund?«, frage ich. Das ist mir schon lange nicht mehr passiert, dass mir etwas einfach so rausrutscht. Seit dem Abend nicht, an dem ich aus Newman zurückkam und Frank von der Schwangerschaft erzählte.

»Keinen Freund?« Marcus schaut verwirrt. Marian fängt an zu lachen, so sehr, dass sie ihren halben Drink ausspuckt, sie krümmt sich vor Lachen, mit einer Hand hält sie sich an Mia fest, mit der anderen zeigt sie auf mich.

»Ohhhhh … du dachtest … mein Gott … du bist wirklich lustig … zum Schießen …«

Ich schaue in meinen Orangensaft ohne Wodka und warte, bis sie sich beruhigt.

»You can take the girl out of Kansas but you can't take Kansas out of the girl!«

»Die Schweiz«, korrigiere ich wieder einmal, und zu Marcus sage ich: »Sehr gern. Ich kann etwas Abwechslung gebrauchen.« Warum jetzt wieder alle lachen?

Leo

Ich und Alice machen bei einem Vortragswettbewerb mit. Schüler aus der ganzen Stadt nehmen teil, aus allen Schulen. Er dauert das ganze Wochenende, und Alice und ich haben als Einzige von Cabrillo die Vorausscheidung geschafft. Wir müssen die Rede selber schreiben. Unser Thema heißt »Skate-Boarding ist kein Verbrechen«. Wir treten zusammen auf, mit verteilten Rollen. Leider muss ich die böse Stimme machen, den Polizisten und die alten Leute, die sich über die Skater beklagen, während Alice coole Klamotten trägt und die Stimme der Skater ist. Mr. Sandman sagt, ich sei halt der seriöse Typ, und Alice schneidet eine Grimasse, um mich zum Lachen zu bringen. Wenigstens können wir jetzt behaupten, es sei für die Schule, wenn wir am Wochenende zum Skate-Park wollen.

Skip fährt uns hin. Er ist ganz in Ordnung, wenn man sich mal an seine Kleidung gewöhnt hat. Und an die Schminke. Popstars sind eben anders. Dafür skatet er selber nicht schlecht, er bringt uns alle möglichen Tricks bei. Mr. Sandman spielt auch in einer Band, aber er zieht sich ganz normal an, fast schon langweilig normal. Man könnte ihn für einen *nerd* halten. Immer Anzug und Krawatte, auch am Wochenende, und schwarze Schnürschuhe. Mr. Sandman meint, wir seien zu gescheit für die Quartierschule. »Der da?«, sagt Alice. »Echt, meinen Sie?«

»Absolut«, sagt Mr. Sandman und bringt eine Liste von guten privaten Mittelschulen, wo wir uns bewerben sollen. Aber das ist teuer, besonders jetzt, wo Papa nicht mehr arbeitet. »Deshalb gibt es Stipendien«, sagt Mr. Sandman, »nur muss man dafür Formulare ausfüllen.« Ständig kommt er bei uns vorbei und redet mit Lily über die Möglichkeiten. Ich weiß nicht, was es da so lang zu reden gibt.

»Der macht sich an sie ran«, sagt Alice, sie kennt die Zeichen, so hat es bei Rhonda auch immer angefangen, und als Nächstes hatte sie einen neuen Stiefvater.

Manchmal vermisse ich Dad. Obwohl ich nicht mehr auf Waffen stehe und so. Ich bin jetzt auch eher Anti-Gewalt. Das Gute an Dad war, dass er immer Zeit hatte, immer zu Hause war. Alice sagt, er ist zurück in den Osten. Damit meint sie die Ostküste, nicht Russland oder so was. Sie sagt, sie weiß nicht genau wo, und es interessiert sie auch nicht.

Skip ist eigentlich auch oft zu Hause. Er arbeitet nachts als Kellner, und tagsüber werkelt er am Haus herum. Nimmt die Heizung auseinander und so was. Vielleicht kann ich ihm mal was helfen, sagt er, aber nur, wenn ich meine Schularbeiten gemacht habe.

Sicher.

Alice muss jeden Freitag zum Zahnarzt. Ich glaube, sie kriegt eine Spange, aber man sieht noch nichts. Vielleicht ist es so eine durchsichtige, wie in der Fernsehwerbung. Alice und ich sind wieder Freunde. Wir reden nicht über Newman. Wir reden über nichts. Die Kinder in der Schule wollten natürlich wissen, wo wir waren. Aber wir haben dichtgehalten. Selbst KinCee hab ich nichts erzählt, nicht mal den coolen Teil, wie wir mit Dude und Shania in ihrem komischen Bus losgefahren sind. Obwohl sie sich in der Pause bei mir einhängte und ihren Lunch mit mir teilte und Fragen stellte. Es fiel mir total schwer, nicht anzugeben. Doch dann wurde ihre Mutter versetzt, sie brachte Kuchen in die Schule mit und war am nächsten Tag weg. »Die sind wir los«, sagte Alice.

Eine Zeit lang wollten alle mit uns reden: Lily und Rhonda und Mr. Sandman und Hauptkommissar Finch und sogar Skip. Wir sagten immer nur, was wir mussten. Mit der Zeit hörten sie auf zu fragen. Jetzt ist alles wieder fast in Ordnung. Außer, dass ich meinen Papa nicht besuchen darf, und dass Skip den Fernseher weggegeben hat. Oben stehen sich die Sofas gegenüber, ohne jede Aussicht, und Alice und ich müssen uns bei Benji einschmeicheln, damit wir ab und zu fernsehen können. Der wohnt am nächsten, und außerdem haben sie Kabel. Und jede Menge Süßigkeiten mit abgelaufenem Verfallsdatum.

Und mein Papa schreibt jeden Monat und erklärt mir alles.

Stella

Ich achte darauf, dass er schläft, dass er isst, dass er keine Albträume hat, dass er nicht zu viele Medikamente nimmt. Ich bleibe in seiner Nähe, ich schlafe in seinen Armen. Die Ehe ist gar nicht so kompliziert. Unter gewissen Bedingungen. Wenn zum Beispiel einer von beiden tot ist und der andere im Irrenhaus.

Es ist schon komisch, dass nun Frank derjenige ist, der offiziell für verrückt erklärt und weggesperrt wurde. Jetzt, wo ich es weiß, sehe ich es natürlich auch. Es ist wie ein Vexierbild: Solange man nicht weiß, wo man hinschauen muss, sieht man das Entscheidende nicht. Doch wenn man die Madonna in der Baumkrone erst einmal entdeckt hat, kann man sie auch nicht mehr ignorieren.

Irrenhaus stimmt natürlich nicht ganz. Es handelt sich eher

um ein Rehabilitationszentrum, eine kleine, gediegene Klinik in den Hügeln über Berkeley. Drogensüchtige und Selbstmörder mit Geld erholen sich dort, ein paar Manager mit Nervenzusammenbruch – ich glaube, zu denen zählen sie auch Frank. Die Behandlung ist ein wenig esoterisch, viel Singen und Händehalten. Das Personal besteht aus der ortsüblichen Mischung von Hippies und Exzentrikern.

Frank ist ganz zufrieden. Zwischen Einzeltherapie und Gruppengesprächen kann er sich ganz auf seine Unterhaltungen mit Gott und auf das Neuschreiben der Bibel konzentrieren. Den Computer haben sie ihm gelassen, als therapeutisches Mittel.

Und die Firma bezahlt. Finch, der Gute, hatte einen Anwalt geschickt, der eine Untersuchung der Büroeinrichtung androhte. Begründung: Umweltgifte im Spannteppich und/oder den Tapeten hätten Frank in den Wahnsinn getrieben. Zufällig war die ganze Etage kurz vor Franks Arbeitsantritt renoviert worden – illegal. Was Finch wohl wusste. Eine Untersuchung war das Letzte, was die Firma wollte, lieber zahlen sie für Franks Behandlung und Lilys Scheidung, für Leos Schule und für das allgemeine Stillhalten.

Franks Sekretärin besucht ihn einmal im Monat und hält seine Hand, ebenso Lily. Nicht am selben Tag natürlich.

Zwischendurch mache ich einen Ausflug in die Stadt. Manchmal sehe ich Betty an Finchs Jackenzipfeln hängen. Er hat Betty schon fast vergessen, Finch ist nicht der romantische Typ, und eine durchsichtige Liebe, eine körperlose, ist nicht sein Fall. Dafür hat er sich bei Rhonda eingenistet. Er kümmert sich um alles, was Skips Aufmerksamkeit entgeht, um juristische Sachen, finanzielle Dinge, Steuerbelege, die Kinder nennen ihn schon Opa.

An der 24th Avenue gibt es für mich nicht mehr viel zu tun.

Alles ist aufreizend in Ordnung. Ich frage mich manchmal schon, was mit mir passieren soll, wenn mich niemand mehr braucht.

Ab und zu den Jungen in den Schlaf streicheln. Über die Stirn nach unten, über die Augen, die sich unter meiner Hand schließen. Das wirkte schon, als er noch ein ganz kleines Baby war. Der Junge weiß von allem nur noch die Hälfte: dass sein Vater ihn gerettet hat. Leos Herz ist rosa und stark.

Franks Therapeutin hat angefangen, sich vor den Stunden mit ihm zu schminken. Sie trägt den weißen Mantel aufgeknöpft, die Haare zu zwei Hörnern über der Stirn gedreht. Sie fragt nach mir, nach meinem Tod. Meinem Selbstmord – offiziell war ich ja schon tot, als er uns fand, Frank konnte nur noch das Kind retten, das die Nase im Fell des Plüschaffen vergraben und sich so geschützt hatte. Ein Wunder. Gottes Wille. Warum er dieses Detail bisher verschwiegen hat? »Ich muss es verdrängt haben.«

Das versteht die Therapeutin. Natürlich versteht sie das. Sie fragt auch mehr aus Neugier. Will wissen, wer ich war, ob er mich noch liebt, ob er über mich hinweg ist, ob sie ihn haben kann.

»Ich kenne Sie«, sagt Frank, »ich kenne Ihre Seele ... aber wir sollten wohl nicht über Sie sprechen. Das ist gegen die Regeln, nicht?«

Die Therapeutin errötet leise.

Morgen wird er die Hand ausstrecken, über den Schreibtisch hinweg, und ihre berühren. In der Gruppentherapie spricht er jeden Tag ein bisschen länger, bis es am Ende kein Gruppengespräch mehr sein wird, sondern: Franks Predigt. Schon steht er wieder in einem Kreis von Gläubigen, die andächtig seiner Rede lauschen, allen voran die Therapeutin mit der Giraffenfrisur. Bald wird auch Frank mich nicht mehr brauchen.

Und was wird dann aus mir?

»Keine Angst, ich bin ja da.«

»Papa? Wo kommst du denn plötzlich her?«

Mein Vater. Tom Wintour, bekannt aus Funk und Fernsehen. All die Jahre, die ich nun tot bin, hab ich ihn nie gesehen, nicht einmal bei Mutter zu Hause. Die ihn, das wird mir jetzt erst klar, vor den Lieferwagen der chemischen Reinigung geschubst hat, damals, direkt vor dem Haus. Aber das ist jetzt nicht mehr wichtig.

»Wohin gehen wir?«, frage ich.

»Vertrau mir.« Er streckt die Hand aus – ach, jetzt plötzlich, denke ich, aber ich nehme sie.

»Weißt du«, sagt er, mit dieser schmeichelnden Fernsehstimme, »von der Hölle macht man sich eine völlig falsche Vorstellung. Dasselbe gilt für den Himmel – ein überbewertetes Konzept, wenn du mich fragst. Es gibt andere Orte für uns. Komm, ich zeig sie dir.«

Wir sind schon fast da, als mir etwas einfällt. Es ist gleich vier Uhr früh. Ich muss erst Lily anrufen. Und wenn es kein Telefon gibt, geh ich da nicht hin.